一直到彩虹

The end of the rainbow

黃敏華

目錄

第3章 她們曾經婀娜婷婷
when they were young and beautiful

第4章 從冰櫃拿出來的背
her back is cold and lifeless

推薦序

出離，到達，然後回來

董啟章

文學新人印象

我不知道寫這篇序言應該採用私人的角度，還是評論者的角度。

我和黃敏華相識已經超過二十五年，即是四分之一世紀了。那時還未成為大學的嶺南學院剛搬到屯門虎地，我在翻譯系兼職教中文寫作科。那是早上九點的課，我通常會提早十分鐘到達課室，但每次總是有一個女生比我更早到。她總是伏在桌上睡覺，散開的頭髮旁邊放著一支蒸餾水。又想睡又早到，令人搞不清楚她的心態。那個女生就是黃敏華。

黃敏華最初給我的印象是有點懶散，有點慢條斯理，有點冷眼旁觀，但慢慢便發現她其實可以很認真，很著緊，很願意全情投入，只要那是她真心喜愛的事。她不是早熟天才型的人，但她對寫作有一種天然的親近感。就像有些人喜歡畫畫，有些人喜歡唱歌，她喜歡寫作，好像不太費力就進入狀態。

畢業後黃敏華在工作之餘寫了些短篇，結集起來成為《給我一道裂縫》，在我自己開辦的獨立出版社出版。在寫作路剛剛起步的時候，她卻決定當上「過埠新娘」，結婚並移民加拿大。她當時大概以為，她告別的不只是香港，還有文學。沒料到的是，後來她又回到香港進修，並且以新婚後在溫哥華當記者的經驗，寫成了一系列短篇，出版了她的第二本個人作品集《見字請回家》。

何處是吾家？

香港是黃敏華的家，這是毋庸置疑的。看她寫舊日的荃灣，就知道成長的經驗有多深刻。但是，她也一直努力在文學中尋找另一個家——確立自我、安頓精神的家。黃敏華回家（香港）不久，還是選擇再次離去。而文學這個家也難以久留。她回到婚姻和移民的家去了。加拿大的家、香港的家，以及文學的家，三者似乎不能並存。

人生中最不能回頭的抉擇，莫過於生孩子。黃敏華當上母親，一個全新的身份，也是巨大的考驗。先有了大女兒，再生了小兒了，從此過著日夜操勞的育兒生涯。在生活的重壓下，寫作不但奢侈，簡直就是不可能。關於這些年的狀態，她會形容自己是一個躲在深山上，除了全天候照顧子女甚麼私人空間也沒有的家庭主婦。（她的家距離溫哥華市區開車要一小時。）不要說寫作，連坐下來好好吃飯的時間和心情也沒有。可是，奇蹟出現了。

重拾寫作的契機

多年來我每有新書出版，都會寄給黃敏華。二〇一六年的《肥瘦對寫》也不例外。這本書收錄的是我和台灣作家駱以軍輪流出題的對寫文章。想不到黃敏華讀後卻產生了回應的念頭。她在帶孩子難得擠出的一點點空檔裏，動筆寫出了她對於那些題目的感想，一口氣寫了二十四篇。她從女性和母親的角度，表達了與我和駱以軍截然不同的觀點與感受。她很快便發現，散文不足以承載她的體驗，於是她很自然地採用了自己擅長和喜愛的小說形式。

知道黃敏華重拾寫作動力，我感到十分振奮，但這絕對不是我的功勞。寫作能力和慾望從來沒有離開她，只要遇上適當時機，她就能「回家」，因為這個「家」一直都在，沒有散失。她在家庭生活各種大大小小的負擔中，斷斷續續地堅持下去，用了兩年時間完成了這部作品。她本來把它命名為《一直到彩虹，再回到這裏來》，出處是書中提到的兒童繪本《猜猜我有多愛你》。故事中的兔爸爸對兔兒子說：「我愛你一直到月亮，再從月亮回到這裏來。」

散文與小說的交織

《一直到彩虹》用了兩種文體，分成兩個部分。用散文體的是回應《肥瘦對寫》的部分，可以當為作者黃敏華的個人感想。文中的「你」顯然就是我，她的老師、文學上的前輩，也同時是她的老朋友。用小說體的部分，地點是溫哥華，時間是二〇一六年前後，講的是一個新移民女子（妻子、一對年幼子女之母）毫無預告之下突然失蹤的故事。雖然女子處於小說的核心，但她的故事主要由其他人物的觀點道出，她出走的原因到最後並沒有明確的解答。讀者很容易會把小說的女主角和散文的作者當成同一個人，黃敏華似乎也有這樣的暗示，但某些細節又未必完全符合。

散文和小說的邊界刻意變得模糊，造成一種真實和虛構不分的曖昧感。單就小說部分的內容而論，有許多和作者本人的經歷極為接近的地方。就算讀者不認識作者本人，也會感覺到這種真人自述的味道。也即是說，讀者會以為作者在跟她分享自己私密的個人經驗。因為這些經驗很日常，很生活化，很不像虛構故事，而且具有普遍共通性，所以產生真實感、親切感和共鳴感。很有趣的是，這些感覺並不是單靠直接訴說經驗而得到的，不然以散文寫成分享便足夠。它很大程度是靠虛構小說（甚至連散文部分也納入虛構之中，成為故事主角的作品）來達成它的感染力的。在虛構小說的部分，黃敏華靈巧嫻熟地運用了情境描寫的功夫，令看似平凡尋常的人物顯現出豐富的色彩，令普通生活的細節流露出深遠的意味。

個人體驗與自我小說

這種把作者自己的真實人生經驗寫進小說裏的做法，近年在歐美文壇再次成為熱潮，認為是文學「回歸真實」的現象。評論家甚至作家自己，把這種小說稱為

autofiction，是 autobiographical fiction（自傳體小說）的簡稱，但比傳統自傳體小說更無掩飾和保留。最著名的 autofiction 作者可能是被譽為挪威普魯斯特的克瑙斯高（Karl Ove Knausgård）。他的六卷本大部頭巨著《我的奮鬥》，巨細無遺地把他自己的成長經歷如實披露，甚至惹來了家庭成員的抗議和訴訟。其實「寫自己的小說」在日本早就大行其道，也即是稱為「私小說」的文類，其中的虛構程度大小不一，但通常會被當成作家的自我揭示看待。

不過我不認為黃敏華寫的就是 autofiction。沒錯她是以自己的人生為素材，也納入了許多自身的感受和見解，但她不會相信「自我就在那裏」、「直接寫出來就是真實」這些一廂情願的論調。相反，所謂「真實」永遠是多面的、複數的，充滿著漏洞、盲點和裂縫的。這些都是黃敏華自一開始寫小說就有的體會。她通過小說向我們展現的，就是這樣百孔千瘡的「真實」。要讓這樣的「真實」看來具有穩定的形態，便必須經過虛構。而伴隨著「真實」而來的「自我」的表現，也無法離開虛構。這裏說的虛構不是造假，而是在四分五裂的生活中努力地把自己拼湊起來的掙扎。

《一直到彩虹》非常精彩地展現了「自我」的虛構過程。在看似最真實的散文部分，我們可以把它讀成作者自己的心聲，但是我們又同時被引導，把這些文章的作者視為小說部分失蹤的女主角。在虛構小說的部分，在中心人物（失蹤女子）缺席的情況下，她的「自我」由「他人」的投射所顯現。這些「他人」主要有五個（組）：第一章中來到家裏調查失蹤事件的男警和女警，第二章中綽號先知的華人女社工，第三章中任職中學教師的香港舊同學娉婷，第四章的年輕按摩師米亞，以及第五章的丈夫。這五個「他人」代表的是五個不同的觀點，距離有遠有近，角度有高有低。通過這五個觀點的映照或投射，我們彷彿看到了女主角的「自我」的幻影或側面，但又同時看到這個「自我」的遊移、變形和消解。

作者採用這些虛構手段，並不是想故弄玄虛，而是想探究一個非常重要的課題——人與人之間的理解的限度（自我與他人，自我與自己）。女主角的缺席（失蹤）以及各種片面的投射，好像都指向理解的不可能，但是不要忘記，作者同時代入了五個「他人」的角度，試圖去體會和呈現他們的生活面貌和內心世界。作者必須擁有高度的想像和同情的能力，才能做到這種外散式（相對於自我的內聚式）的虛構。這五個「他人」生動活現，可觸可感，富有色彩和溫度，已經超越了構思出來的功能性人物，而讓讀者感受到他們的「真」。我個人認為，最後寫丈夫在山林中尋找妻子的部分尤其令人動容。

如果不嫌簡化地說，這是一個關於「自我實現」的小說。它的高明之處在於，作者並不單純甚至庸俗地相信，自我已經完整地存在於我們的心中，只要勇敢地去實現它便可以。自我之所以複雜和難以把握，是因為它永遠是「相互自我」，也即是「自—自」、「自—他」的多重關係。從社會的角度看，它是交叉互動的人倫關係；從個人的角度看，它是情感的牽絆。「自我實現」無可避免地跟人倫和情感糾結在一起。

寫小說的家庭主婦

放回實際的情況，小說所寫的是一個移民女性作為妻子和母親的處境。撇除移民這個較特殊的元素，「家庭主婦」可以說是人類社會中比例最高、最重要的族群。奇怪的是，這也可能是文學中最被忽略、可見度最低的族群。它在現實中的普遍程度，反而令它變得透明、乏味、不值一寫。「家庭主婦」和「自我實現」是反義詞，可能是人所共知的事實，但歷來卻很少有人指出或者在意兩者的互不相容。問題是，我們不能輕易地否定前者，簡單地肯定後者。我們不能單純地為了支持「自我實現」，而取消或者貶低「妻子」和「母親」的角色。當中的兩難和糾結，黃敏華的書可謂表現得淋漓盡致。

《一直到彩虹》的女主角追求「自我實現」的方法，是寫作。至少這是她出走之前一直在做的事情，並且留下了打印的文稿。她出走之後如何，則不得而知。在作者黃敏華的層次，她同樣以寫作來實現自我，並且寫出了包含女主角在內的這部作品。但無論是哪個層次，作者和人物都在問：為甚麼要寫作？在特定的情境下，為甚麼一個家庭主婦要寫作？往更根源的深處挖下去，為甚麼人要寫作？兩者連在一起考慮，如果人有理由寫作，為甚麼家庭主婦不能？一個家庭主婦如何同時是人？最終引出的問題是——家庭主婦被非人化。如何肯定或回復家庭主婦的人性，是最為迫切的問題。

愛的投射與折返

當然，在當今的世代，連「為甚麼人要寫作」這個根本問題也很難解答，更遑論其他特定處境下的人了。不過，對於這個終極問題，黃敏華還是鍥而不捨地追問。她設置的五個「他人」的角度，多少代表了五種寫作的功用。一、警察代表以寫作追查事情的真相。二、社工代表以寫作為情緒輔導、調解社會關係、適應生活環境的方法。三、舊同學代表以寫作為成長回憶的守護（童年和少年是人最純粹和原初的經驗）。四、按摩師代表以寫作為肉體和心靈創傷的治療，以及夢或潛意識的釋放。五、丈夫（加上孩子）代表以寫作為愛的表現和實現。雖然到了最終，丈夫還是不明所以，也不懂表達自己的情感，但妻子留下來的未被實現的愛，卻被女兒所理解和繼承了。所以，就算母親已經離開，她的愛卻沒有消失，反而從遠處的彩虹反射回來。

我認為上面所說的五種寫作的功用都成立，但有層次深淺之別。在次序上是由淺入深，到最後達到「愛的實現」。從小說的主角回到黃敏華自己，我們會驚訝地發現，她的寫作動機是如此的純粹。她在寫作的一刻，沒有任何實際的考慮，沒有想到出書，沒有想到讀者，沒有想到得到世界的認同和讚賞。她只是努力地去當自己的生命的調查者、社工和按摩師，去守護自己的回憶，去實現對家人的愛。她期望就算小說沒有任何讀者，它也會留傳下去給喜愛閱讀的女兒，讓她在遙遠的將來收到母親的信息，了解母親的過去。

一直到達讀者，再回到作者這裏來

寫作是出離，是到另一邊去，但到達之後，也必然要回到原來的地方。這真是個美麗的意象。縱使寫的動機是純粹的，但既然已寫成作品，而且是那麼美麗的、出色的作品，那就必須從作者手上出走，到另一邊去，到達讀者的手上。如果讀者有所感動，有所思考，那點滴的回應，也必然會回傳給作者。

我作為黃敏華長期以來唯一的讀者，我想告訴她，我很感謝她的小說。她的小說激勵了我，令我相信，寫作和閱讀是有價值的。我相信，所有其他的讀者都會這樣想。

作者序

再回到寫作這裏來

黃敏華

這夜黑熊來翻垃圾，我醒了便無法再入睡。

再次整理稿件的這段時間，城裏又有婦人失蹤。尋人啟事連山上都隨處可見。

離家不是簡單的決定，而一個有孩子的婦人忽然消失，實在不是那麼輕而易舉，或者不足為怪的。不再照顧孩子的媽媽、不再煮飯做家務的妻子，要去尋找甚麼？或純粹覺得這種種角色不能再繼續了，離開是唯一選擇？移民的，情況可能更複雜，撇除了「家」這個居所，還可以去哪？離開是否真的是為了回來？能否再回來？我們是否真正認識同一屋簷下的人？甚至是否真正認識待在家中，或出走的自己？

我希望可以透過小說，以人與人之間總是難以言明的複雜關係，藉著一個在外國的香港女子，重組出一個每個家庭都有的、毫不起眼的家庭主婦的離家的故事；那個可以是你，可以是你的太太，你的母親，甚至你女兒的故事。

離家的故事，還有我自己的。我在畢業後完成了第一本短篇小說集《給我一道裂縫》，該書終在我離開香港之前出版。我以為那是我最後的一本書。

十年後再動筆。《見字請回家》在二〇〇八年出版，那年，我返回香港修讀碩士。

之後再離開。《一直到彩虹》執筆於二〇一六年秋，定稿於二〇一八，又是十年。

再次回到寫作這裏來，幸運是仍有我熟悉的人。感謝認識已久的董啟章，認識他的時候他只有二十七歲，多年來我一直把他看成走在我前面的領航員。寫作路上沒有同伴，年輕時偶爾會孤獨甚至感到自己離航了，但我總會記起董啟章就在前面我看不到的地方默默地帶路；雖然他心中也許沒有明確的目的地，雖然我永遠也追不上。

還有從未認識的駱以軍先生，期望有一天他會讀到小說中對寫的部分。還有我的孩子，希望你們長大後會看得明白。還有未及認識的每一位讀到這故事的人。

謹以此書送給兩位離開了的舊同學。

希望所有人，無論怎樣，最後都能回到自己心中的家。

第1章

最後一場雪

the last snow

家

二〇一六年十二月三十一日

元旦抱著飄雪躡手躡腳地慢慢降臨。

街上原有的聲音都被雪吸沒，只有人們清理積雪而疲累不堪的喘氣聲在空氣中抽動。

雪已下了一星期，還未有減弱的跡象。天氣冷得最不揀吃的烏鴉都失去蹤影，街上的垃圾失去被爭奪的意義。警車在變成單程的行車線上匍匐前進。雪直撲向擋風玻璃，雨撥左右猛動企圖撥亂反正，為增強警員的視野而作出最大努力，但似乎無補於事。

這場雪的確令人意外。自平安夜開始，時強時弱的雪以最靜默而急速的姿態攻佔整個城市。這個多次被世界選為最適宜居住的地方，令不少人都夢寐以求。春夏秋冬四季分明，即使冷鋒來臨氣溫在晚上降至零度以下，也絕非屬於風雪連連的地域，一年大概會有幾場怡人的小雪，相比起颶風的粗獷或豪雨的暴烈，這裏的降雪就像難得露面的高貴小姐，溫文爾雅、內斂可人及容易預測，而其誰都伸手可觸、分享及擁有的可再造特質比很多玩意都更吸引。加上人們一直對雪人、雪怪或虛構的雪地故事神話及浪漫化，下雪令沉悶的冬天都頓時活潑起來，而落在十二月下旬的雪，更會為聖誕及新年添上不少氣氛。

起初人們都非常雀躍，甚至請假不上班，陪小孩興高采烈地以不同方法戲玩著這種不能持久的珍貴玩意。學校及公園的斜坡頓變成天然滑雪場，孩子努力將雪車拉上去又滑下來，汗流浹背，雙腿發軟，但笑聲不絕。由於早有戒備，起初幾天交通大致正常，反正已是假期，路上已沒有平日上下班及接送放學的車龍。然而聖誕節一夜狂歡後，一覺醒來才發現雪已累積了相當的厚度，有些地方雪高及膝，機場牽強地堅持運作，政府派出所有剷雪車也開始力有不逮，只能勉強趕及清理主要公路，山上地勢較高的住宅區積雪甚至達人的身高。各家各戶忙於自掃門前雪，但即使不停清理也難以追上雪落的速度，加上來自北極的冷風徘徊不去，日間氣溫怎樣也無法攀爬上零度，縱然有時雪下稍作喘息，像千層糕般層層疊疊的積雪亦馬上被冰封，變成堡壘城牆般堅厚。纏在樹上的雪在結冰後變得其重無比，如鐵鎚在風中搖擺，很多瘦弱的枝幹承受不了負荷而斷裂，房子的水管及陽台也各有不同的損壞。路面冰滑如鏡，馬路的混凝土及地下水管因為不斷被凍結及積壓而逐漸出現凹凸不平的下陷狀態，車子走過時顛簸不穩，不禁令人憂慮會否隨時裂開一個大洞，連人帶車被吞下去。再過幾天，公園不見了，巴士站無法辨認，垃圾車也暫停服務，大部分橫街小巷進入自生自滅的狀態，像迪士尼故事裏被施了咒變成永遠冬天的小鎮。

直到電視播出兩名華裔男子在雪山步行後失蹤，拯救隊不分晝夜連天搜索仍然一無所獲的消息；新聞片映出失蹤人士停泊在雪山停車場的車，擋風玻璃上由搜索隊伍草草留下的字條 You are subject of active search（你正被搜尋）無情地被迅速埋沒，像抹殺了一切希望。整個城市開始對這場雪生出恐懼感，就像讀著看來相當吸引的公主式童話故事，卻在翻過一頁之後發現魔鬼早作埋伏，而結局陰暗。事實上多日來的積雪已不再像棉花糖那樣潔白可人，政府派出泥頭車在路上灑上鹽和泥防止馬路結冰，路邊的雪被輾得灰灰黑黑，徒添厭惡之感。再沒有小孩四出堆雪人或拋雪球。拯救隊連番宣佈的負面消息，對於失蹤者的家人來說，造就了最難過的節日。

雪下的密度令視野不清，男警員與女警員必須輪流將頭探出車窗外，才能確認目的地的門牌號碼。才不過十秒鐘，二人的帽和肩頓時披上幾十片雪花。

這是一所較舊的房子，兩層高的平房是六、七十年代的標記。這類房子的屋頂還置有煙囪，聖誕老人便是利用煙囪爬進屋內送禮物給每戶人家，天真的小孩會在聖誕樹旁留下牛奶及曲奇讓盡心盡力的聖誕老人享用。舊式的壁爐雖然殘舊，卻仍能以燒木的古老方式取暖。不少人依然鍾愛真木燃燒時所發出的烘人熱力，精挑細選有獨特香味的杉木，好讓一室充滿樹的氛香；又認為燒木時發出的爆裂噼啪聲最為浪漫誘人，是調情必備，是新款吹風暖氣或發熱的地板完全無可媲美的。新建的房子一樣設有壁爐，甚至連浴室、睡房、地庫也有，但已改為以煤氣燃點，按下如燈掣的開關，爐火便如魔術撲現。也有只作裝飾用，能看不能點的。

男警員率先下車，上前想推開前園的鐵閘，卻被積雪卡著，前後不得。

未下雪之前，很容易看出這是一個經過精心設計的花園。左面是幾棵矮小年幼的松樹，彼此間隔著較寬的距離，看出栽種者早已預計好他們生長所需要的空間。松樹後面是杜鵑，有紫色、紅色、白色，春天花開時跟前面長青的松樹造成相映的趣味。再後面是身材較高的紫丁香，名字雖柔弱但其實非常粗生，是容易生長的灌木，不須花太多時間打理。右面有自行剪枝培植的繡球花，紫紅、粉藍、淡粉紅等，叫人猜想主人是個愛色彩溫和的人。後面直立著幾棵日本楓樹，有紅色枝幹但生出綠色葉的，也有綠色枝幹但葉是紅色的，還有最罕有的葉呈粉紅的；體型方面有矮小作傘狀的，也有身形壯大可達房子高度的。有一種叫尺護的害蟲，很喜歡在枝的分岔處扮作枝條，吃掉嫩的枝葉。主人曾經找花王來打理花園，但與花王鬧得不太愉快，後來發現還是喜歡親力親為。

主人也喜歡在後園以手除雜草。在未有孩子之前，她最愛帶同她的百磅大狗在花園共度一個下午。就像戀人那樣，男的在樹蔭下半閉著眼睛打瞌睡，靜聽有誰在外面經過，要是有甚麼動物昆蟲要來打擾，隨時作狀保護她的一切；女的勤勞地除草施肥，她大概是完美主義者，看見草地長出不受歡迎的雜草，便不得不除之而後快。蹲也好跪也好，用上除草器甚至殺草劑，每日劃定範圍去跟野草的生長比賽。她認為一個完美的花園才能夠襯托一個完美的家庭，但花園乃供外人欣賞，家庭之完美則不能隨便向人宣示，只有藏在花卉繽紛色彩與巧妙的生長形態之後，完美的家庭才能變得低調而平穩。正如幸福並不應該在互聯網上曬。

大狗去世後加上懷孕，令她要暫停一切粗活，後園迅速被大自然重新掌舵，令她倍添鬱抑。後來孩子出生，她忙得不知日夜，後園對她來說，就是家家戶戶都有的後園而已。

現在大雪將花園完全埋葬，像在蛋糕圍上多重忌廉層，已沒有誰說得出裏面的蛋糕是朱古力還是芝士慕絲。唯一仍然清楚的，是那呈灰白的天空壓得極低，彷彿要將整個世界都壓碎。

男警員

男警員走到大門前想按門鈴，才發現這房子並沒有門鈴。他握著拳用力地敲了幾下，再幾下，拍門的聲音在大門前來回蕩著又隱去。他退後幾步，抬頭看了看門牌，再望向仍在車上的女警員，女警員點頭示意這就是正確地址了，他便再回到門前，正想大叫「有人嗎？」，門便咿呀一聲開了，湧出一陣不討好的室內混濁的氣味。

開門的男子年約四十歲，身高是一般華裔男子的高度，身形比一般中年發福的男人略為瘦削，但他看起來卻不怎麼健康，發黑的眼袋，眼中充滿鮮紅，顯示出他十分疲累，嚴重缺睡。他的大腿後面躲藏著一個約四、五歲的女孩，女孩雙手捧著一本書，看不出是甚麼書，臉上也沒有任何表情。男子的腋下挾著另一個更年幼的看不出性別的孩子。孩子正在熟睡，口角有白色污漬，很可能是剛吃過奶。

「是你報案吧？」男警員說話時眼睛並沒有看著報案的人，反而是著力打量報案者身後的一切。

男子的妻子失蹤了。

警員心中不禁狐疑，怎麼年尾這麼多人失蹤？

「是……」大腿間的女孩在男警員開口說話後便猛地要向爸爸身上爬，一時間他不能左右臂各抱一個孩子，三人七零八落地墮落在幾步以外的沙發上。小孩看來對這個穿著制服的陌生人感到十分害怕。男子用中文以極小的聲音跟孩子討價還價了幾句，隨即打開平板電腦，活潑的兒歌在空氣中跳出來，他才能稍為解窘。

孩子擁有原始的動物本能，能嗅出人身上的能量，不用向對方問問題，甚至不用聽任何說話，孩子都能直覺感受到誰可以接近、誰不懷好意。這時女警員也進來了，跟小孩說了聲嗨。可是拿著平板電腦的孩子此時已全情投入到短片裏去，本能頓失，女警員的試探只是白費。

「沒有任何事是白費的！」男子突然向男警員大聲地說，隨即又馬上把音量壓低。

「我希望警方可以翻查所有天眼的紀錄，一定會找到線索的！即使是一點點看似無關重要的線索也可能是關鍵！」雖然是華人，但他的英語十分流利，跟在本地出生的人並無分別。

這個城市的天眼多如天上繁星，政府的、商業的、私人住宅的，高解像的、彩色的黑白的天眼，都監視著全城市民的一舉一動。這種做法在最初受到非常大的爭議，當中孩子被拍攝的問題最為敏感，事實上一般新聞採訪在沒有家長的同意下並不能隨便將小孩拍攝入鏡，在商場兒童玩耍的區域以及圖書館等所有兒童聚集的公眾地方也一概不能隨便拍照，有人認為矯枉過正，保護過度令人失去行動的自由，但在對人心失去信心、互聯網影片成為極為便利的證據的時代，天眼即使再具爭議還是逐漸大行其道，而且網上購物便利價錢大眾化，家家戶戶在門前設置自己的閉路電視已十分常見，被整個社區監視的同時也向別人作出監視。

男子正是翻看家中閉路電視的錄影才知道，妻子在兩天前的早上自行駕車離家，因此排除了在家中被殺害或擄人勒索的揣測。

趁著男子跟年幼的孩子換尿布，男警員轉身走進廚房觀察。

廚房有孩子用過的奶瓶，水杯碗碟等沒有收拾好，有些吃了幾口的水果隨便散落在桌上，亦有用過的碗筷刀叉留在洗碗盆未有放進洗碗碟機。一陣食物殘留下來的腥臊氣味不知是由焗爐還是微波爐發出，雖不算是一看見便令人掩鼻作嘔那種慘不忍睹，但整體有一種令人不想久留的感覺。男警員輕輕地搖了搖頭，心中浮起一個終日在家不把房子收拾乾淨的家庭主婦的形象，幻想如果是他家中的女人，他會如何終日在外找藉口不回家。

男警員曾經有過一個感情要好的同居女友，最初是因為她租住的地方被業主收回，便提議搬到較近他的住處好省去見面的車程時間。但由於一時找不到合適的，便暫時住進他家。他的家也是租住人家樓下，空間有限，女友將所有私人用品囤積在任何角落，不同款式的衛生巾、劣質畫作、各地購得的紀念品貼滿整個雪櫃、以魚缸儲存起來的啤酒瓶蓋、綑紮起來的大小不一的舊雜誌、外賣時取得但沒用上的塑膠餐具套裝，總之幾乎不用走動都可踢到她的東西。起初他也不算太介意，愛屋及烏，愛她也愛她的用品。只是後來才發現，家中出現了很多昆蟲，螞蟻一串一串的由大門爬到睡房，再爬上床。他赫然發現床上竟有一塊吃了一半的薄餅，而靠牆的地上還有半罐藏滿浮屍的汽水。每次睡覺他都覺得有昆蟲在他身上爬，甚至有老鼠、浣熊等大型飢不擇食的動物破窗而入。多少個晚上他都從噩夢中驚醒，有時也真的找到一兩隻蒼蠅在埋伏。

一天他終於忍無可忍，利用休假將所有家具移開進行大清潔，殺蟲劑也用了好幾瓶。女友回家看到，說天啊我的日用品都被你搞亂了！雙方為了東西本來就是亂放這事實爭吵起來，越演越烈，女友突然大打出手，那一刻他竟然以手摸向腰間平日放佩槍的位置。他想起自己身為警務人員，竟然變得如此不冷靜而跑到屋外，在激動之下他又折返，在大門向揮著餐刀的女友說：我走了，再也不回來！但話說出口後才想起這是他的住所，她才是寄居的！便去奪回她的餐刀（他的餐刀），將她的物品及所有都狠狠地丟出去。最後門砰的一聲關上，門的內外再沒有任何聲音，彷彿有人按了一個世界的靜音鍵。

那關門的動作令他明白，無論他的訓練如何專業，無論他的情緒智商在多次再培訓後被提升得有多高，他還是輕易地因為女友惹來的百隻昆蟲而粉碎了那副多年來努力建立的專業形象。那一刻他對自己產生了極度的質疑，這個異常陌生的自己令他震驚不已。只是他所不知道的是，那半塊薄餅是在相識一周年那晚，女友等他回家卻遲遲不見人影，非常不滿地在冰箱拿出一塊過期薄餅弄熱，再以糟蹋自己的心情狂飲一罐因為他而戒掉已久的有糖可樂，最後蜷在床上邊吃邊睡著的。而女友所不知道的是，那天他本來可以早早回家，卻在下班前接報一名男子因為被前妻申請了禁制令不許接孩子放學而在學校門口情緒失控，他以離事發現場最短距離的原因奉命到場，看到現場一個中年男子用不明白的語言唸唸有詞，不停聲淚俱下，期間向放學的學生和老師間斷地作出恐嚇。警方勸阻無效糾纏了一小時，最後決定以電槍將他制服。只是電槍發射之後，那男子便再也沒有起來。事情未有傳媒曝光，卻有大量老師學生目睹，有人更放到臉書報料區，媽媽們大肆討論分享及轉載。事件成為一個檔案編號，懸在半空。他在警局折騰了一夜，回家後鑽進被窩便昏睡到下午，女友早已上班去，周年慶祝無疾而終，也沒有人再提起。只有電擊的滋滋聲響，以及男子倒地時噗的一聲，一直在他耳邊徘徊不去。

打開雪櫃，男警員看到有一排用儲存袋裝起的奶白色液體，如自家製豆漿，上面還寫了不同的日期。最後的一袋的日期是三天前的。打開冰格，發現還有同樣的十多袋儲備。男子突然出現在男警員身後，示意孩子要吃奶請他讓一下。男子將一袋奶白色液體拿出來，用熱水隔著弄暖，男警員才恍然大悟，那些應該是母乳。

將母乳弄暖的動作是那樣的簡單而無聲，沒難度也沒花巧，難以令人想到這些一包包滿滿的母乳的由來是怎樣的艱巨。它的生產過程必須小心翼翼，作為將母乳生產及擠出來的那個雌性，用了多少時間和心機，獨自承受了多少個日夜，心中自我克服了多少次放棄的念頭，捱過肉體上的痛楚及無盡的疲憊，精神意志掙扎到了一個地步，如果偶一不慎將母乳打翻便會馬上崩潰，將自己抽空迫盡到難以跟任何人說明白的折磨感。但即使是這樣在高空鋼索上左右來回，為孩子帶來現時主流社會標榜的「嬰兒最佳食物」，然後丈夫一句「自古以來的人不都是這樣的嗎」將一切功勞抹殺掉，作為生產母乳的唯一機關，只能在所不惜，義無反顧地不停供給，直到一天突然又說母乳的營養已無法滿足孩子，要加吃輔食品了，才能稍為退下來。一對空虛的乳房，忽然從最重要的位置慢慢變成可有可無，最後回到未懷孕之前的無實際作用的狀態，可悲的是其可觀性已因為長久勞役而終究失去了從前的優勢，只落得終日沒精打采，意興闌珊的位置。

對孩子最好的食物，只有父母無微不至的愛，別無更佳。

隨著男子離開廚房的身影，男警員看見女警員在大廳端視著孩子，有感她沒努力查找證據，心中嘮叨了幾句，便走到電腦房。他心中有種直覺，不能單純地認為這是很簡單的一宗人口失蹤而已，根據他在這一行的經驗，當中可能大有文章，這類案件的丈夫通常會成為頭號嫌疑人物，從丈夫身上可得知最多最有用的破案線索，而手提電話或電腦內所藏的秘密常是關鍵。

他越想越覺得有道理，便在未問得同意下，擅自移動一下擱在桌子一邊似是連日未有人觸碰過的滑鼠。

幾秒後沉睡中的電腦被驚醒，灰白的畫面顯示出一堆他無法明白的文字。

陪孩子上學途中

你們從父親的角度去談那充滿勞累卻令人懷念的陪伴孩子上學的經歷，上學途中的畫面寧靜而凸現，火車上也有上班上學的人擠擦著汗水的氣味。而我陪孩子上學的路途相比起來便枯燥無味得多。由於我家的車房與房子是相連的，我們走進車房後，一般都是上了車關好車門，才打開車房的密封的閘，始能看到街上的東西。而我們很少將車窗打開，冬天太冷，夏天會開冷氣，在車窗關閉的環境下，一直往山下滑，途經幾個十字路口，便會到達學校的停車場。又因為停車的地方與課室距離十分之近，又是下午班的關係，除了偶爾遇上一兩個匆匆忙忙的媽媽之外，碰上其他人的機會少之又少。

加拿大三至五歲的學前教育（preschool）強調的是從遊戲中學習，並不著重讀寫。學校一般將低年級的上學日定為星期二、四，高年級的為星期一、三、五，當然也有五天全日制，也有法文、中文、蒙特梭利（Montessori，聽說在香港學費很貴）、Reggio Emilia

（瑞吉歐？總搞不清是甚麼東西），更有風雪不改每天到樹林去認識大自然等等五花八門的特色課程以滿足不同家長的胃口。而我的要求只有一個，就是老師可以說廣東話，令女兒感到親切及安全，從而快快樂樂的上學。

並不是所有父母都認為學前教育是必要的，完全沒有上學而直接上小學的例子也不罕見。事實上這裏並沒有強迫教育，如父母認為學校那一套不適合自己的孩子，改成不上學在家自學（home schooling）也可以。我的一個朋友，趁著中國熱錢流入樓價大熱，將房子賣掉一家人環遊世界，兩個女兒暫停上學，結果引來媒體爭相訪問，網誌被追捧，還贏得不少人的羨慕和讚賞，成為這城市的一時佳話。他們對於這種到處遊歷的生活樂此不疲，更認為這才是讓孩子學習的最好方法，過了一年的預定時間還樂不思蜀，如果不是父親因心臟病入院作緊急手術，他們仍未想歸來。在這裏，真的沒有甚麼贏在起跑線。

我的女兒一星期上學三天，每次我都必須軟硬兼施威迫利誘最後不能避免地如打擂台般（誰勝誰負看你如何衡量）將孩子抬上車再用安全帶五花大綁。八分鐘的車程有時我臉黑如墨。而早前我弄傷了肩和背，加上手指筋膜炎不時發作。車程雖短，但難題頗多。

女兒的學校附屬在教會內，平日沒有崇拜，分外寧靜。奇怪今天停車場的車十分多，令我不可以像平日那樣快速切角並隨便亂泊，而必須利用倒後鏡頭的提示小心倒車。可知道不久的未來所有車都配備自動泊車及煞車裝置，駕車的人已不須懂得開車技術了。

從倒後鏡裏看有幾個人影，再回頭看看真實情況，已有更多的人從教堂大門出來。因為上課時間快到了，我著孩子快快下車，但這時候門前的人更多，而顏色更統一了。腦裏有訊息在跳動：快點快點！而就在我拉著孩子跑經大門的一刻，一副棺木由十幾個穿著黑衣黑裙的人伴隨著，徐徐步出。

我心裏打了一個突。那一刻也想不起自己有沒有信仰，是否合乎禮貌等問題，只聽到潛意識在說：不要讓孩子看到這一幕！

我和小孩急趕的動作大概是他們眼中一片不協調的風景，他們也不由自主地向我們看過來，構成了一幅無比怪異的圖畫。

學校班房設在禮堂的下層，在目送女兒順利進入課室後，還未從剛才的景象回過神來的我，抬頭看看天花板，不禁地想：一群孩子就在這裏快樂地蹦跳玩耍，老師和藹而熱切地講解昆蟲的脫變四季更替宇宙行星排列兒歌唱得響徹大家明天再見，然而樓上卻有一個已死去的人，一班哭泣的親友，作哀傷的道別儀式，目送已逝者走最後的一段路。對比是如此的強烈。

離開時我的車又偏偏不遲不早地夾在送別車隊之中。我轉右，他們也轉右。我轉左，他們也轉左。我對於無端變成送靈車隊之一感到心裏不安，也不甘，明明這天是極為普通的上學天，我還打算跟還未入學的兩歲兒子去圖書館輕鬆一番。

然後，載著棺木的車在我旁邊停下來。我不禁往那邊看過去，那深色的長方盒子，是那樣的平常、無礙。這樣有違尋常的陪孩子上學的經歷，令我陷入良久思索但又不得所以。

圖書館今天設有賣書場，是將一些因為某些原因而沒有上架的書賣出去，以省卻人力及空間。定的價錢相當便宜，當中第二語言的書最為低廉，中文書更是一毫一本，不得不叫人嘆一口文字何價的氣。事實上，上星期我才用了十元在網上買了 Penguin Canada 出版 Alice Munro（愛麗絲．門羅）的五本套裝小說，即是兩元一本。諾貝爾文學獎得主也不過是如此價錢？

我像尋回犬那樣在書架間搜索，抓出一套十六本天衡文化出版的硬皮彩頁《寫給兒童的世界歷史》、一套十本同樣是硬皮彩頁的《寫給兒童的中國歷史》，還找到一九九八年非常新的《今天》文學雜誌夏季號、貼著書田文化廣場價錢牌 $380（相信是台幣）的九歌文庫《九十六年散文選》、明窗出版周蜜蜜主編的《香江兒夢話百年——香港兒童文學探源（六十至九十年代）》，還有膠套仍保存安好的香港皇冠叢書出版的《聖嚴法師自傳》（價錢標著 $39.99，相信是本地的標價）。兒子的嬰兒車被上下堆滿，才只盛惠三大元！

正當我開心不已準備離去時，竟又好像遇到車隊的人！這個時候來到圖書館有特別的原因嗎？那棺木不會就停在圖書館的停車場吧！剛才放下了的奇怪不安感又重新湧上。

突然發現兒子手上拿著一本唐君毅《人生之體驗》（沒有付錢），他掰開書中第四十三頁似在細讀當中的一段：

「你可曾凝目注視：在樹蔭之下綠野之上的牛，在靜靜的反芻？你於此時便當想著，你對於你之生活經驗，也當以反芻之精神，來細細咀嚼其意義。如此，你將漸有人生之智慧。」

上學的時間總是過得特別快，又是時候去接放學。老師提醒今天已是學期的最後一天，我才猛然醒悟暑期這樣就來臨了！傻傻的女兒一貫狂喜地向我跑來，我也不例外地向她回應了一個擁抱，然後又不禁重複那不應重複的話：今天開心嗎？好玩嗎？今天跟誰玩？玩了甚麼？女兒沒多理睬我，只顧跟隔別了兩個多小時的弟弟玩笑，和爭辯一些非常無謂的事，戲碼依舊。而我發現我忘了買她期待了很久的提子麵包，想必是剛才東想西想失了心神。結果女兒在車上大吵大鬧，情況嚴重，可能她的確很餓，又或者真的很失望，或太累，她開始踢我的椅背，將音調放得更高。回到家中，一場鬥爭在所難免，最後她還是敗下陣來，哭著上房午睡。我還去問要不要拿她最心愛的毛公仔，她從樓上伸頭出來說：「我以後不要你碰我的東西！」然後整間屋陷入了無聲之中。彷彿沒有小孩一樣。

查看女兒書包，學校派回女兒的室內鞋及後備替換的衣服，還有三年前入學時學校要求為她準備的一個在危急時用以安慰她的「錦囊」。鞋子、衣服原來早已不合穿。透明的錦囊內有她已經不喜歡的卡通人物貼紙，一幅還未有弟弟在內的全家福，還有一封當時我因為她不會任何字而隨便寫的「信」。

妙妙：哈哈！媽媽愛你。

作為父母的，從期盼孩子的到來，直至責任降臨，身心疲憊得無話可說，到計算著孩子入學的日期以求一刻寧靜，每天陪孩子上學放學，然後捱著每一天細細碎碎的任務包括上下課的接送，再等待他們日漸成長、獨立、脫離，期許著重嚐那沒有孩子待在旁邊的累贅，那自由清新的呼吸，那不用再變身成嘮嘮叨叨的老媽的無奈，而慶幸甚至高呼那些辛勞的日子終成過去。然而轉過頭來，看著孩子走遠，便馬上懷念孩子需要你的嬌嗲，必須依賴你而令你變成巨人的重要性，繼而訴苦般說孩子已不理睬你了，他已成為一個不再和你說真話的人，而無可奈何地接受並說出，其實父母必須學習放手那樣大智慧的話。到最後孩子回到父母身邊，最真切、最誠懇而毫無保留地表示對父母的愛，也許便是我今天送孩子上學途中遇見的那離別的時候。

陪孩子上學的日子，還有多久呢？

女警員

由男警員上前去按門鈴，當然是他自己的意思。女警員則接受一貫的待在車上作後備的被動狀態。到底這是禮讓女性，讓她留在車上他去打頭陣，還是覺得男性總比女性優勝，可作先鋒去取得第一手資料而洞察整件事的端倪？但女警員見男警員走上前左看右看也找不著門鈴才發現房子根本沒有門鈴，便不禁反眼失笑。男警員又用力地拍了幾下門，退後幾步又抬頭看了看門牌，然後他竟然回過頭來看著在車上作後備的她，她心中響起笨蛋兩個字，卻又不忘一臉認真地點頭示意這就是正確地址啊。男警員便再回到門前，正想大叫有人嗎，門便咿呀一聲開了。

走在前面的便是較優勝的這種概念，一直莫名其妙地存活在人類的腦海中。

女警員下車，也跟著走進房子，聽到男警員向屋裏的人說話，然後便是一陣孩子的哭鬧聲。女警員探頭看，看到一個女孩，臉上掛著恐懼加撒嬌兩種表情，像是演員在考選角。

女警員上前跟小孩說了聲嗨，但拿著平板電腦的女孩完全沒理會。

報案的男人手抱著一個嬰兒，以其頸部的活動能力顯示，嬰兒約六至八個月大。男人以不純熟的手勢，利用手臂夾著嬰兒。嬰兒看著女警員這個陌生人，雙眼眨著眨著，似在問：你是誰？女警員以揚起的眉及微彎向上的嘴角無聲地回應：我是來幫你們的人。

她順著聲音走到廚房，看到男警員在雪櫃前打量一番，彷彿看到他搖了搖頭。廚房的洗碗盆前方是個很大的明亮的窗，原本的窗改成向外凸出的立體溫室小窗台，放置了一些觀賞性的小型綠色盆栽，以及種植了一些香草。香草的清香輕輕混和著髒杯碟的氣味。

轉到走廊，看到女孩正坐在地上剪紙，無聲的平板電腦在遠處作徒勞的跳動。寬闊的空洞走廊令女孩身形變得更是細小，背面看起來像個被棄置的洋娃娃。

女孩非常專注並小心地，將紙上一排一排密密麻麻的字逐行逐行剪開，像是一條一條的密碼，然後女孩將大堆紙條不斷拋到半空，還以為有人在熱烈慶祝甚麼，跟她的媽媽失蹤，以及窗外大雪而造成人與外界隔絕的恐懼及不安非常不配襯。

女警員轉到走廊盡頭的洗衣房。洗衣房的設計再平常不過，一個洗衣機跟一個乾衣機並排著，旁邊有洗滌盆，牆上有幾個吊櫃，櫃內也不過是些洗衣及清潔用品，也有幾盒孩子用的紙尿片，灰白色的地拖呆在一旁，掃帚自己也封上了好些塵，天花板垂下一排高高的晾衣架。

「你知道嗎？我太太最愛這洗衣房。」男子突然從外進來，把女警員嚇了一跳。女警員沒說出「為甚麼」這樣的蠢話，只表示明白地點著頭，引男子說下去。

「洗衣服有減壓的作用你知道吧，很多家庭主婦不是很喜歡做飯但卻大多喜歡洗衣服，看到本來髒的臭的衣服在清洗後煥然一新發出清香的味道，會令人感到舒服。我太太特別喜歡用帶有春天氣息那種氣味的洗衣液。其實她很少用乾衣機，一來覺得耗電，二來怕衣服縮水。不過在冬天時偶爾也會用，因為她很喜歡抱著一堆又清潔又暖笠笠的衣服，覺得耗電也是值得。」男子雙眼下陷面頰乾皺疲態顯露，卻像是向人介紹相親對象那樣，向女警員細說妻子的習慣。

這時剪紙女孩從爸爸的雙腿間冒出來，用女警員幾乎聽不到的聲音，指著地上說：「媽媽在這裏。」空氣中懸吊著無聲的問號及不安，只有頭頂上的光管在滋滋作響。

女孩續說：「媽媽最喜歡坐在這裏。」女孩幼小的手指著空空的晾衣架下的位置，男子一時間不知如何承接女兒所說的話，便著女兒上樓午睡。

這是男子不知道的事。不止一次，女孩看到媽媽在洗衣機完成洗衣的工作後，將又濕又凍的清潔衣服晾開，一個個衣架展示出幾天以來一家四口的日常動態。在天氣悶熱的日子，她便會抱著雙膝，坐在晾衣架下面的位置，像在瀑布下打坐冥想般，任由清涼的水分慢慢降落在她的臉上，一點點清新，一點點飄香，彷彿灑下的是觀音的甘露水。

甘露水一詞，是她在街上閒逛時一個陌生婦人跟她搭訕時提到的。陌生婦人說，你可以拿一個噴水壺，以甘露水咒語唸七次，然後噴向有關「供養的地方」，一邊唸一邊噴。婦人強調：「如果沒有噴水壺，用瓶或杯也可以，但如最後倒入廁所的話，記緊不要馬上沖廁。」其實她並不知道甚麼是甘露水，也不明白甚麼是「供養的地方」。她對佛法有皮毛的認知，但並不信佛。她小時候入讀的是天主教小學，然後是七年基督教中學，宗教科在公開試中還得到優良的成績，增加了她升讀中六的機會。宗教對她來說，既不陌生，也不抗拒。她去過教會的團契，在神父面前辦過告解，也曾入廟上香，但總是不知為何，她始終無法投入任何一個信仰。

女警員尾隨他們上樓，男子回頭用眼角斜看著她，似乎有點不滿，但也沒辦法，跟女兒進房後便把門關上。

女警員在樓上聽到隱約有女人的哭聲，但留神細聽，又沒有了。

孩子房間隔壁是堆滿了書和舊相簿的書房，書和相簿之間似乎在互鬥陳舊。女警員在書櫃前細看一些舊照，有女子年幼時跟家人的家庭照，照片背景顯示出這大概是亞洲某個城市。相片中還有女子的父母。發黃的照片令他們的膚色看來更加暗啞，但相中證據顯示女子家庭應屬小康，還有兩個應該是姊弟的人物在旁互比得意。

留意目標人物的舉動是當警員必有的觸覺，但如果目標人物不在眼前，環境會提供很多有效的線索。

當上警察是她自小的夢想，根據母親所說，大約是在她五、六歲的時候，即是與剪紙女孩相若的年紀，她便已決志要當警察。最初懷疑是因為卡通片的影響，不過在她成長的年代，卡通片一般鮮有女性警員的角色，所以啟發她的很可能是一次參觀警察局的校外活動。那位警察公關是一位穿著制服的警花，五官標致身材健美而且聲線動人，跟在街上對付歹徒的警察形象是那樣的不同，令她覺得這不失是一個可取的職業：既能穿得醒目漂亮、受人崇拜，又能像老師所說幫助好人對付壞人，又有特殊權力及穩定的收入，幾乎是完美的職業。那位警花像個導遊般介紹警局的運作以及警察裝備的各樣功能，還有報案室、口供室、警長的辦公室，及囚室。當時還有個不知是警察假扮，還是臨時演員，或是真有一個剛被捕的囚犯在羈留室內，那人望向燈光暗昧的似是絕望的天花板，他的眼神表示，他對那些被水泥包裹著的鋼筋充滿仇恨，他是多麼的渴望看到並不是天花板而是晴朗的開闊天空，很可能是永遠都摸不到的自由天空了。那人的表情，不論是真情流露還是專業偽裝，不管他是大有冤情還是罪有應得，都令當時的她留下深刻的印象。

明明都是同一樣的天空，人的處境卻大有不同。

可是當上警察跟母親的意願完全相反。母親認為她有白人、越南華僑、葡萄牙人及印度人的血統，絕對是個優勢，最好能去選美或當個至少有人認識的演員（舞者歌者也可），又或是當有成就的男人背後的高貴秘書。就在要投考警員的三個月前，母親突然患上急性腦退化，這不單沒有令她改變投考警察的決定，更覺得這是上天製造給她的好機會。

從投考到當上警察，整體也算順利，只是女警員的人數實在較少，夥拍她的男警員並不是對女警員都一視同仁。男人的骨子裏總有甚麼看不起女人的地方，說不出是文化的使然，還是基因作祟，又或者因為她混合了不同血統，看上去總有異於純正本地人，容易被視為擁有非本地人的文化思想。她的男拍檔常以看不出她的性情及做事風格為藉口，認為她格格不入，例如此刻男警員正在樓下不知向總部匯報甚麼，而她心裏知道等一下會合時，男警員並不會向她提起任何報告的內容。已不止一次，她於被蒙在鼓裏的情況下查案，但越是被蒙蔽她越是要更快查出真相。這種苦況她也沒能向甚麼人傾訴，同業間的女性是那麼的少，有的更刻意將自己雄性化以配合大環境所需，又或本身擁有強烈男子氣概才選擇入行的，林林總總的背景及原因，也沒有碰上一個能談得來的同性。這職業也令她較難找到穩定的男朋友，不過季節性吃喝玩樂的她也不介意，底線是不用貼錢給對方。

書房內三個大書櫃放了多種英文書及其他語言的書籍和雜誌，也有字典及已變色彎曲了的文件夾。打印機上有幾張打印好的紙，她利用課餘學中文的微薄記憶認出了幾個字。

小說中的女神

很抱歉，我不能大談我小說中的女神，因為我沒有寫過。零碎而欠缺面容的女角是有幾個，但從沒有接近女神的人物。而在現實中，能被稱作「女神」的人是那麼的多，隨便懂煮食的是女神，能一起去吃麥記的又是女神（那我肯定是女神了！），「人」與「神」的界線是那樣的含糊，要求是那麼的低而濫，跟你們說的追風逐月深入火海拯救父母的「少女神」，以及總是充滿藝術氣質與世俗不為伍的安卓珍尼、貝貝、不是蘋果、栩栩、啞瓷、中、真、善、美等等相信陸續有來的接近完美的女子實在相去甚遠，大家似乎只是同名但不同義。

也許那所以是「小說中的女神」而不是「現實中的女神」。正如電影的故事發展，男女角浪漫得醉人的對話及情深程度，在現實中根本難以找到。現實的凡人們，往往也就只能通過及利用電影或小說，去沾染一些「神」氣。

女性作者是否比男性作者更難塑造一個近乎完美的女神？同性之間，即使是虛構，也難免有所比較及猜度？又或者女性欠缺自我檢視的大方心態，而一旦「女神」出現，便容易成為模範，面對理想的原形，叫自己時刻覺醒到自己的缺失，自慚形穢不成？塑造小說完美女神的責任，還是留給對女性有無限想像及詮釋空間的男作者吧。

不過對我影響最深，最接近「女神」的人物倒是有的，那就是出現在我小學時代的一系列由唐滌生改編的古代戲曲中的女角。從霍小玉到長平公主，《牡丹亭驚夢》的杜麗娘以至《再世紅梅記》的李慧娘，她們的身世可憐亦可悲，在時代巨輪下的一個無助女子，往往以排山倒海的力量為愛情作出綺麗動人的掙扎，即使是死，也在所不惜，叫人深感佩服及不可抗拒地傾慕。除了霍小玉在傾家蕩產求夫君早日歸來時幾近鬼門關，其餘三個女主角的命運皆難逃一劫：杜麗娘因思念書生而抑鬱致死，李慧娘被奸臣賈似道納為妾後因嫉妒她傾心於陌生男子而將她殺死，至於長平公主根據歷史記載，乃因亡國之痛在懷孕期間病逝，在唐滌生的改編下帝女花則在大婚之時與駙馬服藥自殺。

古代女子的命運如此悲哀，在面對戰爭、奸臣弄權各種巨大勢力的壓迫下，如何逃離任割任屠任烹宰的厄運？劇中的女子雖畏懼，但並未輕言放棄，反而以柔弱之臂力（尤其粵劇旦角造手皆十分嬌弱含蓄，當中白雪仙的氣質更極為高貴），獨自一人殺出重重血路，形成了極為強烈的對比。

臥病在床的落難霍王女霍小玉為奪回夫君而拚死跟權貴對質，單是眼神已將家丁及情敵嚇退。現在已很難想像兩女爭風呷醋是用眼神去一比高下了。而長平公主也在新帝上任後大膽地討價還價，要求先安葬父母釋放弟弟才肯接受他的懷柔政策。她才十六歲。李慧娘更化為鬼魂，回去相爺府登壇鬼辯。最令人心鼓動的，莫過於賈似道求饒哭道：「答應慧娘你四十九天露天打照超渡，更化十萬溪錢，你將老夫原諒也罷……」但慧娘說：「我不要，不要！」她要的是所有人面壁一時，低首思過，從而藉著機會救裴禹及好姊妹絳仙出生天。她為了友情、愛情不惜一切，即使是死，甚至死後，仍繼續未完成的心願，那是一種寧死不屈，誓要追求真相討回公道，向摯愛再續前緣的無比堅毅的勇氣。她們比我現實生活中認識的男性更強、更主動。正是我心中的女神也。

當然，戲內的角色都是假的，是以假的演繹、假的效果牽動真實的情感，入場的觀眾為演員的演出發笑以至流淚，感動良久或有所反思而不能安睡。而我一直深深投入其中。

只是現實中的我既沒有這些女主角般幸運，總是能遇到一個同樣有情有義，肯為對方一死何足懼的翩翩美男子，但我隻身到異鄉追尋愛情的決定可能或多或少是受到這些戲曲的影響，當然追尋來到這邊之後又如何呢？而我也沒有窮追不捨對抗權貴的本事，甚至是日常分析時事的能力也欠奉。不過這個年代資訊發達，強權隻手遮天的動作比較容易揭發（但揭發後人們沒甚反應問題繼續比問題本身更為荒謬），又即使有女子挺身而出，說要挑戰政權為弱勢發聲，大概只會被人笑罵一番然後被問候一下：挑！你都係做場戲呃 like 呃飯食啫！

除非你有李慧娘的勇氣，才有資格在最後嗤之以鼻說一句：「人間才把貪官怕，陰司何懼（督、撐）虎獠牙！」

還是做個會吃麥記的女神容易得多。

丈夫

太太離開前有甚麼異樣？
太太最近有沒有不開心？
有沒有身體不適？
她有沒有吃藥、抽大麻或酗酒的習慣？
有沒有結識新朋友？
跟誰最談得來？
有沒有變賣東西？
你們財政有沒有問題？
常瀏覽甚麼網站？
有沒有特別看甚麼書？
有沒有說想到甚麼地方走走？

跟她的家人有沒有緊密聯絡？

知不知她帶了甚麼離家？

離家當時穿了甚麼衣服？

衣服有甚麼特徵？

最後一次跟你說了甚麼話？

有沒有向孩子透露甚麼？

最初三條問題丈夫都以搖頭作答案。由第四條問題開始，他變得沉默，臉部肌肉明顯繃緊。男警員毫不留力地向他繼續發問第五六七八九十條問題，即使男子沒有說出任何答案或表情作回應，男警員還是不緩不急，將一切記錄在記事簿上。男子很懷疑他的沉默會如何被解讀。

女警員站在一旁看著二人的對答。她拉了拉衣袖，將帽摘下，男子有一刻曾懷疑她是不是想打他？

當男警員表示查問夠了，男子才猛然醒起說：「想知道我太太離開時穿著甚麼衣服，我可以翻看閉路電視的紀錄。」警員留下電話，表示有新消息請隨時通知警方。

兩個孩子睡了，警員也走了，卻因為沒有脫下鞋子進入屋內而留下一地雪水、泥沙和工業用鹽。男子以極度疲累的身心開始清潔地板。他拿出掃帚掃著地上的泥沙，同時也掃到女兒散在地上的紙碎。掃著掃著，原來幾乎每個角落都有不同形狀及顏色的紙碎，不打掃還真不知道原來女兒這麼愛剪紙。望去飯桌那邊，地上也有很多飯後留下來的殘餘物，一粒粒變硬了和未完全變硬的飯、一觸碰便化為粉碎的麵包屑、尚有弧度可辨認的即食麵，還有曲奇、鬆餅、乾果、麥片、芝士等各種或鹹或甜孩子喜愛但事後難以清理的食物殘渣。拖地的時候還看到地上各處有很多果汁、鮮奶、乳酪、口水等遺留的痕跡，又有被人踩踏過再伸展開去的印記。

他不由得站直身，慢慢細看這間房子，這個家。由有點磨損的地板開始，看到被孩子玩具擦花了的牆角，積了發霉物的窗邊，幾年前才轉換但已變黃的膠質百葉簾，一分鐘會漏出一兩滴水的水喉，從未使用的壁爐，搬進來以後仍未修補的由前屋主在牆上留下的掛畫釘孔，廚櫃的邊緣發白，抽油煙機帶著蠟黃，瓷磚地板也有一兩塊出現了裂痕，載有不同年月的大小不一看來相當亂雜的相架，桌上的假花擺設也十分過時，不知是新的還是舊的圖書幾堆放在地上，四周都有不同程度的凌亂感，跟窗明几淨有很遠的一段距離。住在這裏只是五、六年的光景，但畢竟房子不再年輕了，總不能怪人打理不周，誰的家不都帶點凌亂？誰能終年保持示範單位那種不切實際的造作美？而且，不能排除在妻子失蹤前房子是執拾得相當妥當的，妻子一旦離開，茫無頭緒的他同時要處理兩個孩子，整間房子極可能在半天內變成被賊劫一樣亂。這一點，有孩子的人一定明白。只是他無法記起，到底這個家何時有六十多個相架，牆上何時沒有了結婚照，又為何有那麼多中文兒童圖書？孩子學中文多久？他也不知道，他也不記得妻子失蹤前的家，是否比現在更整潔還是更髒亂。一切是那麼的突如其來，他毫無準備。他彷彿走進了別人的家，或是在夢中來到一個似是熟悉卻又不認識的地方。

他整個人陷在沙發裏，任由沙發吸去他僅餘的體力，最後終於沉沉睡去，但睡著了的他並沒有真正休息，他的腦袋比醒著時活動得更強烈，思緒不住跳躍，彷彿睡著了的他反而更清醒、更有動力、想做的更多。他發了很多夢，其中一個亦是他醒來前的最後一個，他夢到妻子。

夢中的妻子跟他，和跟他們一起生活了十四年的大狗正在車上。妻子駕著車，他坐在旁邊，說著一些沒有內容的話，妻子沒有回應，只一直開車。車外的風景就像現實那樣白雪茫茫，水撥牽強地左右擺動，突然卻撥到櫻花落下的片片花瓣，忽然又變成了黏稠樹汁飄灑的盛夏，再有幾十片楓葉脫落貼在車窗上，然後又再次變回大雪紛飛。沒有變動的，是大狗在後面不時將頭伸過來，口中發出陣陣難聞的氣味。此時妻子突然煞車，急急跳下車去。他問：「你要去哪裏？」妻子說：「我累了。」於是他也下車，一如平日的習慣，妻子從後面繞道，他則在車頭走過，然後坐上開車的位置。車一直繼續開，不久發現快要沒汽油了，便向妻子說：「要找個油站加油才行。」他才驚訝地發現旁邊根本空無一人，妻子並不在乘客座上，而狗也不見了！後座傳來兩個孩子的叫聲，他回頭一看，奇怪為甚麼會有兩個孩子在車上？是我的孩子嗎？

他驚醒了。一雙精靈的大眼就在他眼前。

「爸爸。」女兒揉了揉眼睛，看著窗外已暗下來的天色，還以為是半夜時分。「你說故事給我聽好嗎？」

他為難地苦笑著：「爸爸……不會說故事，你自己去看書好嗎？」

「但是媽媽會說故事啊，她還說人人都會說故事的。」女孩雙手叉著腰了。

他唯有隨手拿起地上的一本《伊索寓言》，隨便打開一頁，思緒混亂地隨意選讀一個故事。

一隻蚊子停在牛的角上。坐了不久，牠就想飛到別處去，於是牠發出「嗡嗡」的聲音，問牛可願牠離去？牛聽了冷冷地說：「我根本不知道你來了，你去了，我也不會覺得失去了你。」

女孩不發一言，似乎不知道故事已完結，仍在等待爸爸的精彩演繹。

「讀完了。」

「讀完了？」

「是的。」

「故事已開始了嗎？」女孩瞪著雙眼不能置信地說。「這本書不好看！」

他沒再解釋下去，也沒有將「有些人太過看重自己」這寓意說出來，怕女兒要問甚麼是「太過看重自己」就麻煩了。

然後女兒拿來一本看似全新的正方形的硬皮書，書的封面上有兩隻咖啡色的兔子，一大一小，小的在把玩大兔子的耳朵。單從圖畫看來，猜不出兩隻兔子的關係，不過男子心想，一般都是母女父子之類吧，只是這是一本中文書，他無從得知書的名字。

「中文書，爸爸不懂啊。」他對於無能為女兒閱讀一本書而心裏忽然難受起來，甚至想到為何小時候沒聽從父母的吩咐好好讀中文。

「不怕！我有英文的！」女孩以仍不算十分靈巧的雙腿迅速跑到樓上，從睡房拿了一本較小的、明顯翻看了很多遍、作者是 Sam McBratney 的英文書：*Guess How Much I Love You*（《猜猜我有多愛你》）。

他打開小書的第一頁。

「不！不是讀這本，英文這本是給你先看明白，然後再讀中文這本給我聽。」孩子的要求有時可真複雜，中文英文這兩種語言在她的小小的腦袋內到底有著一種甚麼樣的吸引力？

在他匆匆消化了英文版本後，便開始依樣畫葫蘆地講解中文版書中，兩隻一大一小的野兔來回說著「我愛你」有多高有多深的故事。

像手臂張開那樣長嗎？像舉起雙手那樣高嗎？或倒立起來高及腳趾那裏？或是跳得有多遠？每一次小兔子心裏都在想，他的比喻不及大兔子，他的手和腳不夠長，跳得不夠遠，於是小兔子放棄了被框限的身體，想到：「我愛你像小路伸到河流那樣遠。」然而大兔子更勝一籌地說：「我愛你遠到跨過小河再翻過山丘！」最後小兔子望著深邃的天空，說：「我愛你一直到月亮。」然後便睏得倒頭大睡。這次大兔子也對小兔子的描述深感佩服！一直愛到月亮，那的確是無可比擬的愛。他低下頭，親了親正在熟睡的小兔子說：「我愛你一直到月亮，再從月亮那裏，回到這裏來。」

完。

女兒心滿意足地，像小兔子般蹦跳到她的小書櫃前，瞇著眼努力尋找另一本她想看的書，又扭開她的小型收音機，一首 *Goodbye Until The Next Time* 悠揚播送，充滿整個客廳。

突然門前有人影，然後傳出拍門的聲音。他從呆滯的思緒中清醒過來撲到大門去，極希望看到的是妻子。開門卻發現兩個男人，一人拿著攝錄機，一人拿著咪。

「你好我們是電視台的採訪隊，請問你是否有家人失蹤？我們可以替你錄一段影片，當事人便可以透過新聞聽到你的尋人啟事，我們還會幫你放到網上新聞無限重播。」那個脖子掛上工作證的男子西裝頂著雪花，一面說著半邊身已毫不客氣地擠進了玄關。

「我……我不想說。」他想深一層，又覺得並不是不想說。

「我……不懂怎樣說。」他更正他的答案，同時用腳頂著大門，不予採訪隊進一步硬闖。

「先生你聽我說，這樣的深情告白是很有效果的，我們做慣做熟，還可以考慮幫你盡量放在頭條。」話未說完，後面的攝影師將本來垂著頭但隨時作好準備的攝影機托在肩膀上，一隻手全面喚醒機器，另一隻手在鏡頭上作細緻的瞄準，亮起的輔助燈似是即將發射的迫擊砲。

「不用了！不用了！」被瞄準器擒住的他是被捕獲的疑犯，馬上作出自衛式反抗，將二人推走。門砰的關上，他失神地喘著氣。採訪二人組依然窮追不捨，在大門旁的窗敲打著，猛按門鈴，還隔著玻璃大喊：「先生，你考慮一下吧，我們在車上等你。」

他隱約聽到窗外二人說：「如果不是今天風平浪靜，採主怎會想用這種故事作頭條？這裏的雪大到不是人住，沒到山上來真不知道。」二人迅速返回車上，他們的車已鋪上了一層雪，電視台的名字都隱去了一半。十五分鐘後，他們接到電話，便揚長而去。

他並不討厭記者，他只是不想向全世界承認他的妻子失蹤了，而原因不明。一方面他認為平白無故地離家出走，令人擔憂又憤怒。另一方面他又明白，離家出走的人，一定事出有因，正如所有離家出走的孩子。誰不想待在安逸的家？而他無法面對鏡頭，情深地說出我愛你求求你快回家那樣的話。雖然他在這裏接受教育，但大概華人在這方面都比較含蓄，或說，表達自己的感受是華人的弱點，尤其男人。

他放下了戒心，便站在窗前看外面的雪。他發現他鮮有這樣站在窗前細看，而現在他看到的只有白皚皚一片。花園是如何的？有甚麼植物？他好像知道，卻又無法確實說出半個答案。

錄影紀錄還顯示出妻子在離家之前在車上坐了整整一小時，她在車上唸唸有詞，時而握拳，時而舞動雙手，有幾次抱著頭，似是擦著淚。他不相信這是他所看到的妻子，當中一定出了甚麼誤會。錄影角度不全面，車房內燈光欠佳更何況是隔著玻璃車窗。有影片也不一定有真相。他不能相信這段無聲的攝錄自他家中的影片，竟跟電視劇的劇情是那樣的相似。他不相信妻子竟淪為濫情倫理劇的主角，而自己更是當上了男主角而不自知。即使這一切只是假設，他也不能接受。

最後妻子將車駛離房子，在雪地上留下兩道深深的行車印，在鏡頭逐秒倒數下，慢慢地消失。

那是這年最後的一場雪。明天便是元旦，大家在忙著慶祝新的一年來臨，但新的一年來臨其實有甚麼好慶祝？

他撥通警員留下的電話號碼。

「妻子離家時，穿著藍色長羽絨褸，深色窄身褲，咖啡色長靴，手上戴著紅色手套，沒帶手袋。請你們盡力幫忙。」

談夢

我一直在想，那由年輕到現在一直重複地發，在差不多把它完全忘掉的時候又會出現的夢，跟我某些潛藏的意識到底有甚麼關係。

十五歲的時候我開始了我的初戀，這段懵懂的戀情維持了三年多，而當中最值得珍惜的，反而是認識了他的一幫朋友，以及跟這班朋友一起四處嬉戲的日子。我們流連電子遊戲機中心（香港現在還有嗎？）、桌球室（還有嗎？），甚至麻雀會所（這肯定有吧）。那時卡拉OK剛流行，有多餘零用錢的時候大家都會聚在那裏，唱完一隻鐳射碟便出去換另一隻，直到所有碟都被我們唱完。每逢誰和誰的生日，總會大肆慶祝一番，又不時晚上到城門水塘燒烤（根本看不到食物是否熟透），更有乘尾班船到離島，結果第二天回家當然被家人責罵到體無完膚！但那的確是好玩啊！那青春的回憶，還有甚麼能媲美！

而當中的一個男性朋友，不知何時開始，跟我特別談得來，慢慢便變成了好友，繼而發生了一些不算越軌但卻有點曖昧的行為。我們會偷偷通電話，會說一些只有二人明白的話，將男朋友置身事外。老實說我的確享受那種關係，既是好友，又非男友。我曾捫心自問跟對方並不算墮入愛河也不算偷情，後來對方也有女朋友了，我也沒有醋意大發，更足以證明自己的「清白」，便肆無忌憚地繼續下去，甚至連對方的女朋友也被蒙在鼓裏。後來這個朋友到外國留學，我們繼續不停通信，又會在深夜互通長途電話。天啊可知道那年代長途電話收費是何等的昂貴！這段關係維持了兩、三年，直到我進入大學，對方和我也有了新戀情，大概因為長期分隔而話題欠缺，雙方便慢慢淡出，連最後一次通訊止於何時也不清楚，沒有正式的道別。

我以為我們就那樣告一段落。可是多年來我卻在夢中一而再地夢到他，場景總是一個赴約的環境：我約了他，而他卻因種種原因而失約，即使他真的出現了，卻又不知怎的很快便離開，又或者我總是找不到他的所在，打電話給他總是接不通，或無人接聽，或電話已改等等，成為一個夢中難以接觸的人。每次醒來後我都莫名其妙，沒有任何不快或傷心的感覺。

二十年過去，這個夢不時出現。數年前我在臉書上重新跟他聯絡上，他說他也找過我，但是不知我已離開香港。再次接觸的感覺不算十分特別，他已移居上海，我在加拿大，有著過多的時差。他結了婚，又離了。看他的臉書，我發現他的生活跟二十年前分別不大，還在繼續他那種抽煙喝酒日夜玩樂的日子。而我剛生下第二個孩子，又忙又累，大家話題也有點乾涸，談了幾次大家反應不一之後，便沒再聊甚麼。

可是，他並沒有消失，還是會在我夢中出現。

我對夢的內容一向有興趣，曾經想學人看佛洛依德的《夢的解析》，我一直以為我已買了這書。但今天我尋遍書櫃卻發現我有的是佛洛依德的《日常生活的精神分析》，便只好到互聯網看網上版本。

佛洛依德認為夢是許多變態心理現象之首，是潛意識以另一個形式，在移換了的人物、情景及物件之中得到滿足，是願望的滿足（wish-fulfillment），而所有症狀都跟性慾的執著有關。

然後不知怎的，又看到加拿大導演 David Cronenberg 一齣名叫 *A Dangerous Method*，香港譯作《危險療情》（又是玩不厭的「食字」遊戲）的電影，描述一九〇〇年心理學大師榮格與佛洛依德相知相交到最後相分，以及有性虐傾向的病人莎賓娜在他們當中的關係。莎賓娜是榮格首個試用談話治療的病人，後來成為了榮格的情婦。榮格所抑壓的情慾在婚外情上得到了滿足，但卻抵不過婚姻規範，及醫生跟病人相戀的不道德罪名而分手。後來莎賓娜被佛洛依德賞識，在心理學上也獨當一面。佛洛依德跟榮格也越走越遠，亦師亦友的關係走向破裂。

我在線上看著這套電影，因為孩子一直在後面吵鬧而令我只能勉強看到十多分鐘便作罷，轉移在手機繼續查找有關佛洛依德對夢的解說。但不久孩子又嚷著要午睡了，我也無可奈何帶著未完成的研究陪他們去睡。

電影有一幕，榮格利用懷孕的太太作實驗，在一個類似測謊儀器的監測下，他說出一個詞語，然後著太太想出一個詞語作回應。當中的對答是這樣的：

他問：「盒子。」太太答：「床。」

「錢。」「銀行。」

「小孩。」「快了。」

「家庭。」太太遲疑一下說：「單位。」

「性。」太太：「唔……男性。」

「牆。」「花。」

「年輕。」「嬰兒。」

「問。」「答。」

「帽。」「戴上。」

「頑固。」「放開。」

「憐憫。」太太遲疑更久：「嬰兒。」

「名聲。」「醫生。」

「離婚。」太太怔了一怔說：「不。」

而事後榮格跟那位未來情婦莎賓娜討論測試結果，結論是：太太害怕丈夫對她失去興趣。

這夜，我發了一個夢。這次夢境人物有所轉換，但情況類似。我夢見我的初戀男朋友，竟然跟那位男性好友曾暗戀而力追但不果的女孩在一起，她是公認的校花，身材高挑成績優異在學校無人不識，在夢中她竟然跟比她矮小相貌不揚的我的前男友在一起，把我和那男性朋友蒙在鼓裏。

佛洛依德說，夢透露出我們最深層的願望。

而事實是，榮格真的對太太失去興趣，而跟莎賓娜相戀起來。

第2章

以先知之名

in the name of the prophet

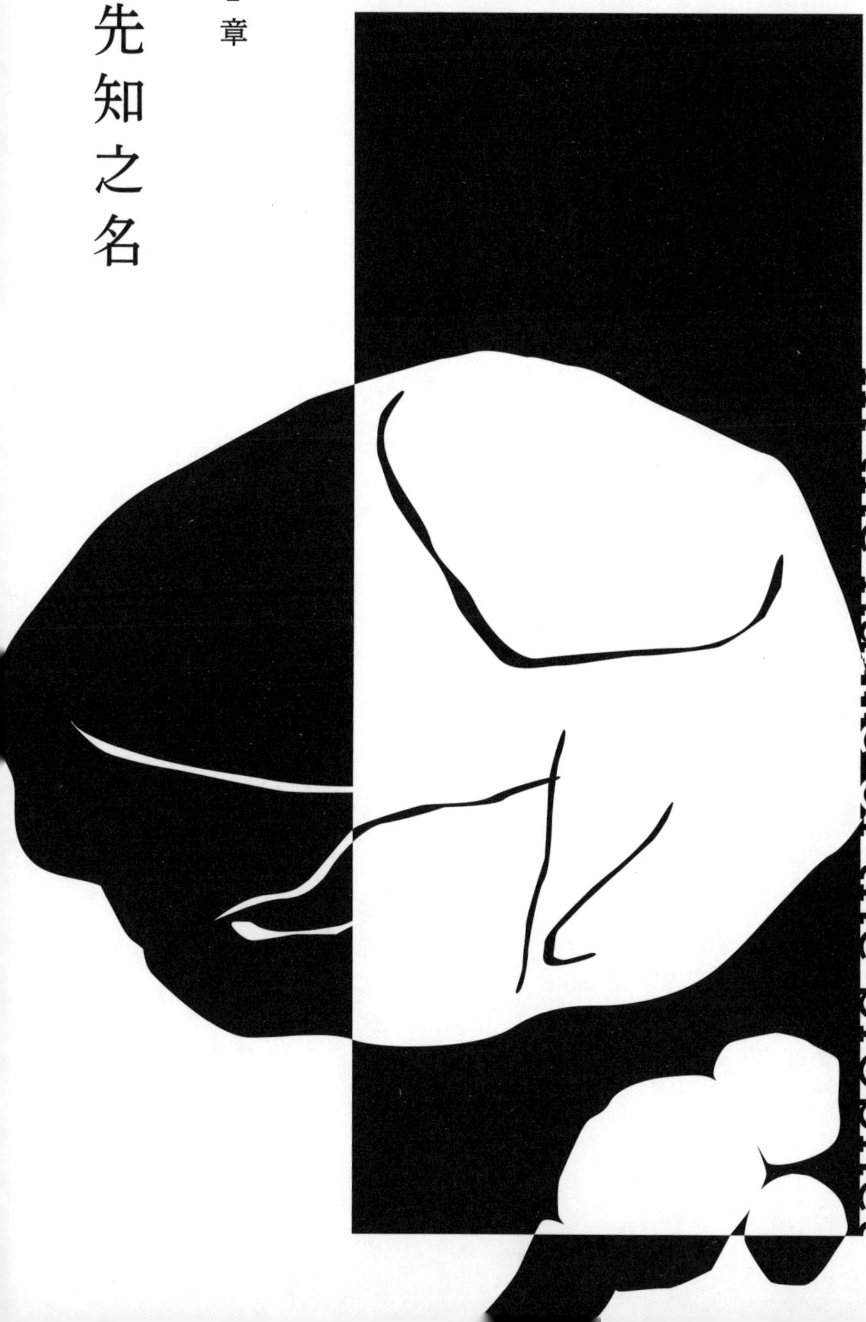

DNA出錯

大部分的親子活動她都有報名參加。先知是認識她的，只是一時記不起她的名字。

警員根據線索來到一所非牟利社會服務中心。中心在這城市扎根已久，協助不同種族的新移民適應新生活、提供就業培訓，也有各種兒童、青少年及婦女服務，對於早期不懂英文的華人幫助尤其大。

先知在這機構工作近二十年，是移民後的第一份工作。先知曾於不同部門任職，對區內事情十分熟悉，擁有「人肉維基」及「真人導航」的美譽。而且她閱人無數，心思細密，似是擁有未卜先知的能力，一些隱形問題在她的法眼內都無所遁形，不少被動的人都因此而得到幫助，所以大家為她起了「先知」這個綽號。有宗教信仰的先知雖然不接受這個冒犯的稱呼，但一傳十十傳百，大家在電郵、群組，甚至見面時都這樣稱呼她，很多新認識的人甚至真的以為她姓先名知，或者會問先知貴姓，總之情況一發不可收拾。先知一張嘴百辭莫辯。到了後來，先知真正的名字已經不再重要。

「請盡快入正題。」先知對於警員的調查當然願意合作，但她的確有很多工作，現在正是親子時段，不能分身，下午又有份參與籌款晚宴的準備，先知講求的是效率。

警員拿出照片，相中的華裔女子非常面熟，但可能照片的光暗不足，或角度有偏差，思前想後，總是不能如平日信心十足地說出她的名字。

尋人照片的最大問題，是當事人的樣子跟相片的往往不太一樣，有戴眼鏡或沒戴眼鏡，頭髮夾起或垂下，衣服令人看來消瘦或臃腫，做個可愛的笑臉或裝酷的冷傲，樣貌可相差千里。

「她有兩個孩子，一個女兒較大，已上學，另一個孩子應該是四、五個月，或七、八個月，上個月好像在商場碰見過他們，小的孩子能勉強倚著一些東西坐了。她懷孕時也有來我們中心，孩子出生後就暫停了一段時間，每個媽媽生產完都需要一段時間休息及整頓的。休養夠了，她們便又會回來。」先知總是以媽媽的角度出發。

「我們不是想問這些，她有幾個孩子、孩子多大我們早就知道。我們是想問，她在失蹤前有沒有跟你們說過甚麼，有沒有發現她表現出不妥之類。」男警員以搶先的姿態截停了先知的話。

先知跟她的確算是談得來，那是一種久不久才見面，不太深入了解對方背景，卻有一見如故的投契感。她們每次見面都會聊上一陣子，日常的天氣、哪種時令水果減價、孩子生病等話題。雖然談得來，但對方丈夫做甚麼職業或家庭成員關係等問題卻從未深入談及。

先知將媽媽們在中心一般的活動一一告訴警員：唱兒歌、說故事、吃茶點、玩遊戲。內容平白無奇，似乎毫無線索。警員不禁分神，後面開始有孩子在哭，警員下意識地皺著眉，還不自覺地看了看根本不需要看的手錶。

「你覺得這些活動很無聊吧？的確，我們是以幫助新移民為主，而現在的移民跟二、三十年前來的移民已有很大分別了。現在來的人一般都學歷不淺，要不就是生意人，投資移民很多，大部分人都拿著一筆錢過來，基本上已很少需要經濟上扶助或接濟的人了。但有錢並不代表一切，一個人脫離了自己原本的家鄉，失去原來的工作，在言語及地理隔閡的情況下，心理上的打擊可以是很大的。很多一來到便當媽媽的，沒有家人及朋友在身邊幫忙及支持，很容易便患上情緒病。」先知已看穿警員看手錶的伎倆，毫不留情地對他的態度作出質疑。

「你還想知道她的甚麼？還要我說甚麼嗎？」先知不饒人地繼續質問警員。警員無言以對，正想留下聯絡打圓場去吃午飯，先知卻又繼續開口說，但她卻並不是面向著警員說話，而是坐到孩子玩泥膠的桌子去，邊陪孩子創造世界，邊慢慢道來。

「不止一次，在唱兒歌的時候，我看到她雙眼發紅，懷疑她幾乎要流出眼淚來，每次她都馬上左顧右盼，捏捏鼻子含混過去。那些兒歌其實是非常普遍的，如 *Twinkle Twinkle Little Star*、*The Wheels On The Bus* 等。其他人可能不發覺，但我猜想她內心藏著一股巨大的不安。」先知用黃色泥膠，捏造了一盞燈。像檯燈又像街燈。

「兒歌你識得幾首？」先知望向警員，不等他回應便繼續說。

「有一次，她跟另一位常來的媽媽談起懷孕的經驗，本來談得好好的，有說有笑，忽然二人都哭起來。我們馬上追問，她們立即收起心情，還有點不好意思地說沒甚麼，只是想起一次令人傷心的懷孕經驗，胎兒發育不正常，談到要不要將孩子打掉或生下來的掙扎，以及手術前後種種身心的痛苦，便一發不可收拾。」

先知用綠色泥膠，捏了一棵草或樹。

先知對於這樣的故事也不陌生。身邊不少女性包括先知自己，都曾有過流產的經歷。流產的內容又分多種，最常見的是假性懷孕，即是卵子受了精，卻在前往子宮途中出了岔，或在子宮壁著床不佳，或是著床後細胞分裂沒有完成，驗孕測試明明呈陽性，卻在照超聲波時發現裏面空無一人，多麼的令人一場歡喜一場空。然而這卻算是非常幸運的落空，因為連胎兒也未出現，一切皆無，就不必刻意處理，很多粗心大意的人甚至不知道自己有孕，還以為只是月經來了，這便最最幸福。其餘例子，有胎兒生長了十周、八周，卻不知因何而停止發育，在產檢時才得知，醫生也沒有特別的解說，只拋出一句實屬常見，令人難過。而更令人難過的，是胎兒已發育成完整的人形，卻在檢驗中發現基因出錯，患有無法醫治或改變的先天性問題。眼前的選擇只有兩個，一是接受孩子的身或心的異常，義無反顧地讓孩子來到這世界。一是狠下心腸，終止懷孕。

先知的經歷就是這一類別。結婚多年也沒懷孕，她和丈夫也急起來。終於在她買過又丟掉了無數驗孕棒之後，一個毫無預兆的早上，那支神奇的小棒竟出現了前所未有的兩條淡淡的線。那是所有渴望懷孕的女性夢寐以求看到的兩條線，比起中彩票還要開心興奮的兩條線。但她所不知道的是，那兩條看似表示著希望的線，竟是無盡傷心的開端。

當時先知已懷孕十八周，做了各種測試得知胎兒基因不正常後終日以淚洗面，既傷心亦狠不下心做決定。一天起床時她發現雙眼的眼皮都擦爛了，眼淚刺痛著被擦破的傷口，紙巾抹出來的除了是淚還有血。她便知道要決定的時刻來到了，無論是放棄或咬緊牙關堅持下去，是不能再停在只有眼淚的關口了。

那天，先知一個人帶著基因出錯的胎兒，神情呆滯漫無目的地走到一個溜冰場。溜冰場上有很多年幼的初學者，他們不知為何在穿著溜冰鞋的奇怪狀態下努力向前滑，竭盡他們所能前行而不跌倒。他們亦步亦趨隨著教練，跌跌撞撞不知如何是好，間中有一、兩個技巧較高的在暗暗耍花招顯示自己的強處，卻又馬上被教練挫了銳氣；一、兩個落在後面的跌倒了又起來，跌倒了又起來，也沒有被大家遺棄。不論姿勢如何，速度多快或多慢，他們看來都那樣正常而快樂，擁有平等的努力的機會，能自然地走著或坐著而不被任何人比下去，不會被人側目或指點，或遷就或刻意保護，或自己心中掙扎地問「其實我不來到這世上來是否比較好」那樣永無答案只有傷心的問題。那一刻先知明白到，人只是自然界中一種非常脆弱而微小的生物，如草，如樹，甚至不比動物。

溜冰場場內響起節奏明快的老歌 *Top Of The World*。先知記起當年未移民前在香港唯一一次到溜冰場的經驗。那次是先知的一班同事在太古城為她吃飯餞別。飯後有兩、三位青春無敵的畢業生提議到下面的溜冰場去溜冰，當時仍算年輕的先知卻自覺已不再年輕也沒有經驗，便急忙拒絕，可是同行的人竟大半贊成，另外的則表示可隨大隊意願，就這樣成就了先知在香港第一次也是唯一一次溜冰的經驗。結果溜冰鞋令她的腳踝發痛，進場後像鴨一樣緩慢擺動而甚覺無癮，而同行的人都竟自動自覺找到挽手同溜的對象而樂此不疲。那一刻先知感覺好像中計了或被利用了，獨自站在橢圓形的一端被冷氣猛吹著，看到她認識與不認識的人在眼前像走馬燈那樣來了又去，去了又來。突然黎明的最新歌曲響起，算是當晚最令先知興奮的事。先知到現在仍然記得，那首歌名叫〈DNA 出錯〉。

無論胎兒的基因如何，已經無法改變，不是手術或日後訓練等後天加工可以彌補。她既無法保證孩子能健全地成長，甚至不知道如何令孩子快樂，更甚的是，如何令她自己快樂。一個無法快樂的母親，注定無法養育出一個快樂的孩子。

手術後先知決定將胎兒安葬。每逢清明節前後，先知都會前去拜祭這個不知該稱作自己女兒或兒子的沒名字的未曾來到這世上來的「人」。天空降下的雨粉每次都為她的哀傷作掩飾，但先知也不知道這樣空洞而不實在的儀式會維持多少年，及這樣的安排由始至終是否正確。先知只是越來越清楚並明白，心中有一個重要的部分，好像已隨著孩子的離開而死去。

後來先知始終沒有再懷孕。直到五年前子宮出現一個極大的纖維瘤，醫生急切地認為必須將整個子宮切除，否則危及性命。先知的丈夫對於懷孕一事已感無望，對於切除子宮也沒甚麼意見。就在一個兩小時的手術後，先知失去了女性獨有的生育器官。

桌上已有橙色泥膠捏成的長椅，藍色泥膠捏成的食物，咖啡色泥膠捏成的人，先知問旁邊一個混血小孩：「你猜先知姨姨造了些甚麼？」混血小孩側了側頭，食指放到嘴上想了想說：「黃色的 iPad，藍色的 Benz，橙色的電話，咖啡色的……」小孩仰天大叫：「大便！」先知和周圍的小孩都哈哈大笑起來。

單是一句大便，已使孩子樂透了。用甚麼更科學的方法，去衡量孩子的快樂？

「但至於那次不好的懷孕經驗對她造成了多大的陰影，即使是專家也難以估計。那次我問兩位媽媽要不要一些輔導，她們馬上收起眼淚，說沒有事的，已慢慢克服了，只是提起往事便難免感觸。」先知記得她們還擠出了一個笑容，那種不想別人擔心而勉為其難的苦笑，最教旁觀者心酸。

「之後幾星期都不見她帶孩子來，正想翻出登記的資料打電話去問候她一下，便見到她來了。原來她患了重感冒，一家上下都病了。那天見她已是平常的談天說地，沒事沒幹，我也就沒再追問下去。」

先知說到這裏不禁怪責起自己來，她深深明白到流產對女性的心理影響非常深遠，有時亦難以向最親密的人細說，很應該多管閒事多問一句也好。包括先知自己的丈夫，也不能真正知道先知的內心有多複雜，當然這也因為最難過的感受，往往很難用簡單的說話面對面表達。或者，只好怪人類的語言實在太貧乏，太有限。先知在警員臨行前加了一句：「你不妨向她丈夫說起這件事，我相信他應該毫不知情。」

只好怪 DNA 出錯。

那一刻我對自己感到陌生

初移民來時我做過兩份工，那種對自己感到陌生的無語感直到現在仍很難忘記。

第一份是在觀音寺做「作家」，工作其實是將法師在電台的講稿打好並編輯。這樣的「作家」工作並不奇怪，奇怪在於這個「作家」的職位比我預期中複雜得多，因為除了打字之外，法師還叫我幫忙遞飯菜、清潔大殿及爬高爬低到處貼臨時靈位供善信拜祭。我自問真不擅長這些技能。

然後就是當上新聞記者。在面對不知是誰應該要訪問甚麼的發佈會，我總是拿著米高峰從心裏抖顫到口裏卻始終無法問出半個問題。有時在新聞片段看到角落有自己半張扮作專業的陌生的臉，我會震驚得無法呼吸。我彷彿看見一個在異度空間的我，在被鬼上身的情況下做出那些行為。當時在採訪現場自我暴露的窘態，不單在我腦內無限重播，更肯定被眾多攝影機拍下來，永遠寄存在新聞部的圖書館無從刪去。最後當記者的結果當然是粉身碎骨，葬身於自我價值質疑與重重錯失之中。

之後我開始了在網上教寫作的工作。看著電腦屏幕單方向給予學生批評，既權威，又孤獨，但兩種也不是我想要的感覺。始終，我還未能在這裏找到一個適合自己的生存方式。

近年對自己感到陌生，是一連串發生於我帶孩子到外面玩耍的細碎事件。

生了第一個孩子後，平日都悶在家中，而在女兒一歲多的時候我又懷了第二個孩子，這城市的秋冬已相當清涼，我懷孕常有不適，就沒有帶著孩子乘巴士外出的勇氣和體力。直到去年我們多買了一輛車，女兒已三歲，而兒子也懂得走路了，夏天的太陽曬得房子像關不掉的火爐，在家帶孩子也變得異常煩躁，餵飯那些令腎上腺素激增的事情令我如焗爐中被烤得發黑的薄餅，一碰我便會崩散。再說，這裏夏天的好天氣短暫得非常珍貴，不出外走走實在太可惜了，便搜尋一下附近有甚麼適合孩子參與的活動（免費首選）。而想不到的是，這竟然是令我看到那個陌生自己的好機會。

第一個參加的，是圖書館幾乎每天都有的唱兒歌活動。就是簡單的由圖書館館員帶領著，一首一首耳熟能詳的兒歌唱下去那樣，理應無甚難度。

第一首總是 *Hello* 歌。圖書館館員極為熱情地唱著「你好你好很高興見到你」！我也就隨著氣氛 hello 一番吧。但圖書館館員叫大家一起揮手，「來！揮手！」好的，我就揮手吧，那不過是最簡單的人類打招呼的動作。然後第二段歌詞的內容將「揮手」變成 roll，圖書館館員便示意將雙手像我們兒時玩「火車捐山窿」那樣在胸前旋轉著。好的，轉就轉吧。然後第三段歌詞，變成了 jump！「大家站起來一起跳！」孩子開心地拉著我發狂地彈跳，眼見圖書館館員和其他所有媽媽都落力地跳，有一、兩個媽媽還作誇張地扭動，我也就不好意思擺出一副不合群的冷淡姿態，也就唯有似跳非跳地配合著。

那一刻我馬上雙腋冒汗，呼吸急促。跳舞後坐下來，好像還要一段時間才能定下心神。這幾個簡單得不能再簡單的動作，對於從小已是個不能在其他人面前呈現自己的我，難度之高不是別人能想像。

再下來另一首更慘的，是一首叫 *Hokey Pokey* 的歌。圖書館館員說，這歌最初流傳可追溯至十九世紀，而且亦是四十至八十年代一些公開場合非常流行的舞曲。「媽媽們你們應該不陌生吧，既然說是舞曲，那就要跳舞了！」那一刻不知我的臉有沒有紅得通透，眼神有沒有出賣了我的不安，因為我是一個「不會跳舞的人」，我的孤僻性格，使我無法跟其他人一起跳舞。但圖書館館員指著那個遲遲未肯站起來的我，「媽媽！來吧！一同起舞吧！」

I put my right hand in（眾人擺出右手）
I put my right hand out（眾人收起右手）
I put my right hand in（再擺出右手）
And shake it all about.（將手猛烈搖動）
And then you do the hokey pokey（雙手高舉、食指向上）
Turn yourself around（並自轉）
That's what it's all about（在 about 之後拍手兩下）

然後便到左手、右腳、左腳重複整首歌，最後是整個人（whole self）跳前跳後（如果換了另一個圖書館館員，可能會變成 head，那就要將頭如被斬首般擺出，然後猛烈搖動）。

孩子度過了非常開心的半小時，我卻完全陷入自我抽離到虛脫的狀態之中，當然無人會理會我的神情怪異，大家開開心心地一哄而散。現在回想，覺得那真像看著自己躺在按摩床上的背，感覺陌生、無理而可笑。

各族裔的媽媽都不怕艱苦地不理任何天氣，目的只有一個，就是為了帶孩子去唱幾首歌參加一些群體活動。只是又怕孩子坐得不耐煩，都花盡心神，作出多樣的準備：公仔、毛巾被、零食、果汁、奶嘴，或抱著他們搖來搖去，上下上下左右左右；又以各種聲音笑臉去逗他們，以保持他們的歡樂情緒。有次我看到一個媽媽鞋帶鬆開了，還去提醒她，她卻說：「我是故意的，孩子坐不住的時候就讓他玩我的鞋帶吧。」真是可憐天下父母心。

這一年下來，我參加了無數次唱兒歌活動，更有中文團體辦的，唱〈大西瓜〉、〈跳飛機〉、〈有隻雀仔跌落水〉、〈河邊有隻羊〉等我兒時唱得熟爛的歌，再配合排隊穿過人造拱橋（有時在「被水沖去」的位置被人捉住！）及手語學習，那些將自己暴露的赤裸感覺每次都重擊著我，但每次我都要硬著頭皮站起來，再唱下一首歌，再跳下一隻舞。慢慢的怪異的突兀感逐漸變淡，就像接受電擊治療的身體，一段時間後適應了，便可以將電力一直加強。

如今我已對所有歌曲瞭如指掌，隨便一首都難不倒我。更好笑的是，我敢說我比任何一個媽媽都跳得更起勁、唱得更大聲。要擺頭我擺頭，要扭腰我扭腰，猶如脫胎換骨，我彷彿還看到其他媽媽都向我點頭示意，讚揚我的進步。

我並不是想強調母愛的偉大或是重拾孩童回憶令人感動，我只想說，成就這個載歌載舞的陌生自己，也許是我現在的唯一出路。

完美俱樂部

那一次親子俱樂部的聚會，可能出現過一些線索。

俱樂部聽來豪華，其實也不過是在機構的一個活動室內舉行聚會。

機構設在一個人流不多的商場內，間隔出來的活動室都沒有窗戶，包括電腦室，及職員辦公室，及兒童遊戲室，及俱樂部。但由於來參與活動的人不會長時間逗留，兒童遊戲室也是免費開放，而且機構的主旨是幫助有需要的人，沒有窗戶的封閉感覺似乎沒令人太在意，能否令人真切地感受到服務的內容才最重要，這跟去海邊酒吧聊天欣賞美人美景及去水療美容院享受華麗設備裝潢完全是兩回事。就像戲院或舞台，沒好戲上演的空間只是又黑又侷促的空洞場地，甚至令人感覺恐怖，窒息難當；一旦有精彩演出，便是個充滿氣氛的共同分享經驗的特別空間。

俱樂部麻雀雖小但五臟俱全，除了桌椅、白板、壁報板等基本設備外，還有標準的雪櫃、煮食爐、焗爐、咖啡機及洗滌槽。只要有煮食的設備，人們便容易以吃的名義聚集在一起。新年時媽媽們都忙著交換製作家鄉年糕的心得，當然還有蘿蔔糕、芋頭糕、餃子、湯圓等，人雖然在外地，過新年的功夫卻不可少。踏入二月便順勢學做心太軟、焦糖布丁、心形牛扒、酒心朱古力等，有媽媽還用心良苦說是為了將來可教孩子做給心上人而學的，這樣父母與孩子才能打開天窗說亮話呢。然後端午節當然出師有名了。近年這城市有很多來自不同城鄉的中國家庭，北方跟南方有各式各樣的糭子，商店都推出多款糭類來造造商機。但媽媽們都愛自己親手包糭，除了最常見的廣東蛋黃肉糭、豆沙糭、鹼水糭、蓮蓉糭，肇慶裹蒸糭、四川臘肉赤豆糭、上海紅豆糭、鮮肉糭、閩南燒肉糭，又有為老人家而設的素食五穀雜糧糭、桂圓黑糯米糭，有吸引小朋友的紫番薯糭、菌菇栗子糭。台灣又有北部糭及南部糭，台式香菇蛋黃糭、台南花生肉糭等。大家鬧哄哄地學著弄天南地北的糭，好不好吃真不知道，只是先知的辦公桌在每年的端午前後都會堆滿了大家用心炮製的糭，熱騰騰的糭香跟辦公室是那樣的不配合，但媽媽們的盛情如此難卻，就由那糭香停留在寫字桌之間徘徊不去。而中秋節當然會弄製燈籠、月餅，哪裏買月餅模具哪家店的綠豆蓮蓉又便宜又好，媽媽們在群組內七嘴八舌，各有各推介。感恩節及聖誕節便順應本地文化焗火雞。雖然華人都不太愛吃肉質不嫩滑的巨型火雞，而且單是解凍也需十天的時間，製作心機絕對不少，但大家都喜歡熱熱鬧鬧藉機來個聚會或派對，學弄不同口味的馬卡龍、紅絲絨蛋糕，自製冰酒、果酒等。

俱樂部便是這樣，在媽媽們弄製食物的輪流更替下過了一年又一年。電磁爐燒不出紅紅的爐火，卻熱力四射，召集了各種不同背景擁有不同廚藝的女性。

夏天來臨，俱樂部會向大家暫別。暑假期間媽媽們要應付不用上學的孩子，他們精力旺盛，像永恆開動的洗衣機，單是看著他們跑跳已叫人疲累。要不就替他們報讀各種暑期班，填滿每天的空檔，要不就約同幾個家庭四出尋找好去處，到湖邊野餐或划艇，去摘大顆小顆熟或半熟的藍莓紅莓，到動物園去看表演吃的藝術的已被馴化的猛獸；或南下美國，到西雅圖或任何一個 outlet 逛上半天。這樣四出奔走媽媽最勞累，到了暑假的後半段已無以為繼，出現無法修整的疲態，根本未能鬆一口氣好好享受夏日。此時媽媽們最想念的便是先知，和那能讓全職媽媽有一刻喘息的俱樂部。而且俱樂部的主題層出不窮，有理財、急救、報校講座、牙齒保健、親子關係等，每次都邀請有相關專業的人來作客，還有茶點供應，一切毫不馬虎。當然，除了親子俱樂部的聚會時段外，這也不過是一間普通的活動室而已，報稅限期來臨前有時也供義工幫忙填表用，或作為臨時貨倉；萬聖節的時候更會幾間活動室打通變成一間大房，佈置了各式各樣鬼怪南瓜，將燈光調黑以後，就變成魔鬼的住所了！

而俱樂部受到媽媽歡迎的最主要原因，是能夠將孩子留在隔壁的遊戲室由義工代為照顧。要是孩子哭鬧，媽媽也隨時可以出現在眼前。全職媽媽從而能放下身上最重的責任，專心聽講座學習新資訊還是其次，能重嚐那種甚麼都不用想，手臂空閒的感覺，沒有另一個新生命緊緊貼著自己呼吸的感覺，即使只有一小時半小時，或十五分鐘，也是多麼的難得。

多少女性在孩子出生後便完全失去私人時間，失去自我，每天晚上忙碌過後的十分鐘洗澡時段已是一天之中最私人、最安靜、最珍貴的時刻。頭髮洗了想再洗，奢想身上有擦之不盡的污垢。當然很多時候洗不到兩分鐘，便有拍門及哭聲傳進來。

那次的主題是「完美難求」。顧名思義，大概是要探討對子女及自己的期望。嘉賓是兒童心理專家黃醫生。

「如果孩子不肯上學，大吵大鬧，你們會怎處理？」黃醫生以不太純正的廣東話問在場的二十個媽媽。

大家都默不作聲，可能不習慣像回到學校那樣被老師問書，或是羞於將自己帶孩子的手段說出來，怕被專業人士批評一番。直到進行點名，才避無可避，逐個逐個招供。

會很嬲……嬲到發晒火。

想罵人……有次罵到鄰居走來問有沒有事。

會給他們一些甜頭，如糖、薯片。

出動 iPad、iPhone 分散注意力，通常都奏效的（眾人投以同意的目光）。

嘗試叫他們 calm down（冷靜），但其實最難 calm down 的是自己。

說你最好的朋友在學校等你。

答應放學後去公園玩或買份小禮物。

讓他們帶個心愛的玩具回校。

恐嚇說爸爸回來會教訓他們，當然可能真的會教訓他們（眾人大笑）。

如果哭得太嚴重的話真的會讓他待在家一天，preschool 其實也沒甚麼認真的學習（有幾人點頭）。

打電話給他們的媽媽叫她說服他們（一位全職湊孫的婆婆說，而另一位嫲嫲點頭）。

恐嚇說會告訴老師，老師會笑他們。

說會告訴家庭醫生，不上學要打針。

虛張聲勢說會動手打，雖然不真的打，但他們好像都明白被打是怎樣的。

不必多說，強行將他們拉上車。

讓他們看十分鐘電視，待他們心情好轉便馬上出門。

苦口婆心跟他們分析不上學是壞孩子的表現，世上有很多小孩想上學也沒機會。

說不上學警察會來拉人（有一位丈夫是警察的媽媽皺了皺眉）。

逐件逐件收起他們的玩具直到他們投降（但有那麼多玩具，收完都天黑了！眾人又大笑）。

我反而，會覺得不是孩子的……問題是覺得自己很失敗……很沒用，或者……會喊得更厲害……或比他們更無助……

眾人忽然無語，即使說得語法亂墜，但大家也彷彿被最後一位媽媽說穿了甚麼似的，一時間笑容回應都止住，全場靜了下來。

「你們全都錯了！」站在眾人前面的黃醫生一直交叉雙手聽著各人的答案，從沒加意見或更正，似乎在等最後答案道出之後將之一網打盡。

「我們必須以同理心，先告訴孩子，我很明白你的感受，是站在他們的立場的，令他們知道他們是被人理解，而不是孤獨的。甚至可以說自己小時候也經常想不用上學就好了，現在爸爸媽媽也不想上班呢！當孩子知道你是站在他們同一陣線，那種跟你對抗的心態便會軟下來，認為他是被接納的，會感受到父母的關心和體諒。」然後黃醫生用投影機迅速地播放一頁又一頁的筆記，有圖有影片，有著名心理學家和精神心理學家的論點支持，有化名病人的個案，有資料引用的出處，專業的名詞塞滿整個活動室。

放在桌子中間的點心像是櫥窗的贗品，即使形似，卻冷凍無味，欠缺觸動人味蕾的效果。

餘下的設問環節，基本上都是黃醫生自問自答，彷彿台下並無觀眾。三數條問題之後好些人去了洗手間，有些人則說要去隔壁遊戲室看孩子，還有人提議將點心放到焗爐弄熱。黃醫生指手畫腳，樂在其中。現場情況似是吃剩的蛋撻，酥皮散得七零八落，先知見狀便馬上出來急救。

「不如我們拿出紙筆，寫下你們平時帶孩子的感受吧，盡量用最簡單最直接的文字去表達，不用花心思修飾的，不是功課，也不用記名，最後一起分享一下大家心中所想有沒有類似的，或可以互相學習的地方？」先知力挽狂瀾地將成員拉回來，去完洗手間的都歸位了，只有那些去看孩子的還是出去了。

媽媽們拾起那枝很久已沒有執過的筆，一時仰首一時低頭的在努力地寫。完成後大家都乖乖的將紙交給先知，有些人又回到煮食爐那邊大展身手，說要即場弄薑汁撞奶，有些人亦因為時間夠了真的要走了，大家寫下的答案唯有留待下次再繼續討論。

這時，不知誰人開始低聲地說，黃醫生自己並無孩子，有甚麼資格教人如何跟子女溝通？

「在寒天飲過冷水才知道甚麼叫點滴在心頭吧。」一個媽媽笑著說。

「那你又為甚麼看一個男婦科醫生？」另一個媽媽趁機揶揄那個笑裏藏刀的媽媽。

「難道癌症科醫生自己要先患過癌？小兒科醫生要懂返老還童術？」另一個媽媽接上。

「但有人說開刀生產的媽媽也不算是真正生過孩子呢。這點我同意。」一個反對剖腹生產的媽媽也加入了話題。

「那為甚麼我們都要求男人了解我們？」一個丈夫剛忘記了結婚周年的太太嘆了一口氣說。

「此刻我竟然想到子非魚焉知魚之樂！」幾人齊聲大笑。

「嘩，成肚墨水還用吃甜品？那不懂製作薑汁撞奶的人又有沒有資格批判別人做得不好吃呢？」幾碗熱騰騰的薑汁撞奶彈跳著來到桌前。吃著吃著，也沒人敢說好不好吃。

完美難求。

黃醫生已不知在何時離開了。

一直很想寫但注定寫不出來的書

我一直沒有忘記在升上中學後第一個認識的朋友。

由於任性的關係，我決意要報一間離家較遠、午飯時我不用回家吃飯的中學。我只是想不到全級二百多個小學同學，竟只有我一人報讀那所中學。而學校說遠不遠，但至少也要轉乘兩種交通工具，再走一段小路才到達。有幾次起床晚了要乘的士，當時的車費大約是四十港元，是八次午飯的總和。那時一碗牛腩河粉只是五元。

在沒有任何同伴同行的情況下，爸爸義不容辭地在他上班前陪我走一趟，直到我認識了梅。

梅跟我同樣留短髮，身材高度也差不多，很多同學也覺得我們很合襯，像一對姊妹。我們就像最常見的少女那樣，分享生活上的一切。功課完成沒有？有沒有買甚麼雜誌？最近好像喜歡上某某了……誰都有過這樣的青春。但到了中二，我和梅被分到不同班，我們也就像戀人到了外地留學的長途關係那樣，初期還在響鐘後隔著班房的走廊的窗多聊一會，無視老師和風紀逼趕，就是多見幾秒也好。後來也像所有異地戀情一樣，因為長時間分隔，漸漸大家也在自己的班上找到了另一個要好的同窗。雖然有時在走廊上或下課後見到，還是會熟悉地走在一起閒聊幾句。

那年的下學期我跟一個比我們高一年級的男生拍拖，震驚了全級同學。可能我的形象比較乖巧，而拍拖對於一個十四歲的女孩來說好像十分大逆不道，老師甚至對我有點為難。一天梅特意走來向我問及謠言的真假，我都一一承認了。她的反應是：「為何不第一個告訴我？」然後帶著不悅頭也不回地走開了。

年少時的行為是那樣的飄忽不定，令人難以捉摸，我分不清她是因為我沒有馬上告訴她便認為我不當她是最好的朋友而惱我，還是因為她被其他人問起時才發現自己消息不夠靈通而不快，總之，直到中三我們也再沒談話了。有時在校園碰到，大家都有意無意望向別處，或故意跟其他人說話，以避免接觸到對方的目光。

現在回想，當中有甚麼芥蒂呢？是友誼的信任動搖了？是我拍拖了而她沒有因而妒忌？還是有更複雜的原因？大概永遠也不會知道答案。

直到中四那年，輪到關於梅的流言滿天飛，傳言說梅懷孕了。我心中響起第一個反應，竟然是「梅拍拖我也不知道啊」。我亦不能想像純真的梅，竟已跟男人發生了肉體關係。後來梅很少再上學，謠言更明顯了。

一天放學遲了，我在空無一人的小巴上等待客滿，過了十分鐘後一個乘客上來，是穿著校服的梅。她看到我，我也看到她，大家避無可避，尷尬地笑了笑。她好像不好意思不坐到我附近，便在相隔了通道的座位坐下來。我問：「放學啊。」多笨的開場白。梅答：「是的，你也放學啊。」多傻的回應，傻得令人無法承接，我感到如坐針氈，可恨那小巴司機遲遲未肯開車。

梅望向窗外，我斜眼上下打量著她，看到她校服裙中間腰帶的位置像個呼拉圈地鬆開，只扣著最開的一粒鈕。然後小巴開動，直到下車，我也無法鼓起勇氣追問她。

那是我最後一次見到梅。直到中七，有同學說碰到梅拖著三個小孩上街，這對於十八歲的我來說是個不可思議的畫面。

多年以來我也很想為我和梅寫一個故事，一本關於青春的我們的書。縱然我們的相處是那麼的短暫，但她卻是我踏入中學生活以後的第一個及最難忘的朋友。但思前想後，還是對那構思有所擔憂而猶豫。

卡爾維諾（Italo Calvino）「最好別要寫你的第一本小說」的理論是真的嗎？那一旦書寫便失去「可以寫」的自由，一旦書寫便會將經驗定形、僵化而令它死亡的理論。然而這樣推下去，人生每一天所留下的痕跡，豈不是都是令自己凋萎的憾事？「經驗是文學作品的基本養料，是每一個作者的真正財富」說的是書寫真實的經驗，但若果經驗並不完全真實，或者以假當真，那麼便不算是「珍貴經驗的存亡」？

我想這不單是寫第一本小說的問題，也不是寫不寫的問題，更是經驗之於自己，是否真的屬於自己。我們一生中無數的經驗，當中有多少是由其他人轉告、賦予？長輩傳給我們父母的故事，父母再傳給我們，還有人生中遇上不同老師各對不同年代的歷史及知識有不同的解說；或關於我們兒時的遠古記憶，青少年時代的往事，又或是朋友間回味昔日的種種，當中有多少孰真孰假，多少是再創造，多少純屬誤會？

在我僅有的一本佛洛依德的書《日常生活的精神分析》中，其中〈童年回憶與遮蔽性記憶〉的一章便具體說明一個病人，聲稱自己的記憶可回溯到他出生不到一星期行洗禮時的情況：在房子內經過的樓梯、牧師的打扮，甚至被浸入澡盆的感覺。多年以後這個病人跟母親提起，卻遭到母親的嘲笑，所有細節更被母親一一推翻。這例子說明了一些重要的記憶由於受到壓抑而隱藏並轉移以另一形式出現，成為「遮蔽性記憶」。即是以另一個故事，取締了之前的經驗。這可以令人聯想到任何自撰或他撰的自傳、口述歷史、集體回憶、民間傳說、神話等，甚至就在我面前的《寫給兒童的世界歷史》及《寫給兒童的中國歷史》，當中又有多少是真是假。

即便故事千真萬確，我們也沒有把握，確保能敘述出事實的全部，亦即是隨時可以將那「記憶的珍貴祕藏」殺死。更大的可能性是，當故事在我們腦中組織的時候，它已被殺死了。

尤其是步入中年後記憶力開始減退。真的，昨天我的丈夫清洗廁所馬桶，洗完一個又一個（共有三個），最後他又回來洗最先的一個，我問他：「你不是已洗了嗎？」他的廁刷停在半空，苦惱地說：「我已洗過了嗎？」

而最令人難以捉摸的是，當年懷孕而輟學、未夠二十歲已有三個孩子被人指點談論的梅，在二十年後的今天，在很多尚未拍拖或成家，或遲婚想生孩子卻又礙於高齡產婦的隱憂而焦急抱怨甚至終生抱憾的同學面前，竟變成享福的、早早回復自由身的令人羨慕及妒忌的「有仔趁嫩生」的模範。就如梅輟學後一年，我不知怎的拿了模範生，在頒獎台上拿著既輕且重的獎狀，對台下報以的零碎掌聲感到莫名其妙。甚麼是模範？錯開了二十年的人生，哪一點的我們會做得更好？

這部關於青春的我們的書將要如何下筆，我沒有把握。我只是擔心我和梅的故事，最後只淪為廁刷滴下來的水，混了清潔劑還是污物也不知道。

The Bear Went Over The Mountain

The bear went over the mountain,
The bear went over the mountain,
The bear went over the mountain,
To see what he could see.
And all that he could see,
And all that he could see,
Was the other side of the mountain,
The other side of the mountain,
The other side of the mountain,
Was all that he could see.

兒歌令人快樂嗎？有些兒歌叫人費解，憂傷。那首 *The Bear Went Over the Mountain*，熊努力地翻過了山，The bear went over the mountain 一句重複了三次，熊也再三強調牠是上去 To see what he could see（看看能看到甚麼），而到了最後答案竟然是 The other side of the mountain, The other side of the mountain，真的就只有 The other side of the mountain？那是牠唯一可以看到的？那感覺真像每天無窮無盡帶孩子的工作，以為終於完成堆在眼前的，放眼所看到只是另一堆工作及責任。而那隻熊為何要攀到山上去？牠想看甚麼？想找甚麼？當牠看到結果是那樣後又如何？還有 *You Are My Sunshine*，歌名是那樣的正面，但唱出來怎麼總有悲傷的感覺？最後 Please don't take my sunshine away（不要奪走我的陽光），指的是要奪走孩子？在求誰放過他們？另一首 *Hush, Little Baby*，媽媽為了哄孩子睡覺而答應一直買買買下去，是倡議資本主義而作，還是為求目的不擇手段的極致表現？

看到這張不記名的答案紙時，先知一時不知如何反應。

這三首兒歌先知已唱過不止千次，有時真的在夢中也在唱，但卻從來沒有以那樣的角度去思考兒歌的意義。為何某些兒歌會深入民心有些不，先知也想不出特別的理由，肯定的是當中幼兒工作者影響的成分也不少，畢竟他們負責選曲的工作，而選曲又基於甚麼原因及準則？取易捨難？個人喜好？有沒有歷史及文化的意義？有沒有政治因素？到底孩子喜不喜歡？

兒歌也會衍生自己的故事。先知上網查看，維基百科告訴她一件意想不到的事：*You Are My Sunshine* 這首歌誕生於一九四〇年，由美國人 Jimmie Davis 創作及主唱，成為當時大熱。Davis 於一九四四年競逐 Louisiana（路易斯安那）州的州長，*You Are My Sunshine* 更成為他的助選歌曲，他還騎著一匹命名為 Sunshine 的馬四出拉票，結果成功當了四年的州長。一九六〇年他再次競逐，*You Are My Sunshine* 再一次成為競選歌曲。歌曲多年來由不同歌手演繹過，出現了多個版本，人們對它的愛戴沒有減弱，一九九九年英國曼聯球隊將此歌改編，變成歌頌當時猛將 Ole Gunnar Solskjaer 的功績：You are my Solskjaer, my Ole Solskjaer, you make us happy when skies are grey, coz when it's pouring, you just keep scoring, please don't take our Solskjaer away. 對象本為孩子的鄉村民謠，搖身一變成為球隊讚揚球星的勵志歌。而 *You Are My Sunshine* 的歌途更在二〇一三年有了突破性的發展，當年五月二十日美國 Oklahoma（奧克拉荷馬）受到龍捲風吹襲，一個名為 Moore 的城市災情尤其嚴重，一所托兒中心的老師帶著十五個孩子跑進洗手間躲避，當龍捲風在頭頂猛烈攻擊，洗手間的頂部在秒間被掀開，徬徨無助的老師為了安撫驚惶失措的孩子，帶領唱起 *You Are My Sunshine* 來。龍捲風大肆破壞了一切，唱著歌的老師和孩子卻絲毫沒有受損，成為媒體報導的一時佳話。

用資本主義來批判 *Hush, Little Baby* 也是前所未有，如果將歌詞化為日常對話，便是：

> 寶寶請你乖乖睡，不要說話，媽媽買隻知更鳥給你吧。如果那隻知更鳥不肯唱歌，媽媽便買隻鑽石戒指給你吧。如果那隻鑽石戒指變得暗啞，媽媽便買塊鏡子給你吧。如果那塊鏡子爛了，媽媽便買隻山羊給你吧。如果那隻山羊不肯拉車，媽媽便買一輛牛車給你吧。如果那輛牛車翻轉了，媽媽便買隻名叫路虎的狗給你吧。如果路虎不會吠，媽媽便買架馬車給你吧。但如果馬車都倒下，你仍然是全世界最可愛的寶寶呢。

這樣聽來的確大有問題，假設真有這樣的媽媽，在網上說出這種帶孩子的方法，肯定會引來無數「分享」及批評，繼而被人大起底，整個社會對她圍攻，直到她投降解釋說自己只是一時糊塗哄孩子無方故出此下策才能息事寧人，求大眾原諒保證不會再犯錯，並將帳戶永遠關閉。

父母為了哄孩子都花盡心思，很多明知不應該做的事，為了省時，為了捷便，都無法堅持原則而做了。吃飯要有 iPad，要看電視才肯換衣服上學，收拾玩具後會有獎勵，練鋼琴後有糖果。越陷越深，雙方不能自拔。

先知曾經遇上一個媽媽，每天孩子吃飯時她都會幾近陷入瘋狂狀態，孩子怕了便哭，越哭她便越生氣越沮喪。專家及醫生的意見是，不要迫孩子吃飯，不吃便算了，生理需求自然會令孩子產生想吃的慾望，這樣才能長遠解決對抗吃飯的問題。可是那位媽媽就是無法說服自己「不吃便拉倒」，做不到「收走食物」那動作。是個性使然，也是心理關口跨不過。她每天一直迴轉於懇求孩子吃飯與孩子不肯吃的沮喪之中而苦不堪言，情緒波動極大，更甚的是，最後她成了孩子心中的壞人，令她感覺非常受傷害。先知勸那位媽媽將感覺寫出來，也許輔導能幫助她。結果她寫了一篇文章，由先知幫忙傳給心理醫生作初步評估。

你們要／不要吃飯

我手上這張紙，傷痕纍纍，每邊都有長短不一的剪口，有直的，有之形的，也有波浪形的；剪口粗糙，間有因剪刀卡著而強行拉出來的扯痕。整張紙佈滿有如海浪起伏的皺紋，右下角還有幾處油漬，及疑似是飯菜黏著而造成的硬物。

那是孩子的勞作剪刀，是孩子不斷捏來捏去的皺痕，是孩子吃飯時掉到紙上的食物。

最近孩子愛上剪紙，經常拿著不同類型的剪刀，剪著不同來源的紙。報紙的紙最難剪，但派到門前的免費報紙唾手可得；雜誌內頁的紙雖然顏色吸引但一般也太柔軟，普通打印紙如銀行信則最容易剪，繼而便是比較硬而體積較小的廣告卡紙，但這些紙的壞處是紙邊較為鋒利。孩子還小，剪紙技巧未成熟，只單純地將紙剪成碎塊，或將一些有趣的圖案連剪帶扯地撕下來。在學校也一樣。喜愛環保的老師會將舊信封剪開一半，將孩子剪的紙屑放入信封，讓孩子帶回家，當成其中一項「在學校的學習」。每次在讚美孩子後我也會將其「傑作」一手扔進環保箱，成全半個信封的命運。

孩子又經常要求我剪出不同的東西，但關於剪紙技巧我也茫無頭緒，唯一在聖誕節時在網上學會了剪雪花。媽媽剪雪花！我要雪花！我要雪花！我說這已是春天了還剪甚麼雪花！孩子失望的嘴臉固然可憐，但也甚為趣致。

孩子能有鍾愛一張紙的激情，毫無理由地，強烈得不可理喻，甚至可以擁著入睡。當然，這也可以是極短暫的，一下烏鴉著地的動作，雪櫃製冰成塊的聲音，或是手提電話最輕微的一下震動，都能令那種鍾愛忽地消失，再不復現。孩子看到大人看不到的趣味，或者說，大人失去了孩童原有的能力；不知於何時，何等原因。

現在的我正爬到飯桌下，趴在地上拾起紙。孩子在吃飯時經常將不同的東西掉在地上，然後又叫我替他們拾起。媽媽拾起紙！媽媽拾起紙！孩子手腳還不算太靈活，而事實上他們一般都被困在進食餐椅上，無法從餐桌爬上爬下，也不想他們為爭著拾一張紙而引起爭端，我便一而再再而三地做著這個拾起的動作，以息事寧人，以減低噪音，繼續吃飯。這大概不是適合的應對孩子的方法，但拾紙比起用腦力心力簡單得多，只需多付一點體力，實在是個又容易、又吸引的選擇。

手上這張逐步被毀滅的紙，本來經歷了十數年的退隱，一心以為可以安安樂樂地等待某天投到環保箱的懷抱。可是報紙和廣告已被剪清光了，而我又沒有訂閱雜誌的習慣，隨手也沒有多餘的廢紙，一些藏在書櫃中、「沒用的」紙，便被拿出來奉獻給孩子。翻出來的時候，這疊紙大概也有四、五十張，還小心翼翼地藏於一個文件夾中。孩子如獲至寶般在我旁邊叫嚷著，我便不由得放下文件夾任由他們處置。

如果一張「沒用的」紙可以換取十分鐘的寧靜，順利地吃半頓飯，那實在太划算了！但你知道嗎？現在已不流行餵孩子吃飯了，主流的文化是，要讓孩子自己吃，吃多少，由他們自行決定。他們不想吃，不應該強迫多吃一口，而限時是半小時。即使是完全不吃，也沒所謂，待下一餐，下一餐他們餓了便會吃了。

孩子又掉了一隻叉在地上，媽媽又要去拾起，同時又拾起掉在地上的紙。這次，我看到了紙上的字：

「城市重複著它的生命，完全相同，在它的空曠棋盤上，上下移動。居民重複著相同的場景，只是演員換了；他們以不同組合的音調，重複著相同的言詞。……他們張開輪流更替的嘴，打著完全相同的呵欠。」

那是卡爾維諾《看不見的城市》的節錄。我想起了這張紙的來歷了！

二〇〇〇年正值互聯網興起，資料變得前所未有地隨手可得，如當時想成為華文亞馬遜的香港第一間網上書店博學堂，網站內便有很多有分量的作家的資料及書介。而後來科網股爆破，博學堂宣佈清盤，當時從事網站編輯的我不忍作家的價值彷彿隨科網般變成泡沫而散，便趕緊在當時工作的地方偷偷地印出作家們的資料，分了好幾次拿回老家。後來移民，竟然還越洋拿到這邊來。一放下便是十多年。所謂「沒用」是因為時移勢易，而那家我曾經工作的公司，後來也成為科網股爆破的剩餘產物。四散的舊同事，輾轉在其他媒體找到安身之所。好些聽說後來都放棄文字工作，改為從事網上購物的行業，不過近年網上購物公司亦有虧損纍纍的情況，他們有的索性出走到其他城市「工作假期」去，尋找心中構思已久的夢想城邦；有的想走補習天王的路線，有的在家寫手機程式，有的替人拍婚紗婚禮照，聽來十分多元化，但想深一層像是又回到初畢業時前景未明的狀態。而在各人的臉書或微博，都不斷呈示出新的照片和感受，即使是一張毫無笑容的自拍照，都可以隨時引來過百人的 like、分享及多層的討論，氣氛甚為熱鬧。其實我也可以在網上即時分享這一切，分分秒秒地，賺取或近或遠的聲音和支持，意見及表情符號各種。但我要的並不是打打氣的鼓勵或笑臉，我需要的，是急切而有效地，解決面前兩個小孩不吃飯的問題。

突然孩子一個噴嚏，嘴裏的飯菜如仙女散花般全都噴出來散落在餐桌及地上。他們一個笑，一個哭。不知笑的那個是不是在笑我，哭的那個又在哭甚麼。然後他們又為了那張紙爭奪起來。我的！是我的！呀呀呀呀呀！各種音調的嘶叫咆哮響徹每個角落。我閉上眼睛，幻想自己在廣大的草原上，被兩隻猛獸圍剿、步步進逼，生命受到威脅。他們不是要吃掉我，而是在挑戰自己稚拙的能耐，同時在宣示領土主權，張牙舞爪地恐嚇企圖控制他們的弱者。

如果你不明白我在說甚麼，可能因為你有傭人代勞，可能你有身體健康的父母替你抵擋了這一切；可能你比我成功，懂得運用更正確更有效的方法，有比我更高的情緒智商；又可能你比我失敗，早就放棄了這令人血壓急升的吃力不討好的任務，將孩子送去托兒。又可能你純粹是幸運，擁有喜歡吃東西的孩子。但如果你能明白我，那你一定理解，我為何又再次蹲在地上，作抹地、執拾的動作。而現在距離開始吃飯已整整一小時了。到底你們要不要吃飯？到底你們餓不餓？是不是媽媽的廚藝有問題？桌下的我看著他們在搖在踢的雙腳，像是四根小蘿蔔，二十顆葡萄。我明明知道那是充滿腳汗的臭腳，卻又很想上前去嗅一下。

開電視！我要看電視！這倒也是個折衷的方法。有時候也不得不開，而其實我自己也很想邊看劇集邊吃飯的。事實上我們有哪個不是看著電視吃飯長大？即使到了現在這年紀，也是邊玩手機邊上網才吃得順暢。孩子想看電視也是很合情理的吧，又怎能怪他們？

嘶的一聲，那張紙又掉在地上。這次，紙被分成兩半。我看到了另一半的文字：

「如果真有一個地獄，它已經在這兒存在了，那是我們每天生活其間的地獄，是我們聚在一起而形成的地獄。有兩種方法可以逃離，不再受苦痛折磨。對大多數人而言，第一種方法比較容易：接受地獄，成為它的一部分，直到你再也看不到它。」

而我其實是孩子的地獄創造者。

我將碗筷收拾，孩子從餐椅上跳下來，一個馬上在作拱橋，一個在打側手翻。

「媽媽，我們還要不要吃飯呢？」

「第二種方法比較危險，而且需要時時戒慎憂慮：在地獄裏頭，尋找並學習辨認甚麼人，以及甚麼東西不是地獄，然後，讓它們繼續存活，給它們空間。」

他們手上還有兩把剪刀。我手上還有兩張分成半邊的紙。

Oh, The Goodbye Train is Coming

先知從沉思中醒來，手上仍握著警員留下的聯絡。心不在焉地瞄了一下牆上看似偷步快跑的鐘，已是時候唱再會歌了！那是小孩最愛的環節，絕不能錯過。

這是先知的拿手好戲，這首歌的第一段就只有四句：Oh, the Goodbye Train is coming, see you soon. Toot, toot! 重複四次，誰都會唱，但第二段便要將內容改成 Oh, we'll say goodbye to ______ see you soon, Toot, toot! 空白的地方當然是說出小孩子的名字了，而且會一直重複這句直到說出所有小朋友的名字為止。

先知的腦海中平均儲存了百來個小孩子的名字。記名字對先知來說不算難，但難在於每次聚會都有幾個新的小朋友加入，舊的小朋友又不會每次來，有時某段日子常常來，之後突然消失；或是姐姐來了而弟弟沒來，或孩子由不常見的祖父母帶來，一旦將既有的名字與常有的關係分拆開，便像一幅熟悉的砌圖被人踢了一腳，人物跟名字會忽然散落，難以辨明。

尤其今天，以先知的狀態，很可能會忘記三、兩個小朋友的名字，或說錯說漏。但無論如何先知也要硬著頭皮開始，而火車一旦啟動，便不能隨便停下來。

兒歌令人快樂嗎？那隻熊為何要攀到山上去？這兩個問題一直在先知的腦內打轉。先知直覺認為那張答案紙的執筆者一定是她。先知彷彿已看到當時她在桌邊默默書寫，連其他人離座去吃茶點她都不理會的樣子。是她嗎？越想越覺得是她了。這對於尋找失蹤了的她有幫助嗎？她的問題是在求救嗎？她需要一個專業的人，向她說出專業的答案嗎？她想向我暗示甚麼嗎？還是只是純粹向天空發出問號，志在抒發？

如果她當時需要的，是多一句的問候，多一句的關心，或純粹有個人在她身旁陪伴一下，即使甚麼都不說。

想到這裏，先知猶如被電擊一樣，全身繃緊。

做社會服務很考功夫，如中醫診病的望聞問切。首先必須觀察氣息，眼神、臉色難以騙人；再以聽覺、嗅覺去留意，說話、呼吸能表現出一個人的精神狀態；問要小心，旁敲側擊比開門見山的方法較保險；至於切，則要視乎情況，一般人並非都願意被觸碰，尤其傷口已深深陷入者，要面對並接受被治療這事實，有時會事倍功半適得其反。這個拿捏的技巧相當考功夫，不是一時三刻可以領悟得到。

火車開動了，一個個小孩扶著前面小孩的肩膀，真像條長長的火車。由於遊戲室空間有限，火車唯有迂迴曲折地慢慢在房間內蠕動，有時車頭和車身交叉而過，或急忙地胡亂散開，像不受控制的煙花爆竹，但幾秒後又馬上聚合回來，熱鬧嘈雜地創造出隨意的效果及路線，但不論交叉錯落如何，火車頭總會清晰地帶領著。

先知說出的每個名字，都令每卡火車歸位。Oh, we'll say goodbye to Kate, see you soon! Kate 馬上拋出一個甜甜的微笑，帶著羞澀揮揮手：Oh, we'll say goodbye to Adam, see you soon! 失了方向的 Adam 立即重回車隊，困難地向先知豎出他剛學會的勝利手勢：Oh, we'll say goodbye to Natalie, we'll say goodbye to Nicolas, we'll say goodbye to everyone, see you soon! Toot! Toot!

最後拖慢了的 toot toot 響起。先知真的能模仿出火車鳴笛的聲音，而且名字完全沒有錯漏，獲得媽媽一致的讚美，熱烈的掌聲在遊戲室內猛烈響著，似是有人做了一場難度極高的表演。

先知鬆了一口氣，頃刻間她感覺胸口沉重，極為疲累。她罕有地坐在地上，看著小朋友一個一個穿回厚甸甸的大衣、雪靴，穿上小巧的手襪，戴上各式各樣的圍巾、冷帽，像個小雪人般離去。先知的同事負責在門口派貼紙的道別儀式。本來十分擁擠、嘈吵不堪、氣味混雜的遊戲室被瞬間抽空，如巫師利用法術將孩子變走。

閉上眼睛，聽著孩子逐漸遠去的聲音在走廊慢慢消失，先知感覺如釋重負，卻無比難過。剛才孩子的名字一個一個再次響起，在她腦中碰撞，火車的形狀時而突現，時而變成一條條長長的人體形狀。漆黑中先知彷彿看到了失蹤的她站在角落，穿著顏色不明的衣服，頭戴及眼的雪帽，雙手冰冷地放在嘴巴前呵氣，她似在慢慢向前移動，似遠似近，忽然在她身上冒出一個嬰兒，嬰兒很小，如成形不久的胚胎，再看真一點，胚胎變大，器官變得模糊，膨脹成為一個巨型的小丑氣球，向她身後飄去。她也同時不見了。

先知不肯定自己是不是有幻覺，或發了一個極為真實的白日夢，還是真的見到奇異的過去或未來。先知心中出現非常肯定的感覺：那個失蹤了的媽媽，出走原因跟她曾經流產一定有莫大的關係。

即使先知很想做點事去幫忙尋人，但警方已在努力，她又憑甚麼覺得自己比警察更有辦法？甚至到了現在，先知仍無法記起她的名字，先知必須承認她記孩子名字的能力遠比記媽媽名字的能力高，是因為工作需要還是對大人反而缺少應有的關懷及尊重？她的名字是甚麼？好像是 Sally，又好像是 Kelly，還是 Connie？一團名字在先知的腦內如飛蟻般騰跳。

坐在地上，先知無意識地清理一下伸手可觸的玩具。這個遊戲室由啟用至今都是由先知設計及管理，一直以來這個活動盛名遠播，吸引了區內很多媽媽帶同孩子來玩耍及學習，更有一些特地從其他地區遠道而來，不說也知道，先知功不可沒。但此刻先知卻不禁問自己：她有甚麼資格去令孩子開心？她怎樣知道孩子的真正感受？令孩子開心之後又如何？他們長大後，不，太遠了，明年，或是只要他們暫停不再來一段時間，小孩很快已不再記得她。或換個角度，孩子根本不需要先知的關愛，孩子的成長本來就完好無缺，先知所創造的俱樂部只是錦上添花，或多此一舉。媽媽們雖然非常踴躍，對先知十分熱情，但也不過是因為她們能在這裏找到她們所需，有一片可喘息的空間讓她們做回一小時的自己？

幾件上星期才放進來的比較簇新的玩具，後面有更多丟在角落的發黃變舊的毛公仔，有的沒眼睛，有的衣服被扯破，像恐怖片的魔鬼怪嬰。先知問自己，除了工作之外，或者說，除了俱樂部和這個遊戲室，每日放工後回到家裏還有甚麼？先知當然想到她的丈夫，但她也同時想起今天丈夫並沒有帶她預備好的午餐上班，而近來已不是第一次。

遊戲室內有一面由商戶捐贈的小型哈哈鏡，先知看到自己坐在地上的影像。平裝的髮型成為三角，眼睛及眼鏡拉長至眼球也不見了，鼻子如老掉的節瓜，下巴拖至胸部，而胸部橫向，跟腰及下圍連成為三個呼拉圈，盤膝而坐的坐姿令大腿和小腿互換粗幼，腳掌有一呎厚。

先知站正身子，在鏡前擺出不同的姿勢，側身，大字形，背著鏡把頭扭過來，單腳站，雙手叉著腰，再蹲下。哈哈鏡沒有令先知哈哈地笑起來。先知強烈地感覺到她這快要邁向五十歲的人生來到這一刻，缺少了一些極其重要的東西。

手提電話忽然跳出一個電郵。醫生傳來評估結果：那位強迫孩子吃飯的媽媽患有輕微的抑鬱，除了專業治療，恐怕別無出路。

醫生建議盡快安排與病人會面。先知按了那位媽媽的聯絡，發短訊給她說：

我很明白你的痛苦，沒有人會質疑你花的心機，只是成效往往事與願違，正如努力做一個蛋糕不一定好吃，用心栽的花也不一定會開。但我覺得那並不重要。你的自責，顯示出你的盡責。你的沮喪，表示你越想事情弄好。你的憤怒，源於你對事情的無法控制與過度期望。別怕，一切都會好起來的，孩子不會永遠都是孩子，終有一天他們將不會再需要你餵飯，而這一天很可能是明天、後天，即使不是明天或後天，也不會太遠。有人說有問題的孩子全因有有問題的父母，你絕對不必這樣想。甚至可以記住，這完全不是你的錯。

短訊發出後手機又馬上顫動了一下，以為是那位媽媽的回覆，卻原來是新聞群組傳來一個訊息：

兩名華裔男子在雪山步行後失蹤，因為大雪關係，搜索隊已停止尋人行動。

先知在地上坐了很久很久，走廊外有不同的人走過，有的是同事，有的是來參加其他活動的人。有熟悉的廣東話，有不知來自哪處的中國方言，有先知也懂說幾句的韓語，還有波斯語、印度語。像是有人將一齣齣電視劇不停地轉換，還未聽出到底在播甚麼已經被轉了台，模糊而混亂。

談談「火車」

火車是一種特別的交通工具，它包含了實用、浪漫、捷便、神秘、危險各種元素。既帶著歷史的陳舊，亦披上了未來的科幻。其密封而高速的與地面分離的狀態，經常成為電影及動畫的題材。火車卡頂上的追殺及槍戰、總在充滿人頭的火車月台上錯過對方的情侶、陌生的旅人在長途車程上尋找著各種人生的變數。而曾幾何時馬戲班火車在歐美國家十分盛行，他們像遊牧民族那樣載著大型表演道具、奇珍異獸，穿州過省到各城市表演，以帶給人們歡樂來維生。《哈利波特》那既存在又不存在的火車、那 9 3/4 號月台，以神秘的姿態處於現實與魔界之中，吸引了全球大人及小孩。還有小時候看的《銀河鐵道 999》，更是脫離了路軌狀態，飛向宇宙邊際，為人類帶來長生不老的希望。

火車到了今天在全球多個地方仍是載人載貨的重要交通公具，而冒著生命危險利用火車偷渡的人竟然也沒有少。生於以色列的攝影師 Michelle Frankfurter 便拍下了很多從中美洲尤其墨西哥人企圖偷渡到美國的照片作紀實，每年死傷無數。這種火車，可以帶人去到自由的第一國家，也可以帶人去到死神的地方。這樣的火車照片，無比沉重。

但我想談的火車，並不是這些。

那是一個兒子繼續生病的星期六早上。本來是女兒先病，整個星期高燒咳嗽睡不好，看著她夜裏因呼吸不順難以入睡，到終於睡了又猛咳而大哭，而大哭當然是令鼻涕更多而更難睡去，我自然是又累又難受。到了她的病情終好轉，卻又傳染了弟弟。小小人兒不願吃奶不想喝水又哭又鬧，一星期下來胖胖的他瘦了不少。而經過兩星期累積下來，我亦已到了極度疲憊的狀況，感覺是不能再待在家裏了。趁今天是星期六，便把兒子交給朋友代為照顧一兩小時，趁機到附近一間巨型商場，帶病癒了的女兒四處看看。

這是全加拿大第三大的商場，樓高雖只有四層，但有幾個方向的冀一座連一座，若要每間商店都看一下，一天之內要看完四、五百間店是不可能的。但我們來這個商場並不是為了購物，而是商場裏面有一列小火車。

在大得太容易迷路的商場，找一個「火車站」不是容易的事。看了地圖指示牌後，終於來到火車「總站」的位置，卻遇上大型招聘會佔用了場地，總站不見了！女兒一臉失望，我也無奈地去找顧客服務處作查詢，才得知火車站移到上層去。心裏奇怪一列火車如何由下層移至上層？

因為時間尚早的關係，聽說十分受歡迎的小火車還沒出現人龍。我和女兒站在最前的位置，猜想著火車何時會來。不到十分鐘，長長的人龍已彎到後面去了。女兒開始按捺不住，幸好這時火車終於嗚嗚地來到。

那是一列細小的電動火車，四卡車廂大約能坐十六至二十個大人和小孩。大人收費一加元，小孩免費。火車的仿真度也算不錯，車頭有手動的鈴及嗚笛，當然就沒有蒸汽火車的動輪及路軌了，用的是一般室內電動車的輪胎。

火車的車長是位瘦小而年邁的印度老人，女兒選擇了坐在車長後面的車卡，同卡還有一位中國婆婆和她的孫女。其餘人紛紛上車後，車長便鳴笛出發。

他先把火車駛往商場的盡頭再繞回來。拐彎的角度剛好讓我能近距離看到後面的車卡，原來後面三卡車的乘客全都是亞洲人，而且看來大部分是華人。連車長在內，整架火車是一個白人都沒有了。這令我想起一輛載滿中國難民的火車。而事實上火車上載有多少辛酸的移民故事？有多少人及家人多年前的確曾以火車偷渡的方式離開自己的家鄉再輾轉來到這裏？

中國婆婆和她的孫女一言不發，看不出是納悶還是疲倦。我在猜想她們來到這城市的淵源。我總覺得所有早年移民過來的華人，不論來自何城市，都有非常值得記下來並流傳下去的故事。

「火車會帶我們去哪裏啊？」女兒傻氣地問。

「我怎知道呢！」我真的不知道這個一元的火車之旅的目的地在哪。我只能跟女兒一起傻傻地隨著火車的移動細看「車窗」外的風景。

Victoria's Secret、BeBe、Blenz Coffee、Coach、Disney Store、Apple Store……沿途景色是那樣的欠缺驚喜，我不是要高舉自己並非愛慕名牌的別具一格的女子，我也愛購物，只是這些店舖跟其他大型商場的店舖是那樣的如出一轍，這家跟那家除了地點不一樣、存貨多少有出入之外，還有甚麼分別？Godiva、Michael Kors、Microsoft、Pandora，具名氣的牌子才能在高昂的租金下生存，而我們可以買到的是那樣的窄狹及類同，買給孩子的也就那樣的窄狹及類同。

火車就是這樣在各名店之間繞了一圈，毫不特別地，最後回到起點。年邁的印度車長禮貌地替我們打開上了鎖的門，女兒想再多坐一圈，但我們已坐了一圈，不能霸佔著位置賴著不走，必須下車重新排隊呢！

「還是回去找弟弟，看看他好點沒有。」平常愛跟弟弟爭寵的姐姐，心中原來也記掛著弟弟。

我也明白離開已個多小時，縱使回去要重拾累人的責任也必須回去。

記起香港組合 3P 在二〇〇〇年製作的大碟《人人音樂》中，有一首名叫《只要有想去的地方》的歌，歌曲的內容乃以同年六月十八日，五十八名中國人偷渡往英國多佛爾港死亡為題。那是我移民前弟弟送給我的歌。

希望離家的人最後都到達目的地，並安然地回家。

先知雙腳已發麻，想要站起來卻無法動彈，只好維持著半撐著身子的滑稽姿勢，再慢慢走出遊戲室。

今晚有一年一度的大型籌款晚宴，大部分同事已預先到場地作準備，先知不是負責人，但她也需要去幫忙。

空空的辦公室跟平日相比，顯得非常落寞。

離開辦公室走進商場，便是半丟空的二樓美食廣場。美食廣場的座位面對著商場中央高及三樓的呈環狀中空位置，商場頂部的玻璃窗透出天然日光，視野相當開揚。中間又有兩部透明的升降機，往下看可以見到地面那似在強顏歡笑的小型水池，坐在這裏吃東西，除了能聽著水聲、看著升降機上上下下人們進進出出，還能感受到外面的陰晴，理應是個十分吸引的進食環境。偏偏這個由香港著名地產商興建的商場人流欠奉，最冷清的時期，是香港回歸十年後左右，曾經只剩下一間賣台式飲料的店舖、一家粥店及一所韓式燒烤。偶爾水池前的空地，會有非牟利團體的小型表演，聖誕節又會有義工聖誕老人坐在大椅上等待孩子來免費拍照，萬聖節也會舉辦商戶不太積極參與的派糖果活動，平日則會有居住在附近的老人在休憩，也有年幼的小孩在跑跑跳跳，但整體是那麼的欠缺生氣，營業額當然是強差人意了。也許發展商對加拿大的地產計算錯誤，將香港的一套搬過來完全無效，加上香港人在回歸後看見一切太平便開始回流，區內華人少了不少。奇怪的是多年來商場就那樣頹而不毀，苟延殘喘地，卻等到了另一個移民熱潮。單看現在美食廣場新開了賣餃子、酸菜魚、麻辣爆肚、羊肉串的食店，就知道從中國來的人增加了不少。以往先知放工時經過美食廣場必會聞到的是韓燒及粥香，現在更強的是羊肉的膻及四川菜的嗆。

韓國燒烤的老闆最近努力用簡單的國語跟賣餃子的老闆娘聊天，說要創新學弄韓式泡餃子。而老闆娘這幾年喜歡追捧韓劇，也就大方地利用劇集學回來的韓語回應著。有時大家隔著爐火大聲呼喊，有時在關門拉閘時互相幫助收拾。韓燒老闆還弄了一些韓式甜品請對方吃，美其名說是做實驗。出外靠朋友，多認識新朋友是好事。先知經常跟新移民這樣說。

踏出商場，原來下著豆大的冰雨，叮叮叮叮地掉在馬路上，時而淅瀝，時而猛烈，車頂也被敲得啪啪響。先知沒帶傘，她拉起防水大衣的帽子往車站走去。這種天氣先知不敢開車，而先知亦實在喜歡乘公共汽車那種與人的接觸。雖然只是一群陌生人在同一卡車廂內毫無互動的一場短暫共處，但那種無聲的、各不相干，卻有著相同路線的共同經驗，卻又是一種人類難得的和平共存感。尤其這城市人口密度低，這種感覺也算值得享受。

行人交通燈被雪遮蓋了大半，訊號公仔幾乎被雪蒙著，變得不似人形，但仍努力地繼續紅的綠的爭取透光的機會，予路人明確的指示。哪怕是多閃幾小時，最後被雪完全掩蓋也無憾了。

通往鐵路的大街本來十分寬闊，行人不絕，但現在柏油路已被厚厚的雪蓋著，人們就利用原始開闢通道的辦法，用腳踏出一條路來。這樣的路既窄且高低不平，一不留神便會滑倒，但路人還是小心翼翼地依著已被開闢的路走，看到有蹣跚的人慢慢的從對面走來，還會站在一邊等待對方先過，秩序井然，甚至比平日更有禮。大家亦照樣上班、下班、上學、買菜。

先知的防水雪靴發揮了很好的防滑作用，令她可以毫無避忌地放心踏進積滿雪的地方，在橫過小街的時候還先讓車過。在這邊，汽車總先得禮讓行人。

然後先知看到街燈下有個身影，似乎在貼廣告。這種天氣貼廣告太白費工夫了吧！先知走近看，是一個男子。不，不是男子一人，他後面還拉著一個小孩，是用小型膠雪橇拉著一個小孩！就好像原始人拉動貨物那樣，男子將雪橇的繩繫在他的腰上，艱難地緩慢前進。每走到一條燈柱，他便停下來，用手撥去燈柱上的冰和雪，脫下厚厚的手套，伸手在胸前抽出一張紙，然後用強力膠紙在燈柱上圍一圈牢牢貼穩。那個胸前抽出一張紙的動作，猶如抽出的是他的心臟。

貼好紙後男子並沒有立即離開，他站在那裏好像重新細讀一次紙上的內容，確保無誤才慢慢動身，又回頭看看後面的小孩。雪橇上的小孩從頭到腳穿上防雪的保暖衣物，冷帽掛在眉上，圍巾將臉和嘴都封起來，只露出雙眼，而她竟坐在那裏看書！是享受還是忍受？先知再細心地看，男子的背上還有個年幼嬰孩。

雖說不上是暴風雪，但這樣的天氣，誰會帶著兩個孩子在街上貼廣告？

男子繼續向前走，到了巴士站，又在候車處的玻璃上清理一番，貼上一張，然後便在車站的椅上坐下來休息。

男子的樣貌欠缺突出的特徵，唯獨那個坐在雪橇上的看書女孩形象叫人不可置信。冰雨落在街燈上像跳彈床般碰撞到再彈開，落在書上的馬上統統化作水，滲透進紙裏去，女孩的書變得越來越沉重。女孩看來並不介意，仍是津津有味地一頁一頁翻看，間中指著書上某處遞給男子看，似在問字。男子回應了一下，女孩便又低頭繼續看，彷彿冰雨能變作神秘墨水，在書上透出另一個奇特的世界，令女孩樂而忘返。

這番景象太不合常理了，先知搖了搖頭，肯定一下自己並不是在發夢，或再次看到幻覺。

街上有些人已在交頭接耳，尤其巴士站的人，更是毫不客氣地將他們上下打量，為這等候公車的悶人時段增添一點「節目」，有人拿出手機偷偷拍下幾張照片甚至開始傳短片。網絡世界跟現實世界是同步的。

以先知的專業，她沒有只是好奇而停下來看八卦，先知心中在盤算著有甚麼應該馬上做；應先上前與他聊聊天打開話題探個究竟，順道查看孩子是否妥當，再研究他們是否屬於某個機構某個部門的緊急個案。

先知正要行動，男子突然站起來繼續他的雪地任務，女孩仍舊那樣專注地看書，沒有抬頭看過對他們指點的陌生人。男子將帽子拉得更低，不知是坐下來令身子變冷了，還是他也意會到有多雙眼睛在看他。

一輛巴士迅速抵達，遮擋了先知的視線。幾秒後巴士開動，所有人都不見了。先知往巴士內看去，車窗都被雪和濕氣熏得濛濛的。先知快步追上去，當然很快便被巴士甩掉了，但司機彷彿看到有人追，馬上煞停了車。

巴士門嘎的一聲打開，先知也顧不得那麼多將錯就錯地登上。未等先知付錢，司機便將車子開動了。先知跌跌撞撞地在乘客中尋找剛才的男子與小孩，竟沒有發現。先知從車尾再搜尋至車頭，她要找的人根本不在這小小的廿二座上。

先知坐在車長後面的位置，呆滯地說服自己必定是剛才在遊戲室心神未定，而且受到下雪的影響而眼花繚亂，也怪責自己過分衝動，失去了平日的冷靜。很可能是一整天積存下來的情緒，搞亂了分析力吧。

「請付款。」巴士在紅燈前停下來。車長看著這個不知在找甚麼的人說。

先知摸摸褲袋，找遍了錢包，發現她一點零錢都沒有。唯有直接向司機表明搭錯車，便在下一站下了車。

下車後先知身處一條不算繁忙的街道，幾間小小的商舖，後面有幾所平常的矮小住宅，有一戶人家還在陽台掛了四盞大大的紅燈籠，叫人猜不出屋主的用意。是本地洋人崇拜亞洲文化而根據荷李活那樣用紅燈籠來代表中國文化？或是別有用心告訴街上的人屋主正是你們所想像的中國人？還是想得太複雜，一切只是隨心、環保，而毫無意義？

天上飛過一群呈V狀排列的加拿大雁，剛好被先知看到領頭的雁飛得累了而往後退到隊尾，而另一隻馬上補上主持大局的換班儀式。先知心想，這時候還未南飛？是因為懶散而遲遲未起程嗎？還是已經南下了又回來？或決定不再南下了？

城市人製造了城市雁，現在冬天好像都能在公園、哥爾夫球場見到雁的蹤影了。很可能是因為留在本地過冬衣食還更豐富，都不用遷徙到氣候暖和的地方了。不管答案如何，先知心想能看到這個也不賴啊，全世界多少人遠道去英國白金漢宮都是看換班儀式呢！

突然電話彈出一個短訊：你說得很好。謝謝你的認同。

第3章

她們曾經婀娜娉婷

when they were young and beautiful

她們

二〇一六年十一月三十日下午四時

娉婷在西鐵荃灣西站的巴士總站外已等了十五分鐘。看著巴士一輛輛拐彎進入總站，一個個不合她期望的號碼不斷出現。娉婷再三查看手提電話內的日曆記事簿，看清楚的確是今天，約好了這個時間。

開始有下班的人潮，不少人都點起了一口大概吸了會感到釋放或是舒泰無比的煙。娉婷不想吸收別人排放的毒氣，便向巴士站內走去，但有蓋巴士站內的空氣更加混濁，禁不住又返回外面的行人路，重新等待巴士到來的號碼。

快踏入十二月了，看來又是一個不冷的冬天。娉婷早前買的一件全球最暖最輕盈的羽絨長褸似乎沒能派上用場，還被丈夫嘮叨了幾句。香港冬天還用穿羽絨？你已經有幾件了。

娉婷收到她的短訊，表示她仍在美孚，由於公路有交通意外，行車非常緩慢，今晚由她請客賠罪。

已是認識了三十年的老朋友，娉婷不會怪她，何況這次她因為一位親戚去世才遠道回港短留一星期，時差加上大家都感冒，幾經辛苦才在離去前的一天擠出四點至六點這兩小時作短聚。如此難得卻又遇上交通擠塞削減了會面的時間，也沒辦法。天氣難料，交通更難料。

娉婷和她從小學一年級已是同窗，因身高相若而經常坐在前後左右。還有二年級加入的阿娜，三個女孩一起成為最緊密的三人組。當時大家都為對方改了只有她們三人才知道的花名。花名有中文有英文，不時更改或調換，以製造身份混亂的效果，好讓「其他人」不知道誰是誰。這種身份更替對於她們來說是充滿刺激、神秘及極為有趣的事。

到了後來大家對遊戲的熱情減退，娉婷和阿娜已慢慢回復真身，只剩下她的花名繼續使用。阿娜回復阿娜，娉婷回復娉婷，而她仍然是 Simon。出處倒忘記了，但卻廣泛地被流傳開去，連老師校長也知道，甚至偶爾這樣稱呼她。Simon 有甚麼意思？為何她會被扣上一個男性化的名字？這跟她的個性及打扮都無關，但整間小學似乎都知道她就是 Simon。

升上中學後，她們三人分派到不同的學校，但 Simon 這名字還是伴隨著她，彷彿已是別在她胸前的名牌。當然英文課老師極大可能要求她改一個較正常的、女性化的、當時流行的名字。Jacqueline、Ada、Christine、Angela、Peggy、Maggie，而且很可能一改再改，中一時是 Joey，中二改成 Polly，中三是 Doris，中四是 Suki，中五以後也許會穩定下來，但卻變成自行將串法更改及組合的難以發音的名字。現在名字的變種越來越多，開始出現去性別化，如 Jackie、Ryan、Sam、Alex、Joe、Taylor、Jordan 已不是男性的專利。而且串法亦越來越新奇及難以推敲。名字的變化出現了沒有限制的突破。

但不管變化如何，從來大家都只記得她是 Simon。

就像大部分升中後的友誼，初時總是信誓旦旦要保持緊密聯絡，甚至約好每個月選一個周末回母校，重溫那不捨得告別的童年時代。然後隨著日子過去，在中學結識了新朋友後友情總會逐漸變得淡薄。比較幸運的，還能在數年後偶然重遇時重拾以往的友好感覺聊個沒完沒了，較為不幸的便是將過去一切拋掉，彷彿多年來拉著手上學下課分享開心不開心的日子不過是一場錯覺，再見到面只能揮揮手說句嗨已欠身而過；更不幸而亦常有發生的，是雙方儼如陌路人低頭當作看不見，而其實心中也不知道為何。

她和阿娜、娉婷是幸運的。那年十六歲，阿娜舉家移民，離開香港前三人再度相聚。她們以示隆重地相約好穿裙子、高跟鞋，還依照少女雜誌的教法，以不純熟的技巧化了個淡妝。她們選擇在荃灣海濱長廊拍照留念。荃灣為她們留下了很多回憶，荃灣以外的印象倒是模糊的，中環的康樂大廈、尖沙咀的太空館、海上的帆船，都只是學校勞作畫上的刻板標誌，於她們來說並沒有具體意義。當時仍在福來邨的圖書館、大涌道會變色的河流，丟空了多年到現在仍依舊空置著的美港貨倉，才是她們熟悉的一切。阿娜說外國的氣候節日文化都跟香港很不同，移民後也不知何時再回來，已未必能記著荃灣的一切了。

那是最無憂無慮的青春印記。那天，她們坐在海邊的欄杆上，看著對面的青衣島，一面回想小學的往事，又再次像小學畢業時那樣約定要保持通訊，答應即使只留下娉婷和她，二人也會不時見面。青春在一聲一聲浪拍下逐步倒數，身後有向她們吹口哨的年輕男孩，放眼可見碼頭不遠處有垂釣的老人，黃昏迫在眼前，日落已到海的盡處。只是當時她們還不知道前面那無法預測的未來的路，竟不像預期般易走及充滿趣味，相反卻是那樣的令人措手不及，無可奈何。

首先是阿娜移民後，娉婷和她並沒有如承諾般時常保持聯繫，只在會考放榜前一天通了電話互祝幸運。雖然二人成績都不算十分理想，幸而後來都輾轉入讀了不同的大學。她更加入了文學會，跟一群學長經常以寫作為名，不求目的，隨意創作，像古代文人那樣，風花雪月，虛無縹緲，對酒當歌，人生幾何，毫不關心 GPA 的高低，或即將要投入社會的部署，也不在乎恆生指數的上落，男女之間即使有情與愁，也決不垂淚到天明。畢業後甚至試過今天買機票晚上便起程，狂言要旅居他國邊工作邊寫作那樣瀟灑。

大學生活是一段令她快樂而難忘的日子，沒有任何責任的糾纏，她的步履總是輕快。

另一邊廂的娉婷則終日在實驗室作各種化驗及報告，要熟讀的程式及理論多不勝數，幾乎就能以一級榮譽畢業。教授對娉婷寄望很大，鼓勵娉婷成為碩士研究生，但礙於媽媽病重，家庭負擔沉重，娉婷很快便投入教師行列，當年教師的薪金及穩定性對娉婷來說大於一切，但其實娉婷心底裏對她那種自由奔放的生活感到非常羨慕，覺得作家都有著神秘不可測的想法及隨意的新去向，有一個會寫作的好朋友感覺十分特別。娉婷不時留意著她的網站有沒有新的文章發表，對於文學界的動向也產生了興趣。自己不是寫作的材料，也希望好朋友有所發展吧，說不定將來她便是文學界的代表，甚至諾貝爾獎的得主！但這個想法被她聽到後簡直是噗的一聲笑了出來。諾貝爾獎？她笑到肚抽筋。

「有甚麼不可能呢？有幾多個獲得諾貝爾獎的作家在年輕時會想到將來能獲得全世界的認同？不是沒有可能的，你想想，總有人拿這個獎吧，而且是每年一個啊！努力寫下去，這比起隨機的六合彩更易中呢！」娉婷對她的反應作出抗議，其實也是一種對她的鼓勵。她卻一直笑，笑到幾乎坐在馬路上。

後來娉婷已很少在報章雜誌看到她的投稿。只在街上碰過她一次，畢業時也沒有互約出來拍畢業照，也不知道畢業後她的去向，有沒有到外地繼續升學，或腳踏實地找一份入息可靠的工作。

事實是始終她也沒有交出甚麼像樣的作品，寫作於她成了一件可遇不可求的珍貴大衣，偶爾穿起來在鏡子前照照的確是好看，但總不能永遠賴在鏡前不走，穿上後縱然不捨，也得因種種實際的原因而不得不脫下。她無法在鏡子裏看到一個成功的寫作人的倒影。娉婷那句「說不定將來能拿諾貝爾獎」變成百分百純粹的笑話，或尖刻的揶揄。

在西鐵出現前，她為了追隨一個重要的人而決定移民他國去。她移民後的生活如何，娉婷及其他友人也無從得知。她在網絡上的狀態顯示她仍然存在，但不論阿娜和娉婷以電郵或短訊或任何網絡方法旁敲側擊，也無法得到充分的回應。

她彷彿是網上虛擬世界的人物，明明知道她真實存在，卻又無法觸及。

本來三人組獨剩下娉婷在港，恰巧阿娜又跟丈夫兒子回流了。重新適應香港的生活，會否比適應移民外地更難？

在緣分上她們是幸運的。就在娉婷懷了第二個孩子的時候，她也懷孕了，二人因此以新話題通過電郵重新聯絡上。可是來不及開心和高興，還未詳談懷孕的感受，她卻不幸地流產了，二人便又再次陷入訊號中斷的狀態。直到更不幸的事發生，娉婷不得不再聯絡她。娉婷知道她一定會回覆，因為這次電郵的標題是：阿娜因躁鬱症自殺死了。

如果幹下那種事的是自己的孩子

這是其中一篇我感到難以完成的題目。

成為母親後，我非常害怕世界的不美好，每天從新聞及網絡上看到的，都是世界欠缺美好的事（為何還要看、還要聽？）。作為將孩子帶到世上來的機關，我保護孩子的意識無時無刻都在緊張狀態。最近令人感到恐怖的是世界各地趁著萬聖節而出現了「恐怖小丑」，一些人戴著小丑面具及服裝躲在僻靜的街道埋伏，似是拿著武器的猛追著孩子或婦人，猙獰地邊跑邊狂笑。嚇人的氣氛隨著萬聖節逼近越捲越濃。雖有說扮演恐怖小丑的人都是小孩，已有十六、七歲的青年被警方拘捕，但問題是這樣的事在網絡傳開後馬上有不少人爭相抄襲，又恐嚇著「很快就來到你們那區了！」而媽媽們在群組不停轉載恐怖小丑的出現地點，雖是著大家小心提防，但看著地圖上肇事範圍一路擴大，又越來越接近我區，一陣陣陰森恐怖的萬聖節風是吹進人的心裏去了。

這說明了一個人面露兇相不一定嚇人，一個向你一直微笑甚至狂笑的人，其實更可怕。

平日跟孩子在家的時候我習慣了將警報系統開著，又會放一些武器在房間，最近因為恐怖小丑的關係，我還打算安裝閉路電視，監察前門後園經過的人。最近還嚴重到，我將孩子安全放妥在車上，關好車門後，才會打開車房的閘門，以免有人在我不留神的時候趁機溜進來。這明明是個相對十分安全的社區，搬來的時候我還查過政府公佈的罪案數字屬偏低，只有黑熊出沒的問題比較困擾。

不過，在家鎖上門並不代表絕對安全，而孩子也不會永遠待在家。最近有個正義組織，在網絡上扮作青少年甚至年紀更小的孩子，刻意跟一些跟他們在網上搭訕的陌生人聊天，陌生人來意不善被引蛇出洞，在會面時當場揭發了不少戀童癖（全是男人）。不說不知，被逮個正著的人幾乎每天都有，當中更有警察、教師，甚至校長。新聞報導將當事人落荒而逃的片段都放在網上向全世界播放。大快人心之餘，同時又令人感到非常恐懼和不安，真不能想像外面有多少這樣的人在等待天真無辜的孩子入網。而且黃雀在後說到底也只是靜待罪行發生才去揭發，對於大人以身心傷害陌生孩子的心理及行為該如何去正視，才是我更關心的。而其中一個落網者，正是我丈夫公司的一個不相熟的同事。他被解僱，後來傳聞說他自殺死了。

這城市對性別是十分開放的，說的不止是衣著或打扮，每年市中心都有大型的 Pride Parade（同志遊行），吸引了全球不少非異性戀的人慕名而來。我也曾湊著熱鬧去看過，大型的巡遊塞滿了半個市中心，擁吻著彩虹旗幟，浩浩蕩蕩地告訴全世界這是我的個人取向，不管你單性雙性有性無性，只要不傷害別人，誰也不該管。我著實同意。彩虹的意象有很多種，代表不同的性取向是其中一種。

事實上早在二十年前已有由中學生自發成立的 Gay-Straight Alliance（同志與非同志聯盟，GSA），現已發展成全國學生組織，舉行了不少關於 LGBTQ（Lesbian, Gay, Bisexual, Trans, Queer, Questioning）的講座、問答比賽和活動等等，也有校方及老師的參與及支持。近年政府更在社區中心推行一種「無性別廁所」（Unisex Washroom 或會標明 Transgender Welcome），意思是不論你是男身女身，意識自覺是男是女，非男非女或雌雄同體，都不用在洗手間門前為自己的性別作供，不必選擇「上男廁」或「上女廁」，而是進入一間誰都可以去的「無性別廁所」，從而照顧性小眾的需要。這樣的自由、人權，是大膽及人性化的，但每想到當我如廁時，隔壁廁格很可能有個男人進來大小便，我都會渾身不自在，真實的情況甚至會像受到襲擊一樣落荒而逃。其實即使同性朋友在隔壁如廁有時也難免尷尬。如果是新相識的異性朋友，要毫無尷尬地以一板之隔如廁簡直是沒有可能的事。要知道，如廁的內容及情況是有聲音可辨別的。當然，成年人就是有自理能力及分辨能力的，誰在隔壁如廁，發出甚麼自然的聲音，只要沒有傷害人，也可以是合情合理。

令我擔憂的是，去年政府竟然通過小學也可以設立無性別廁所。不知道具體細節如何，但我想像在小學校園內，一個最低年級的四、五歲女孩如廁，會不會感到十二、三歲的男孩在隔壁如廁是種壓力？並不是說十二、三歲的男孩一定比四、五歲的女孩邪惡，但事實上男女並不平等，例如男性如廁能公開地解決，屬於豪爽及自然，女性如廁則相對麻煩及需要私隱。而欺凌事件中的孩子要欺負一個人，究其根源可能並不明確，但最方便的原因是因為他們幼小、不入流，或妒忌；而一眾人聯合起來欺負比自己弱小的單位是動物界十分順理成章而符合形勢的事。要是有欺凌事件在廁所內發生，年幼孩子固然不懂反抗，更慘的是父母也無從得知。而「他們只是孩子」是個很容易開脫的說法，曾經也是孩子的我們在童年時有沒有對任何人作出過欺凌，而理由不知為何？我想像女兒在學校上廁所，假設無性別廁所可以容許男老師在隔壁如廁的畫面，即使只是隨便假設，我也神經繃緊，暴跳如雷，幾乎要去營救女兒。

也許我是神經過敏杞人憂天了，但我只是認為女性在一生人之中，完全沒有遇上任何怯懦的好色之徒或膽大包天的色情狂是絕對幸運無比的，我自己的經驗不想在這裏說明。但你們提到的由古到今的故事、電影、小說、電視劇及新聞，兇殘暴戾血腥瘋狂不單只在天馬行空的故事之中，大門外隨時門鈴一響就有更驚世駭俗、匪夷所思的怪事發生。虛構與現實的內容互相挪移、抄襲，甚至互相參補而被大肆討論，是我們的社會太和諧而需要更多官能刺激，還是社會太殘酷了你多說美好的事只會暴露你的不切實際。為何恐怖元素的電影電視劇永遠拍不完，而我們距離《仙樂飄飄處處聞》這樣的電影那麼遙遠？我們需要探討暴力的甚麼？弒父母的人是否有性格分裂，而愛父母是否必然？恐怖小丑要扮演甚麼去隱藏和表達甚麼？我們是否都有「另一個」自己，而作家的「另一個」自己的作用就是在邪惡與美好兩邊來回奔走好令天秤不嚴重傾斜以致萬劫不復？

我從恐怖小丑說到戀童隱憂再質疑人間有沒有真善美，大概證明了我並不適合書寫變態與暴行，以及這些黑暗的力量將會對孩子，我的孩子的影響。這亦證明了作為一個女性，一個女兒的母親，可能跟生下兒子的男性所看到的道德風景角度有所偏差。

後來，網絡上瘋傳有恐怖小丑在大學校園被大學生圍毆暈倒地上。相中的小丑是個二十歲左右的青年。後來又傳整件事很可能只是造假。

再後來，萬聖節過去了。孩子在鄰里挨家挨戶拿糖果，過了一個盡興的晚上。

我們都沒有遇上恐怖小丑。

阿娜

娉婷看了看手提電話，不見有新的短訊，便走到對面荃新天地逛一會。記憶中也有七、八年沒到荃灣了。她們都在荃灣長大，目睹荃灣多種的變遷。消失的戲院及小店、沒落的碼頭、天橋網絡的出現、舊區重建變成千萬豪宅。眼前的荃新天地，以往就是七街重建的項目，西樓街、河背街、新村街如今都面目全非或是完全消失了。娉婷還記得曾經和初戀男朋友來過這裏的電子遊戲機中心打《街頭霸王》，現在好像連電子遊戲機中心也變成碩果僅存的歷史文物了，如有一間宣佈即將結業便會引來大批人去拍照留念甚至在關門大吉那天留守到最後的倒數時刻。只是二十年的光景，很多東西已成為想當年的古跡。

婚後娉婷三年抱兩，由荃灣搬到港島區租住地方，方便孩子進入成績優異的名校。而她由支援教師到半職教師，再由合約教師變成常額教師，在拼命考取了多個文憑後如願成為九龍一所名校的老師。最近又傳言科主任有意退休了，娉婷成為大熱人選。除了幸運，也是因為娉婷花盡了時間和心神爭取表現的成果。放工回家後的娉婷往往疲倦至虛脫，連孩子湧上前跟她說的話都變成嗡嗡嗡嗡的雜音。有聲音但沒內容。

踏入曾經簇新的商場，望過去盡是名店。在屋企樓下就可買到勞力士的說法，一點也不假。從商場二樓露台往上望，有多幢價格高昂的住宅圍在頭上，住宅與商場之間相隔著一排排直立式的綠化空間。聽說這商場曾得到「高空綠化大獎」的金獎，在建築界名噪一時。

娉婷感覺不到綠化空間對她身體產生的綠化作用，在商場封閉的陌生環境中，亦感覺不到自己身處哪裏。到底這是在哪一個商場？這商場跟娉婷對荃灣的記憶好像連接不上。在娉婷的記憶與認知中，找不出兩者相聯的關係。

快到了，已在荃灣！應該還有幾個燈位就到！

收到短訊後，娉婷動身想返回巴士總站，卻在二樓商場內迷路了。左面的天橋指向荃灣站，右邊的天橋指向荃新天地二期，又夾雜著如心酒店及荃灣廣場、灣景廣場的指示牌，一時令人迷惘。最後她要回到商場地面，從一個出口走到街道去，抬頭看看天空及尚可辨認的楊屋道，才知道自己的方向。

急急橫過令人感覺踏實的行人斑馬線，終於看到她在一輛正在靠站的巴士上趕忙地下車。

她已是兩個孩子的母親了，雖然多年來一直間歇性地失去聯絡，但再次見到她，感覺絕對不是陌路人，更是有一種純真的默契，只是心中暗地裏也感到大家不再年輕了；身形不再婀娜，眼角帶點皺紋，頭頂也有過早出現的幾條白髮。

她們相互微笑，熱情地走近。四十歲的人生原來是這樣的。這話大家都沒有說出來。

順著人潮走進荃新天地二樓的 Olive Café，她們在面向內庭的靠窗位置坐下。從那裏看到地面的美食廣場仍在，但那家當時新開張曾與阿娜去過的糖水店卻已消失了，連帶旁邊幾間食店都變了更高尚的風格。

「這裏應有不錯的下午茶，咖啡聽說也不錯。」娉婷感覺二人好像欠缺打開話題的引子，隨便以吃的話題舒緩氣氛。

將餐牌研究一番後，在侍應的催促下她們點了個二人餐。娉婷多加了二十元叫了一杯頗難飲的特飲，而她則叫了最保險的熱咖啡，多奶又多糖。

侍應收走餐牌後，二人眼光無處可放，不由得對望，卻始終說不出話來，目光便轉到窗外的庭園景色去。大家心裏再清楚不過，這次老朋友相聚，阿娜不在。

相比她的內向、娉婷的文靜，阿娜是三人組之中最多話最活躍的。阿娜經常成為活動的發起人，拿起電話先打給朋友的永遠是阿娜。阿娜更是小學同學聚會的策劃人、聯絡、宣傳、公關、大會攝影、主持、獎品小姐、遊戲組長，一人演盡多角，為那微薄到幾乎不再復記的友誼積極拉動。而每次聚會的地點都不一樣，主題也不同，有試過在某豪宅會所搞萬聖節派對，租過遊艇出海釣墨魚，有次在山頂吃聖誕自助餐，年三十晚在大排檔打邊爐，也曾包起一家酒吧全晚盡情豪飲，是不是節日都好，總之每次都好像有甚麼特別的喜慶而大肆慶祝一番，或是每次都當是最後一次見面那樣隆重而珍貴，因此亦吸引了很多原本失去了聯絡或不願露面的舊同學出現。有些人單純地抱著見面也不妨的心態，有仍是單身或已離婚的便趁機出來碰碰緣分，名成利就的總是每次都應約，過早出現中年危機的便牽強地有一次沒一次地湊湊熱鬧。不論參加的人出現的目的如何吃的談的如何，阿娜總是興致勃勃地安排下一次各式各樣的聚會，內容永不重複。有時太勞心勞力，會看到阿娜既亢奮又極度疲憊，坐立不安卻又千方百計想將事情弄好的倦態。

直到阿娜懷孕，事情急轉直下。懷孕過程不容易，阿娜再沒上班，專心在家臥床養胎。兩邊家人對她無微不至，還有傭人在旁時刻照顧。可是阿娜的情緒卻越來越差，旁人的開解變成沉重的壓力，關心變得越來越帶諷刺性，對病情毫無幫助。後來兒子順利出生了，家人都因為添了個胖胖的孩子高興不已，但阿娜的病情卻是每況愈下。阿娜的丈夫便建議到外地去散散心。東南亞去過不少次，歐洲東和西也去過了。阿娜的丈夫不能經常放假，阿娜便去探望外地的親友，小住數天甚至寄住一、兩個月，有時帶同兒子，有時自己獨自上路。其中一次阿娜打算到加拿大找親戚，順道找她，傳了電郵後卻遲遲沒有收到她的回覆，直接打電話也沒人接聽。後來阿娜在小學群組留言：有事相見，請聯絡。仍是沒回音。阿娜便沒有再找她。但阿娜的確有到過加拿大，還拿著她的地址去到她家門前，看過她所住的地方，欣賞過她種的花，便靜靜地離去。

沒有按門鈴。可能也因為沒有門鈴。

回港後，阿娜的丈夫和兒子打算為她準備下個月的四十歲神秘生日派對。生日派對一星期前的早上，阿娜打開房中的窗戶，外面天氣晴朗，雲與天藍白分明，空氣鮮有地清新怡人，能令人精神奕奕，充滿動力，甚至想馬上行動，進行一些在心中醞釀已久的計劃，不管計劃內容如何。阿娜的眼淚一直從眼裏湧出，隔著她的視線，她看不到眼前任何東西，也無能盤算計劃的成效。悲傷在她體內迅速膨脹，如火山爆發，將整個人完全覆蓋。在魔鬼與蔚藍的深海之間，阿娜已不再是阿娜了。

直至大廈平台上的螞蟻，爬在阿娜沒有溫度的身上。

食物到來，她想拿起刀叉，娉婷舉起手阻止說：「讓相機先嚐。」隨即按鍵，幾下卡嚓，拍下食物最完美動人的一刻，然後向全世界顯示自己當下的感覺，再將肇事位置和相關人物拉扯進來。她雖然不太習慣也不喜歡這種隨時被揭露行蹤的做法，但手機叮叮叮的回應，心形、笑臉不停湧現，娉婷逐一接收，又微笑著按鍵，回應了一些感謝及符號，再上下撥動，似是重複欣賞這分鐘的成果，及因為得到家人友人甚至學生的肯定而感恩，她便覺得，這好像明明是一件非常正面的事，甚至對心裏的反抗作出了質疑。

娉婷滿足地放下手機，發現她將一切看在眼內，似在看了一場即興表演，二人似笑非笑，眼光又轉到窗外去。只有手機仍是全力以赴地叮叮作響。

貼文標題為：好朋友，不相忘。

關於原諒這件事

原諒這件事，一般都說到傷害了人，或求別人寬恕，但更難的，是在於原諒自己。

自己做了不應該的事，無論刻意或無意，已覆水難收，或真的只好如此，像是在懸崖面前逼不得已向背後迷路的同伴說：實在已沒有去路了。

正如俯拾皆是的男子向女子說對不起我傷害了你，請你原諒我並忘記我，我只是個不折不扣的混蛋，我無法給你想要的生活，不配有你的愛這種不斷重演的爛戲碼。又如那隻每天來破壞我家後園的浣熊，沒聽我的警告，不理我放下陷阱的阻嚇，甚至拿著鋤頭也毫無畏懼，目的是要吃盡我種的美味的無花果。有一晚牠向我張開利牙，我唯有報警求助，最後牠被捕及殺死，然後有鄰居說，我這種人應該下地獄，上天不會原諒你的。又例如，那天我買了一隻寵物回家，卻發現所住的地方不允許人與動物同住，我問過了所有認識的人，也沒有人要收留牠。牠需要各種各樣的照料，而原來我沒有這個照顧牠的時間和能力，現實跟我向牠承諾的並不一樣，我不知道牠是否明白我的難處，而作出放棄牠的決定實屬無奈。又如，有一個久未見面的老朋友，由遠方來到想跟我見面，但我卻因為怕自己狀態不佳、嫌車程略遠、覺得時間上不太配合而拒絕了約會，而在兩年後的一天，傳來了這個朋友自殺的死訊。那因為說出爛得不能再爛的理由的我，沒有好好把握跟這個朋友見面的機會，而禁不住想：在那沒有實現的約會當中，如果她向我露出低落的情緒，即使自己也好不到哪裏去，也一定會關切地問及箇中原因，理解她的心情而盡力阻止她做任何傷害自己的事。可是事實是我並沒有赴約，約會到底如何已無法追究，只任隨我的空想將自己深深困於自責之中。又或者，不少人也曾有過的，墮胎的經驗。不論是年少時糊裏糊塗一時輕率，或者已經有三個孩子所以不想要第四個了，又或者孩子有先天性的基因缺陷，而我無法承受他帶著別人認為不健全的身心來到這世界後所要面對的一切。尤其母親，既要作決定又要忍受經歷手術的種種，何其困難。又，自以為一向對孩子照顧有加，卻在今天帶孩子檢查牙齒時才赫然發現孩子全部牙都蛀了，需要全身麻醉進行複雜的修補。

這些這些，無法改變也無法回到過去的憾事，可以禪修、讀聖經、聽佛偈、求觀音菩薩打救、向天父懺悔，但似乎都不能洗去那種被千年蔓藤纏繞的罪咎感。即使唸經的那一刻罪惡感有所減輕，但每天醒來還是會自動再穿上那套「我做了不可逆轉的錯事」的囚衣，而刑期多少並不清楚，很有可能是無期徒刑，亦無法求誰去原諒。當然也可能根本是我領悟力太低，加上懶惰，及俗不可耐，無法從任何形式的救贖行動中得到解脫。

怨恨一個人，任何一個層次的倫理單位，父母、上司、鄰居、戀人，還有個對象去罵去詛咒。傷害了人，總有求對方原諒的機會，哪怕機會極微。但要原諒自己，要將自己一分為二，自己是犯人，也是受害者，如何去營救並放過那個萬劫不復的充滿罪孽的自己？

時間變得虛無，時、分、秒的分別不大。平常生活的種種都蒙上一種似是末日黃昏的哀傷。直到，我以為已經失去任何閱讀的動力，忽然一天，如有神召喚般走進久未進入的書房，不知為何隨手翻出大江健三郎的《為甚麼孩子要上學》。我記得這書，是一本我曾經珍而重之，亦向很多人包括學生及有孩子的人推薦過的書。當中一篇我常讀的〈沒有無法挽回的事情〉，說到大江健三郎亦師亦友的妻子的哥哥伊丹十三自殺死了，當時他聽到母親說出五十年前父親去世時生著氣說的一句話：「再也無法挽回了！」那也是大江健三郎一生中最害怕的話。

為了減輕痛苦，大江健三郎想出一個非常簡單而有效的方法，這在最後一章〈請再等上一段時間〉清楚說明，那就是要擁有「再等上一段時間的力量」。就像他高中時做幾何數學題那樣，「在解題的過程中，我會把某一部分的複雜數字與記號先畫上括弧，用A來表示，這樣算式就會簡單得多了」，「不論小孩還是大人都一樣，在生活中，遇上真正困難的問題來找碴時，暫且把它放入括弧內，放置『一段時間』之後再看看……在等待的期間裏，有時括弧內的問題自然會解開了……有時就算等上『一段時間』還是無法完全忘掉。或者一面放著，一面卻在心上牽掛著，一時回憶起。但是當痛苦的時候，我不把這當作是具體的問題或特定的人，而換成B這個記號來思考：雖然B還無法解決，那就再等一下吧！」他說即使對著非洲患了愛滋病的貧窮小孩，對方說出「再也無法挽回了」這樣的話，他也會向他們說：「不，沒有這一回事！」

最後可能已不是做到突然的原諒或忘卻，而是習慣了痛苦成為日常的一部分，與自身共存，繼而慢慢接受，然後不自覺地放開。也就是括弧內的難題在沒有解決方案下被解決了。

「而現在，我還活著。」大江健三郎是如此相信，並一直這樣撐過來。大概跟戒毒者常強調的 one day at a time（活在當下）有著同樣意思。

好吧，那就先活著，再看看吧。

娉婷

還是由娉婷先談到關於帶孩子的問題。

有時會滿足同開心，但其實很困身、很累，我很想減肥。很珍惜放假，但放假時又想返工算了。有時感動有時極難頂。孩子根本不尊重我，老爺奶奶又想抱男孫，身邊好多人反而想追個女。其實餐餐食而不知其味，都有影響夫妻生活。現在逛街只看小孩子的衣服自己就不修邊幅覺得自己好老。多次想過辭職專心湊仔但又捨不得那份人工。完全沒有個人興趣有時間也睡覺吧。

她們的感受像堤壩排洪，一堆堆感受傾瀉而出，倒滿一桌一地。急欲表達的情況甚至是未等對方說完已急不及待爭著說。老朋友見面總是沒有芥蒂，不怕對方把自己看下去，或羞於表達，或怕事後變成茶餘飯後的話題供人品嚐。

說著笑著，也懶理那已變軟的炸雞翼，變暖的刨冰凍飲，溶化成漿的雪糕，及跟感覺不成正比迅速地溜走的時間。她們竟說起當年小三時曾暗戀的男生，以及男生在小學畢業後才敢示愛的事，但礙於當時「感到自己比他成熟」而中學又有人力追，那場還未開始便結束的初戀便無疾而終！她們都在哈哈大笑了，當時還困擾了好一段日子，怎麼三十年後會覺得這樣好笑？又是一輪大笑。然後不著邊際不理時序地談到近年各種好笑的事，單是自然分娩的細節就夠她們一一數說了！下體幾級撕裂需要縫上多少針，乳房因母乳充塞而脹痛萬分，不夠奶便猛泵結果乳頭爆裂奶瓶恐怖地染成血紅，打個噴嚏便馬上失禁這些當時苦不堪言難以啟齒的慘事，此時事過境遷卻變了笑料一堆！她們也不理會周圍的食客有沒有聽到，或聽到後有甚麼反應。娉婷更提到丈夫說產房有些女人叫得像是在時鐘酒店那樣，眼前卻有個給生產折磨得死去活來的太太，情感與理智被完全搗亂，無法形容那種狀態。

「男人只是在旁的啦啦隊或觀眾，真正去戰鬥的只有我們獨自一人。我不知道我老公甚麼狀態，當時我的意志是幾乎熬不過了，我真的覺得不如去死算了！」

娉婷連眼淚水都笑出來了，用硬硬的餐紙印了印眼角的淚水，邊笑邊看著那碟用來蘸薯條的茄汁說：「現在還有寫作嗎？你曾經出版的那本書，我最後也無法在書店找到，可能是賣光了。」

她看著已飲盡的咖啡不語，氣氛突然像氣球爆破，之前的笑聲無法持續，只剩沒能接下去的突兀。

「加拿大作家 Alice Munro 得到了諾貝爾獎，你有沒有看過她的作品？她也曾經在你住的城市居住過。」娉婷就寫作的話題繼續說。「我在報章讀到她有四個孩子，平日忙於帶孩子時便在腦中設計好故事，待孩子睡覺後便趕快去把腦中所想寫出來。」娉婷仍然聽不到期望中的回話。

剛才濕潤著眼睛的淚水，變成了另一種符號。

「你也可以試試呢。」

「試甚麼？」

「試著在孩子睡覺後寫作。」

餐廳的燈光調暗，侍應遞上一盞半明滅的蠟燭，示意下午茶時間快要結束，她們才意會到時間已夠了。娉婷不得不趕回灣仔，接回在補習社的兩個女兒，家中傭人亦難以一邊應付兩個不聽命令的孩子一邊弄晚餐。自從丈夫轉了新工作之後，能在九時前見到他的日子少之又少。娉婷感到疲於奔命，唯有將大部分的工作分給傭人。娉婷一面上班一面在電腦前靠著家中的監視器維持與孩子的「關係」，最難以接受的是不時看到傭人餵兩姊妹吃飯的情況。三年級的大女兒拿著漫畫撐起雙腿張開嘴巴叫傭人餵飯的樣子，令娉婷想馬上跑到校長室遞上辭職信。有兩次真的也走到校長室外，最終理智令娉婷停在走廊上，數算著辭掉工作後家庭的收入大減，還有工作十年後教師的強積金會跳升至百分之十，而丈夫的新工作也未安定，便又拖著沉重的步伐回到那被作業及各種功課簿圍困起來的細小辦公桌，憤然用力地批改學生的數學習作。娉婷是數學老師，辭職的利弊沒理由算不出來。

娉婷見之前的話題無法接下去，便打開了另一不得不打開的話題。

「阿娜在患病後不久信了教，認識了很多信教的朋友，但最終信仰也醫不了她的病。」

氣氛變得更為沉重，二人的臉上都不期然出現了怪異的表情。

娉婷拿出信用卡準備付錢，這時她也拿出銀包爭著請客，你爭我奪的一輪擾攘，最後由侍應來作定奪始能平息。剛才的話題落了個空，無以為繼。桌上剩下不少食物，卻早已沒人想再碰。

「你知道很難找到你。我們都想知道你安好。」娉婷用上「我們」，將時空撥回阿娜仍在生的日子。

「阿娜曾經找過你，不單打電話發電郵找你，還去過你家，她看到有人在屋裏的，猜想那很可能就是你，但又怕你不想突如其來的打擾，她明白被人打擾的滋味，不是每個人在任何時候都想見朋友的，所以她沒有按門鈴，就那樣在屋外看看你，便走了。」娉婷邊說邊站起來整頓著離去，眼光隨便落在四處，也沒有刻意留有空隙讓她去填充，她也順著情況，查看一下電話有沒有新訊息便起來離座。

離開餐廳後二人一起往西鐵站方向走去，路上行人不少，間中有幾句不著邊際的無聊話：未來幾日的天氣、所住的酒店、時興的食物、孩子幾年級了，這些說過了也不會記得的話在路人間穿插。

來到交通燈前，二人要分別了，她心中哽著一句話，始終無法說出來。

「一路順風了Simon！有機會再回來。下次要帶你對寶貝來和我兩個女兒一起玩。有空傳你的新作給我拜讀吧！」娉婷笑笑揚起手，看著手錶，急急地越走越遠。

她站在斑馬線前，交通燈慢慢的達達作響。她呆看著遠處，幻想阿娜出現在她家門前的情況。那是甚麼樣的天氣？有沒有下著微雨？是剛過去那不冷的冬天，還是氣溫破紀錄那個盛夏？阿娜帶著甚麼樣的心情來到？有沒有行李？只是想進來聊聊天，還是打算熱情地吃頓飯？她們會有甚麼話題？如果當時一直未能從流產的傷痛回復，能不能一盡地主之誼？她們常問及她的生活好不好，到底怎樣才是好？不愁米飯有仔有女身體健康是否已很好？甚麼是不好？有沒有寫作又如何？為何其他人比自己更關心寫不寫作？

現在想甚麼也沒用了，也無法追回當天所有可能發生的如果。

交通燈達達達達地叫喊，行人馬上起跑，她也無法不前進。

她回頭去看娉婷已遠去的身影，張開了口，那句始終無法說出來的話是：來，我們一起去拜祭阿娜。

而我想說的，是被觀察的那個人。

翻看電郵，我是在二〇〇一年九月十六日收到新鮮完成的〈溜冰場上的北野武〉，那時我離開了香港才三個月。我已忘記那閱讀經驗如何，或其實有沒有順利讀完。而我對於那個「害怕在人群中暴露出來，希望躲成那個疊在牆上的影子」的感覺是那樣熟悉。大概我們都習慣於觀察別人而極度害怕陷入被觀察之中，而常自認為有某程度的社交恐懼症？

移民後，觀察別人和被觀察的機會都大幅減少。如果不乘公共交通，只開車到上班的地方，而如果跟同事的共同話題不多，或者根本沒幾個同事，又如果還帶備午餐上班，下班又馬上回家的話，那一天可以看到的人、事或風景，都會十分重複而枯燥。後來我沒再上班，搬到山上，人煙更少，又帶著兩個孩子，有一段很長的時間都從白天忙到晚上，晚上忙到白天，星期一至五除了放工回來的丈夫外，甚麼人也不會見到，反而見動物的機會還更多。可以站起來像人那樣翻開垃圾桶的浣熊，一家大小把我們的圍欄當捷徑走的松鼠，在樹上群起報訊的烏鴉，在巴士站佇立似是在等誰的土狼，深秋急著把肚子填滿的黑熊每晚來訪。觀察動物也許比觀察人更有趣。

觀察與書寫被觀察，是成為作家的基本要素。觀察得越細緻，作家便往往越成功。他們不單在日常的每個角落，校園、公共交通、餐廳、休憩場所等地觀察任何能成為被觀察的對象，更取其說話血肉，化其面目去其名字，將之成為小說中的珊珊琪琪。輕則複製幾段對話，重則將幾個人物攪碎再捏合，將之擴大成為一重要的人物及支線。人物真面目朦朧虛掩，假面立體得玲瓏見影。最常見的是將身邊的人的事件寫進去，事先張揚是以真實人物作原型，但又說其實筆下的人物比現實的更真實。又或者在避無可避的情況下，大方承認會將對方寫入故事內，真與假之間J、K、L、M很可能是你也可以不是。這是一篇小說，認真閱讀當然最好，但也請君不要太認真地對號入座。

有時作者又混淆了視聽，自己也粉墨登場充當一角，雖以化名但明顯是其真人，將真與偽模糊化。像《警訊》裏演員將案發過程重演，一輪演繹後鏡頭向後拉開，主持人從旁跳入鏡，馬上奪取了說話的權利變身成為主角，以現實的角度呼籲市民提防罪案或提供資料；同時後面的演員隨即淡化成為佈景，但仍絲毫沒有鬆懈地繼續剩餘的演出；本來非常真實的案件忽然虛假得不堪一擊，而主持人的呼籲才是「真」的。觀眾看著真與假同時存在同一畫面內，但說到底兩者皆非真實，主持人也是在演出中，但整件事卻是有根有據並非子虛烏有。真亦假時假亦真。

想深一層這樣也未嘗不可，現實中很多人長期以虛偽的假姿態生活著。在職場上、在家中、對愛人及孩子，假到一個程度，連他/她自己也以為那已經是真的自己了；假到一個地步，令所有人信以為真。

有些人卻真實得脫離現實，令人覺得那是沒有可能的。如在重慶深山上住了幾十年創造了「愛情天梯」的夫婦，又如湖南一個棄嬰被地區偏遠的佛堂撫養成人，但二十幾年來從未踏出庵門也沒有讀過書，對世間的事物毫不認識。

世界上還有很多很多光怪陸離的奇人奇事，都是千真萬確，但卻真得令人難以接受。

文學作家的責任是以寫作回應生活以及世界，但被觀察的人到底有沒有希望被觀察，繼而成為別人小說的碎片？如果作家想回應的是真實的每天勞碌上班的人，那最負責任及最務實的做法，是否先走上前跟被觀察的人說明觀察的用途，並詢問他們的意願？正如開明的政府會大方徵詢民意，而不是先斬後奏才召開記者會隨便交代一下。

如果真要做到的話，場景若設定於溜冰場的一角，具體的情況很可能是這樣：

作家在等待溜冰時段完結，冒昧上前跟被觀察的人說：「你好，我是個作家，主要是寫小說的，我剛才坐在某個角落，無人知曉的情況下，一直觀察著你，你的說話、動作，以及樣貌、衣著、表情等等，都很有潛質成為我小說的內容，很可能是完全將你放進去，又或者將你和其他被我觀察的人融為一體。想問問你，是否介意我這樣做？」

被觀察的人的反應很可能是被作家弄得滿腦問號：「甚麼？甚麼小說？我有甚麼好寫？

你觀察了我多久？寫來有甚麼目的？」

被觀察的人也很可能態度不好，作出保衛狀反問：「你寫我？你憑甚麼去再創造我？寫小說不是天馬行空的嗎？躲在那甚麼無人知曉的角落想像就可以啦，你這不叫觀察，這叫偷窺！你有甚麼企圖？」

比較膽小的女孩更可能就是將作家上下打量，連溜冰鞋也不換馬上溜之大吉，甚至報警求助了。

作者如果夠膽申辯，也許會糾正並高呼說：「目光本身就是一種關注，一種監察，一種映照，一種反響」。

而世界上任何時代的文學、電影，甚至畫作，都很大程度反映了當代的狀態。荷里活經常用上的 inspired by a true story（靈感來自真人真事），絕對是煞有介事，畫蛇添足，由真人真事啟發而改寫的小說比比皆是，何須強調？

我們應當感謝一群無時無刻在角落裏默默為這時代、這城市、這世界寫下各式各樣豐富的記憶及真假故事的作家。但是，如果作家所觀察的，那溜冰場上的、便利店的、咖啡店的、我的、她的，其實都是一堆假面。

如果我所關心的那個被觀察的自己，旨在供你觀察。

到底，你想在我身上找到甚麼，想看穿我的甚麼？

她

她並沒有依照原定時間表趕到中環跟大學同學吃晚飯。她在大學同學中一向不是重心人物，以往在學校的幾年常常自覺是個乏味的人，即使大夥兒吃午飯，大家就導修課的內容而爭論不休，或為了最新出的潮流電影而口沫橫飛，她也鮮有說出意見。她不是沒有自己的想法，她心中所想可能比其他人的要更細更複雜，但她就是不知忌諱甚麼，害怕人與人之間正面的衝擊，所以她總是一個安靜的聽眾。

離開了巴士總站，看到街上有幾個年輕人帶備了簡單的擴音器與咪在自彈自唱，是自己創作的新歌嗎？她已不知道香港流行甚麼歌手，樂壇還有甚麼了。海濱公園那邊有一大群婦女在播著音樂跳著勁舞，同樣是她不認識的音樂和語言。對面的楊屋道街市在為一天最後的幾宗交易而努力，魚販叫賣新鮮海魚十元一盤催人趕緊買下；各種喉管從街市內伸展出行人路，再潛入一些停在路邊滿載水桶的貨車內不知在互送甚麼利益。放工的人潮毫不避忌地站在濕漉漉的行人路上等待公共汽車。那是楊屋道日常的一部分。

走過街市，又再碰上剛才吃下午茶的荃新天地。她離開香港已十幾年，對於這個商場毫不熟悉，記憶中這裏本是一排一排的唐樓，向著沙咀道球場的一排，窗戶全都貼上了呈X狀的膠紙。在更早之前，馬路中間本來並沒有交通燈，而有個迴旋處，車子駛經迴旋處時，便能以弧形角度欣賞由多個X窗戶砌成的裝置藝術。那是市民從生活中堆積歷練的效果。

她沒有走進荃新天地逛名店的動力及必要，便向右走，熟悉的感覺越來越濃烈，時鐘賓館、舊式茶餐廳、婆婆坐在店前階級賣涼果、躲在樓梯底的玉石舖、五金超級市場，還有不少鳳姐和跟鳳姐對答的人。快要到達眾安街，便見一座三層高的建築物，上面留有被拆掉後龍華戲院四個字的痕跡。字沒有了，但歲月將字深深刻在牆上，白費了拆卸的功夫。

以往她和娉婷、阿娜也去過龍華戲院不少次，尤其是考試後，她們會相約去看只售十港元的早場或四點場，看過很多不適合她們看的港產片，看罷往往只覺頭重腳輕，燻得一身二手煙。附近專放成人片的大光明、蘭宮，已經在上世紀全部被改建了。香港人覺得電影真的那麼不吸引嗎？同居的已婚的都趨向躲在家中看碟或下載了事？相反戲院在外國似乎越做越多元化，除了IMAX及RealD 3D，越來越講究數碼大銀幕及高級音響，還有近年流行座椅會隨著劇情搖動的 D-Box 及 4DX，以及只招待十九歲以上的 VIP 專區，可以讓人先喝一杯才進去欣賞電影。雖然票價稍高一點，但還是有不少人去試。小孩子也可以在戲院開生日會，一幫朋友先吃蛋糕再去看戲，好不熱鬧。

眾安街那曾經在一九七二年開業的第一間大快活餐廳現在是甜品店。甜品店之前，好像是賣香燭冥鏹的，又或曾經是玩具店、文具店、二手教科書書店、涼茶舖、改衣店等等現已難以生存的行業。

橫過了沙咀道，莎樂美餐廳仍在。她們也曾經吃過這裏的鐵板雜扒，滋的一聲鐵板與汁液燃燒了整個青蔥歲月。再往前行，又遇上以往的好景戲院。這段路現在都充斥著珠寶店，左右逢源，行人路中央還有三條奇醜無比的黑白六角形石柱，一條比一條高的，在每條柱的頂部都撐起一隻金色的元寶，號稱荃灣珠寶金飾坊。香港人，荃灣居民，每天都這樣滿城盡帶黃金甲的嗎？至少她在離開香港之前，就只有結婚前跟媽媽來買過一對龍鳳手鐲。

一直往荃灣地鐵站方向走，她必須經過天橋。她在橋上橫看過去，盡是其他新的舊的天橋，如輸送帶。橫過天橋後，便看到當年由凱旋戲院改建成的美心酒樓。影院留下了沒有窗戶及樓底極高的設計，前兩天她和父母來這裏飲茶，腦海頓時湧現以往年三十晚在這裏爭相買票看周星馳賀歲電影而全院爆滿的熱鬧場面；看著眼前標示著價格高昂的點心紙，總覺格格不入。

再轉入相連的綠楊坊，全面改動過的店舖及商場設計，在她腦內找不到根據。她志不在購物，穿過密封的商場到達荃灣地鐵站，看到天橋對面的唯一麵家亦有了全新裝修。從前她們三個女孩在葵盛游泳池游水後便會來這裏吃麵。葵盛游泳池應該沒結業吧？

麵店被下班的人迅速填滿，似乎馬上又要趕往另一目的地。剛才的咖啡仍在她的胃中徘徊不去，便走到樓上，走到她以往中學以至大學時代最喜歡逛的三聯書店。書店已分成兩半，一半變成了餐廳。她熟悉地走到文學和小說的書架，大學時代的寫作歲月瞬間即像水晶球內的影像放映在眼前。畢業後她曾經和十來位文友合寫了一本散文集，曾經也放在這書店的新書架上。當時大家還各自走遍香港各區，說好只要見到散文集的蹤影便在書前跟書合照一張。那時還未有智能手機也不流行自拍，用的是自動對焦的「傻瓜機」，合照一般要求同行的友人幫忙，甚至在旁邊打書釘的陌生人。就像個傻瓜那樣。

然後她又心有不甘地寫了一本小說，沒人肯出版便申請藝術發展局的資助，不過那本書並沒有放到大書店的新書架上，但出現在二樓書店也很值得高興吧。移民後她沒有寫了，或者說，寫是有寫，但完成了沒有出版，沒有放在網上或在朋友圈廣傳，也等於沒人知道，也便等同不存在了。偶爾獨自打開電腦的檔案來讀一下，也只有Word跟她說Welcome Back! Pickup where you left off!（歡迎回來！接著繼續吧！）令她感到這宇宙間仍有「人」去關心她的寫作狀態，即使那關心只是一種假到不能再假的預設程式。

寫作對於她來說還有甚麼作用？文學於生活意義何在？生活的意義於文學又如何？離開香港十多年，她像是無法尋獲一個失去消息的朋友那樣，無從跟寫作連繫起來。孩子出生後更是忙得不可開交，鏡子前面的不是她自己，而是一個性情大變神經兮兮終日疲於奔命的陌生人。睡不好吃不好，連上廁所也得趁機便去，才能去。慢慢地她不再照鏡了，更不用說看書或創作。但是不再寫作的她，也是好端端的人吧，她仍會呼吸，孩子也乖巧地一天天長大。那寫不寫，又有甚麼關係？

文學書櫃上仍有她熟悉及欣賞的名字，有些已離開了，卻也看到不少新的名字。是自然來去的定律。

她的手提電話不停地震動，是大學同學的催促。

去到邊？

主角扮大牌？

唔識路？咩位置？

仲有幾耐先到？

紅酒已開，等你點菜。

塞車？

到底記唔記得我地的約會㗎？

Over over…

她關上手提電話，將無線電波切斷。明晚要離開了，這個香港的臨時通訊號碼很快便失去意義。

手提電話以往的網絡覆蓋面乃由蜂巢（cell）六角形一個連一個砌合而成，所以手提電話叫作 cellular phone，這名稱在外國仍沿用至今，比起「行動電話」（mobile phone）這名字實在更貼切。

她走在荃灣地鐵站的天橋上，無數個 cell phone 在流動，有穿著不知名制服的年輕男女，有拿著公事包的老者，有滿身名牌的潮人，有打扮專業的孕婦，也有甚麼都沒有、看不出在幹甚麼的不知是在站著還是在踱步的人。從天空鳥瞰，蜂巢覆蓋著無數形形色色的、各有各方向的人。

她沒入人群之中，像蜂巢內的蜜蜂般，努力移動而沒有名字。

南泉斬貓

我有沒有跟你們說過我養的大狗從何而來？一直以來有人問起，我都說牠是自來狗，但其實當中大有故事，我沒有如實直說。

牠的確是自來狗，但並不是來到我家，而是有一天，牠不知何故在街上流連走到我丈夫哥哥及他的鄰居的家搗亂了一番。哥哥兩夫妻都是愛狗之人，對於這隻看來超出一百磅的大狗感到十分好奇，加上牠的溫馴性格，十分討人喜愛。由於他們已經養了兩隻狗，他的鄰居便將大狗留下。夫妻二人一邊登報一邊留意附近有沒有人尋犬，同時卻發現鄰居似乎不太熱衷照顧大狗，長時間把狗用繩繫在後巷，他們多加好意關懷時，鄰居還嫌他們多此一舉，大家開始對如何處理狗的意見有了分歧。

後來跟我們談起，不知誰說到不如將大狗領走，拿到我們這邊再詳細打算牠的去留，說著說著，竟也真的有所行動。

一晚深夜，我們一行四人便拿著半隻香蕉去到那鄰居的後巷，看著大狗就在外面冷冷地躺著，樣子可憐。我們其中一人走去將繫著大狗的繩割斷，大狗嗅到了香蕉，便跟著我們跑，跑到停在街角的車前，牠就猶疑了。我們幾人半推半拉地將牠帶了上車。事後我們回想，如牠不願意跟著走，誰又推得動那百磅的龐然大物呢？

後來我們在牠的耳上找到記號，將牠的身世調查一番，再打電話到不同的愛護動物中心，都沒有為牠找到失狗的主人。就這樣，大狗成為了我們家的一分子。這故事的上半部，我從沒有老老實實的坦誠地向人說過。

而故事的下半部是，十四年過去，我們搬了兩次家，第二次搬家後不久，發現牠的體力大不如前，要爬上二樓的睡房已非常困難，每一步都由我們提著牠的臀部一級一級艱難而上，好幾次牠在下樓梯的時候也滑倒。在最後一個月，牠不再如常地吃和喝，身體機能逐漸關閉，腳有潰爛，我們知道倒數的日子要來到了。

就在那又黑又冷的聖誕節前兩星期，我們決定把牠送到獸醫去，以人工方法終結牠的痛苦。可是不知道牠是看穿了我們的計劃，還是就是那麼巧合，在走到屋旁的時候，牠不支地倒下來。那時候天正在下雨，我肚內懷著五個月大的胎兒，我跪在地上，牠伏在我的懷中，極為艱苦地吸著最後幾口氣。不知道牠有沒有聽到我在不知所措地呼喚著牠，有沒有感受到我最後抱著牠的力度和愛意。

最後的一口氣原來真的特別長，像是將一生所有都吐出來，鬆一口氣地告別。

南泉和尚將弟子偷養而引起爭吵的貓斬殺，然後趙州禪師得悉事情之後將草鞋放在頭上這故事，一直以來很多人試著解說，直到現在仍解之不盡。最普遍的說法是南泉和尚用的手法是以毒攻毒、將錯就錯，而趙州禪師把鞋放在頭上想表達的，是慨嘆弟子上下顛倒或本末倒置。

南泉要斬的，是人的貪著、執念。如果那個偷偷摸摸的晚上，在我們把狗帶走的一刻，鄰居發現而與我們對質，我們會怎樣？雙方對峙？反正狗也不是你的！但也不是你的！會不會驚動其他鄰居，甚至警察？如果那時候有個和尚突然冒出來說：「眾生得道，狗即得救。不得道，即把牠斬殺。」而我們目瞪口呆，不知如何反應，而和尚即手起刀落，如狗頭鍘行刑。之後還有沒有一個禪師出現，有沒有將鞋放在頭上，似乎不重要。重要的是，當時並沒有甚麼和尚出現，只有一隻多事的鼬鼠緩緩在對街路過（難道牠是和尚的化身？）。

弟子的反應似乎很少人提及。他們會不會哀慟？懊悔？或對其他弟子或南泉和尚充滿恨心？造成兩堂對立？還是忽然開悟，心忽然變得慈悲、開闊。如果弟子依然故我，貓兒便白白犧牲了；如果弟子猛然醒覺，那南泉的道理還算奏效，但可憐的小花貓還是無辜被殺掉啊！

殺貓的效果是如此震撼，但這案在今天已不合時宜，若今天有一和尚以斬貓去教導弟子，必會被社會大眾痛罵殘忍不仁，竟是殺生，還當甚麼和尚！如果是狗，情況也許更甚。繼而是吃官非，被控告殘害動物，南泉在法庭上總無法以「唉，當天趙州禪師在場的話，也許貓兒就得救了」而開脫過去。如果和尚能斬貓，警察能隨便打人，世界真的上下顛倒了。

「四無量心」的祈文道：願一切有情眾生皆具樂及樂因，願一切有情眾生皆離苦及苦因。

我們和狗一起吃飯，一起睡在床上。每天跟牠散步的一個小時，是我移民後最快樂無憂的時光。而今時今日，養寵物的人由「主人」變成「爸媽」，寵物食品、服飾鞋襪、寵物展覽多不勝數，更有人覺得自己的孩子其實是死去的寵物的再生，總覺得孩子的樣子或動靜跟以往的愛寵十分相似。貓和狗不再單純是動物、寵物，而是被稱作毛孩。

我們距離離苦及苦因越來越遠了。

在此，我以一個關於狗和主人的《伊索寓言》故事來總結我們那難以解釋得明白的人狗關係。

一個旅行者預備出發，卻看見他的狗在門口伸懶腰，於是就厲聲地問牠：

「你為甚麼站在那裏打呵欠？一切事情都已準備妥當，就等你了，趕快跟著我走！」狗搖搖牠的尾巴回答道：「啊！主人，我早準備好了，只等著你呢！

最後登入

小學同學的群組猛響。

娉婷忙於負責校內早會分享，七時以後已沒機會看手機。之後兩堂數學連堂，數學卷明天要批改完成，又有同事請假要幫忙代課，她還兼教化學和通識，又要負責這三科的學會活動，還有高年級的監考，及校外問答比賽。

最近學生都不合作，欠交功課、測驗抄襲等問題仍未解決，可能是聖誕假期後症候群，接著又過分期待農曆新年的外遊。學校去年收到很多家長投訴，說老師在假期給予太多作業，放假回來後又不寬容酌情處理，令家長在計劃外遊行程上諸多顧慮，甚至在外遊期間不能盡興，造成全家人帶著壓力去旅行，得不償失，旅行後沒有放鬆反而更加疲累，也增加了家人之間的摩擦；而另一方面又有家長投訴為何假期不多辦遊學團，由老師帶領前往大學感受學習氣氛，或多做幾個讀書報告及每天在網上寫政事感想，以致不浪費假期的每滴光陰。家長要求如此多樣化及難以討好，今年校長宣佈聖誕假期後至農曆年假前這段時間為非常時期，要小心假期作業的分量，不能太重，阻礙了學生外遊，也不能太少，令人感覺學校不重視學習；需要令家長感到作業是有質量的，但做起來卻不太有重量的；要設計到令學生可以帶著輕鬆愉快的心情去做，但也不能讓他們馬虎了事或完全不在乎評分。加上今天新聞頭版大字「一星期內六學生企圖自殺」，全香港老師都明白必須小心翼翼，每天上班如履薄冰。娉婷以往常以質問的語氣對學生說「為甚麼這樣？」要學生說出一個合理的解釋，到今天娉婷已轉為溫和地反問、懸問，旨在提出反思及抒發，並不求得確實答案。有時看見學生全無反應，甚至會為學生回答，旁敲側擊猜度箇中原因，務求令對方的壓力指數減至最低。

今天小息約見了一個中二男生，他被前面的女同學投訴他經常擅自拿她的書本及個人物品，事後又靜靜地放回原處。

難題在於當女生說出男生的名字時，身為班主任的娉婷怎麼也想不起是誰。娉婷知道他是班內的學生，名字也十分熟悉，但就是無法即時聯想起誰，名字與人物未能聯線。女生又說出男生的英文名，娉婷還是沒有頭緒。大概是成績不算精英，又不頑劣生事，既不俊俏或矮小，也非肥胖或高大；沒個人衛生問題，不遲到不早退不請病假，在課上也從不談話或舉手答問題。總之就是一個明明存在，但卻難以令人注意，甚至遺忘了也不會即時發現，甚至退學了，也不會令同學大感不捨的學生。當然，娉婷沒有笨到在女同學面前說不知道她在投訴誰，只一直故作深明大義，說會公正處理云云，便打發投訴人離去。

男生的名字一直在娉婷腦內徘徊，思前想後到底是誰。三十多張臉孔逐一浮過，就是沒有他的臉。越是記不起越想記起。

好不容易等到小息的鐘聲響起，娉婷一直張望著教員室的門開開合合，像飢餓的食客看著廚房的門開了又關關了又開仍未等到所點的餐；進來的學生是一碟又一碟送到其他老師的食物，不停落空的感覺令這個小息特別急躁。

「老師。」娉婷的肩膀被輕拍了一下。

原來男生進去教員室後找不到娉婷的位置，繞了個圈，又向其他老師查問，最後從後面走到了娉婷的工作桌。

果然，這男孩有著最平常的臉孔最一般的身形，說話不緩不急，態度不亢不卑，頭髮指甲不長不短，眼鏡不過時也不突出，但他比娉婷想像的高大，有可能是孩子在聖誕假期迅速發育，或是他根本就是那樣高大？

「為甚麼這樣？」娉婷扮作平靜，開門見山地問。

「可能……其實我是想幫她罷了。」男孩的聲音，處於青春期轉聲與未轉聲之間。

「甚麼意思？」娉婷單刀直入，小息的單位是以秒去計算的。

「因為她不見了一張雪糕印花卡，而我知道在哪裏。」

「你知道在哪裏？」

「唔……還未找到。」男生傻傻地笑了。

「你拿她的東西，是因為想幫忙找印花卡？」娉婷整理一下男生所說。

「是的，而且很快就會有結果。」男生變得嚴肅起來。

「是你將印花卡藏起來的？」娉婷故意拋出一個難題，但沒有忘記要以溫柔的態度發問。曬晾著血腥頭版的報紙架就在男生背後不遠處。

「當然不是！因為我知道，所以想幫忙，但又因為不完全知道，所以好像越幫越忙……」男生說著自己也糊塗起來。

「那麼印花卡在哪裏？」娉婷開始沒好氣了。

「我還在找……心眼在找……」男生的聲音越來越小。

「心眼。」

「是。是心眼。我看到……其他人看不到的東西，我能隔著物件也看到裏面，不過不是常常準確，要看心情，看狀態，也看天氣。根據我的經驗，一般在潮濕的日子會較難，可能潮濕時東西都黏在一起吧。」男生雙眼看到遠處。

娉婷知道這話題無法再糾纏下去，便站起來，想以嚴正聲明的姿態跟男孩說明不得再犯，但想起他能看穿事物的心眼，下意識地將手臂交叉橫放在胸前。男孩原來比她高，娉婷需要以稍微抬頭斜向上的角度，始能向男孩正面說話。男孩理所當然的頭向下微傾，製造了一個弱勢者處於高位置的不合理格局。娉婷的氣勢頓時銳減，本來想配合訓話時用手指向男孩的行動也放棄了。因為身高問題，令娉婷在處理這場學生問題上早已輸在起跑線。

人生不是賽跑，根本沒有起跑線，是娉婷一向跟學生強調的，也著學生要留心傳媒的手法及態度，初中學生也要開始明辨新聞的是與非，不要照單全收。「那麼人生沒有起跑線，一定有終點線吧。人生就是要比較在到達終點前比別人成功？」曾有學生這樣反問，將娉婷講得動聽的人生論打亂了。

小息完結的鐘聲響起，打破了僵局。娉婷馬上說幾句不要擅自拿別人的物品之類打了個圓場，男生便點著頭哦哦哦的走了。

關於心眼之說，娉婷沒有進一步查證，但也不敢說男生純粹在胡說八道。人類腦袋的使用率普遍還不到百分之五，能使用超過這數目的人一定存在，最容易說的例子是愛因斯坦，但據說他的腦細胞使用率也只是百分之十五至十八。又如何肯定身邊沒有一位愛因斯坦，或說有著異於常人腦部開發的人？娉婷一向相信孩子比成年人有過人之處，如初生嬰孩能辨別人或慣用物件的能力、小孩擁有像動物般能嗅出其他生物的能量的直覺，孩子又可以不怕熱不怕累地長時間維持興奮瘋狂的狀態，成人則大概要使用藥物或酒精才能達到長期亢奮的效果了。這些神奇的力量在長大後會逐漸消失，這是娉婷滿足於做老師的其中一個原因，她樂於看到孩子還未被成人尤其父母完全去蕪存菁之前的棱角，那是多麼珍貴，及不可思議的原始力量！更何況美國剛向全世界宣佈 NASA 發現距離只有三十九光年之外有七個與地球大小相若的岩石行星，當中三個的生存溫度帶跟地球非常相似。有外星生物之說早已不再是科幻小說的題材，能擁有透視物件的心眼，娉婷不覺得是完全無中生有。

小學同學的群組還是繼續猛響。娉婷猜想是否有重大事件發生，如誰和誰結婚或離婚了？

證實了是她！我們的小學同學失蹤了！

本來不肯定是不是，畢竟是丈夫的同事的太太的朋友談起，輾轉傳到我這裏，八卦看了一下尋人照片，覺得九成是她！

她在加拿大吧？為甚麼香港這邊都在找她？如有入境應該知道吧？

不知道！因為有流言說她可能已回港，而當時家人還未報警，也有說她利用了自己的方法回來，入境處也未必查到！

自己的方法？偷渡？沒有可能吧？未免傳得太誇張了！

有甚麼不可能啊？去年不就是有幾個人用「自己的方法」離境了嗎？

……怎麼越說越恐怖啊！尋人啟事有沒有說她失蹤的原因？

原因不明。

有病？

唔知。

可能婚姻有問題。

人人婚姻都多少有些問題。

情緒病？

人人多少都有些情緒病。

你又知？

問娉婷啊，她跟她最熟。

娉婷今早無出現過。

娉婷將百多個訊息撥了又撥，將連結的尋人啟事看了又看，不會是她吧？的確是她！上個月她才回來，一起吃過下午茶，回去後她也有傳來報平安的短訊。聖誕節那天娉婷曾傳了一幅祝賀的動畫給她，不過她沒有回應。大概當時已事有蹊蹺？娉婷怪責自己怎麼沒有發現？如果能多問一句，事情可能會完全不一樣！

娉婷想起阿娜。阿娜在離去的前幾天也是那樣好好的和她傳短訊，沒甚麼實在內容的，說說天氣、在做甚麼等一些非常瑣碎的事，沒想到幾天後，便由阿娜的丈夫傳出阿娜自殺的噩耗。當時剛下課，娉婷簡直是不能自控地伏在教桌上狂哭起來。娉婷的孩子也認識阿娜一家，因為孩子年紀相若，生日又接近，兩家人還曾一起開生日會，一起到海灘野餐。娉婷花了很長時間的準備，才想到如何向孩子解釋阿娜姨姨的離去。解釋是困難的，更難在於孩子往往會發問很多令人始料不及的問題。

老師說傷害自己是不對的，為甚麼阿娜姨姨要這樣結束自己的生命？

阿娜姨姨不想念家人嗎？為甚麼她會捨得走？

人為甚麼會死呢？

死時痛不痛的？
死後去哪裏？
媽媽你形容一下天堂有甚麼好嗎？
我們會再見到阿娜姨姨嗎？
會不會下地獄？老師說壞孩子不會上天堂的。
天堂和地獄之間有甚麼？
媽媽你和爸爸都會死嗎？
喪禮是怎樣的？
電視的喪禮人人都在哭的，如果我們想笑那怎麼辦？
喪禮能不能用手機？
能不能帶 iPad 去？
孩子像關不掉的收音機直說不停，到了一個煩擾不堪的程度，卻又無法關上他們。娉婷答不到任何一個問題，只強忍著情緒，幸好丈夫及時翻出一些舊玩具分散了他們的注意力。
娉婷希望能幫忙籌備喪禮的事，但阿娜的丈夫及家人多次謝過娉婷的好意，說兩邊家人有足夠的人力財力去處理，不必娉婷憂心，娉婷堅持己見，雖然越是牽涉其中便越難抽身，但這是娉婷想為這位朋友離開人世前做的最後一件事。

當時娉婷向久未有聯絡的她寫了封電郵告之阿娜自殺一事。一來娉婷覺得她很應該馬上知道，二來娉婷自己的情緒也無處可發洩。她們自小便一起經歷人生早期的各種困惑，那種共同走在成長路上的回憶無能替代，當下相信只剩下她能夠明白。然而這次輪到她出事，娉婷卻甚麼也做不到，甚至想聯絡她的丈夫，也沒有對方的電話。

頃刻間娉婷感到跟她完全隔絕。平日拍照、拍片、語音對話使人感覺非常親近的通訊程式，一下子變得脆弱而不切實際，絕情得令人心寒。

娉婷呆坐在辦公桌前，看著她在電話上「最後登入」的狀態停留不動而出神。娉婷在想，到底如何可以得知她是否安好？尋人行動進展如何？自己能否加入？心眼會不會有幫助？失蹤一事會否跟她創作陷於低迷有關？近來中文科老師推薦幾本台灣及日本的人氣書，作者竟然都是自殺身亡的。很多合理與不合理的問號在娉婷腦內迅速湧現不停旋轉。

娉婷又想到阿娜，如果阿娜知道了這件事，必會義無反顧地馬上行動，不會坐以待斃虛度時機，單是猜測及不安是沒用的！不要作毫無作為的事！阿娜一定會加入尋人搜索，日以繼夜，以最大的力量去尋找這位好朋友，即使自己身體抱病，也不怕艱巨，能幫上忙的一定盡力去幫。阿娜甚至在患病期間，身體力行為街上的露宿者派飯，因為阿娜明白能夠幫助別人不是必然，最先要的條件，是幫人的人擁有能幫助人的健康身心。如果阿娜仍在，必定已厭倦了被人幫忙及照顧，十分懷念自己以往那總是笑盈盈、對朋友關心樂此不疲的那個阿娜。

其他老師已回到課室繼續上課，教員室忽然靜了下來。娉婷深深感到這次機不可失，事在必行，即使腦袋告訴自己那是不合理的，娉婷還是忍不住動手在電腦前搜查最快到達加拿大的機位，不消幾秒，數個選擇彈出。地球的另一邊看似遙遠，卻又近在天邊。在回程日期上娉婷猶豫了一下，理性又再一次跳出來作出阻撓，但娉婷還是抽離地，立下決心隨便選定一天作歸期。

總之一切以盡快出發為考慮！娉婷彷彿聽到阿娜在耳邊說。

娉婷拿出信用卡，雙手冰冷而抖顫地，輸入信用卡號碼、個人資料、要不要加入會員、座位及餐飲選擇等，然而同時又有一堆孩子默書、小測、家長日、芭蕾舞表演、鋼琴考級、柔道比賽、親子戶外素描、牙齒保健等日期在腦中湧現。

最後滑鼠停留在「確認付款」之上。

人渣之必要

人渣，一般形象面目可憎，被他人忽略，是「正常人」眼中的「怪胎」。在我心中便一直有兩個人渣揮之不去。

第一個是周星馳電影《百變星君》內的李澤星。李澤星原是一個人見人憎的二世祖，但原來他只是管家的私生子，而又因戀上日本黑幫頭目的女人而被炸至粉碎，被人唾棄及奚落，半人半機械不倫不類地生存下去。他在學校被戲弄至「唔死都無用」，而戲中他的確多次提到想死，也真的服食滴露，又用手插進電路板，卻怎樣也死不去。後來他擁有了變成家庭用品的能力，廁所刷、牙膏、飯煲、菜刀這些難登大雅的物件。最意想不到的是，他變成了「黃老太」——一個又黃、又老、又醜的老人（形象上並不是個「有大作為的人」），最後更以微波爐這種簡便的日常電器打敗了擁有炮彈的機械人。由極卑鄙墮落至極卑微，最後人渣變成了收復壞人的英雄，更贏得美人歸。

另一個是美國電視劇 *Prison Break*（《逃》）中那個奸狡受賄、對男主角逃獄計劃處處阻撓的獄卒 Brad Bellick（但那不正正是獄卒的責任麼？）經過第二季對越獄者的窮追猛打，到了第三季時竟然跟其他主角一樣，在一個名為 Sona 的地方淪落為只有囚犯自行管治的恐怖監倉內的犯人。Bellick 的性格從那一季起有了極大的轉變，他由一個掌權的性格卑劣的人物，變成監獄中最低層的可憐蟲，而在其後的一次越獄行動中，更成就其他逃亡的人而甘願成為犧牲者，一反人渣自私自利的特性，最後被淹死，下場悲壯，甚至賺人熱淚。

這些人渣是不是能夠成為反映時代、世代人心的關鍵人物及重要證據？

而今天「廢材」這詞，多想到無所事事躲在房間打機上網日夜顛倒不知今天為何日的宅男，但廢材相對人渣比較無傷大雅，只要不傷害到其他人，任何人都有權利及自由作一個別人眼中的「廢材」，甚至廢到一個地步，消失於世上無人問之，也是個人自由，理論上應受尊重。

在加拿大，「廢材」的定義應較為寬容。讀書並不是為了考試，成功進入大學後亦幾乎有四成人不會如期或順利畢業，他們有的選擇其他職業進修，也有找一份普通的穩定工作，累積年資待薪金遞增過著最基本的平淡生活。反之香港人要選擇成為一個「廢人」則必須要有堅穩的決心。我是別人的子女、女婿媳婦、父母或老師學生等角色重疊而且關係複雜，放棄身份的責任而隨便做自己喜歡的事需要無比勇氣，例如辭職、轉行、無業（包括做一些沒有收入的行業）、流浪或男人靠女人而生活。這個「廢」的定義，很多時跟「不事生產」及「沒有金錢收入」劃上等號，令有家庭的人不敢隨便辭職，已累積了幾年工作經驗的人不敢輕言轉行，喜歡流浪的應該慶幸現在有個浪漫的狀態叫「工作假期」。至於選擇不外出工作的男人，最好在其他方面也有所貢獻否則也難以在親友前說得過去。相反，待在家中的女人則絕非「廢人」，而是有人養的幸福女人，足以在臉書每天曬出悠閒吃喝的自拍而不會被譏諷，真是幾生修到呢！

換個角度看，女性能不能成為「人渣」？李澤星及Bellick，能不能是女人？在文學作品之中有沒有「女人渣」的代表？一些專門形容壞人的詞語：流氓、敗類、無賴、禽獸等，往往都是形容男性，女性被一併排除於系列之外。或索性在前面加個「女」字，女流氓、女無賴，就如大眾一向接受的女明星、女強人、女司機、女醫生、女警、女作家、女俠等，更有女科技人、女狀元、女騎士、女代表委員這些奇怪的稱呼，而女老闆很多時更變成「老闆娘」了。

為甚麼男人可以做個「人渣」或其他有著不同形容的壞人？而壞女人好像就只有「壞女人」？而你們兩個如此重要的港、台長篇小說作家，一個以廢人自居，一個自稱斯文敗類，那如果我也想加入，我能有甚麼稱號？難道就只有 bitch？

幾年前看過一本加拿大著名作家 Carol Shields 的小說 *Unless*，故事的主角是一個寫小說的中年女性，筆下的主角亦是女性，女主角也在寫一篇關於女詩人的論文，主角正在讀大學的女兒一天出走了，擺脫一切在街上當露宿者（有沒有女露宿者？），終日坐在街頭討錢，拒絕說話、拒絕家人接近，她的脖子掛上一個牌寫著：Goodness（仁善）。故事中的母親沒能對女兒作出幫忙，她嘗試過強行把她從街上拉上車，但因為驚動了太多路人而放棄。她只能回家繼續她的寫作，等候女兒回來。這故事表達的是一個女孩在變成女人的過程中，因為明白到女性長久被男性牽制，而做出一些「叛離」的行為。

女性從來是討好的、善良順從的，相對男性的 Greatness（偉大）而言，後者能操縱、主宰，創出更偉大的成就。包括書中女作者出版小說、女性作為妻子、女性朋友的種種女性化行為，甚至女主角看到雜誌上對西方當代男性學者的廣告宣傳都感到不安，這些女性只能有的 Goodness 而不能有的 Greatness，都是小說想要探討的東西。

而在 *Unless* 出版後一年，Carol Shields 因乳癌逝世。這也是女性的專利。

又，婚外情是十分麻煩的，亦鮮有用來醫治甚麼症，尤其嚴肅謹慎責任感重者，注定失敗。當然這也不代表沒搞婚外情的男人便是正直的大好人（大好人也是對男性的形容？），而很可能他只是無法坦誠面對自己，欠缺出軌勇氣的無膽匪類（這也是對男人的形容吧，投降了）。

第4章

從冰櫃拿出來的背

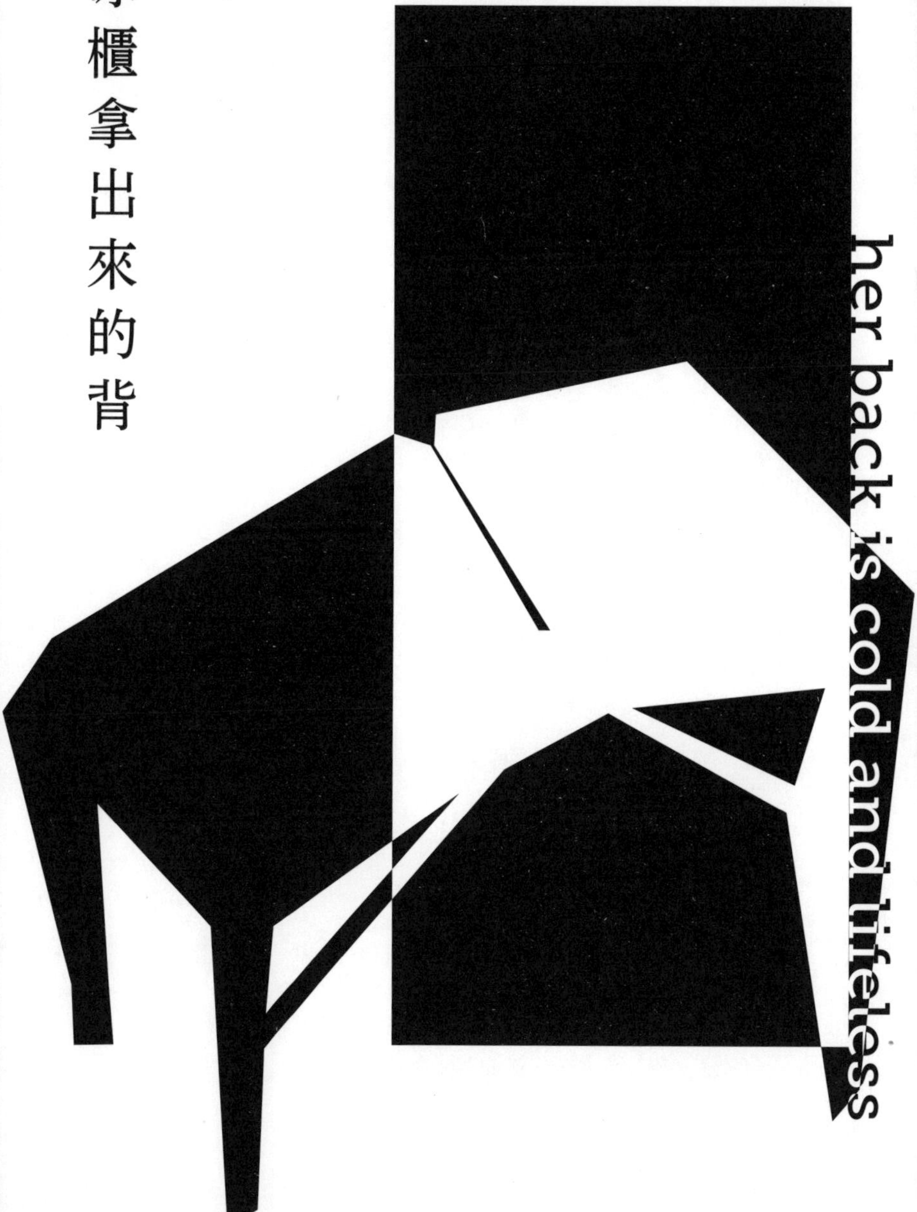

全裸

二〇一六年五月八日下午六時

房門關上，燈光轉暗，客人開始脫去上衣。

「你喜歡水、空氣、土、光，哪一種？」米亞習慣在這個時候問客人選擇甚麼音樂。這些音樂名稱的確奇怪，單從命名根本難以猜想到音樂的內容。而事實是水、空氣、土、光四種音樂分別不大，旋律幾乎是零，就是有幾種樂器單純地敲擊著，伴隨一些仿似是人類發出的低鳴，主要是為了減少狹小空間的侷促感，及更重要的是要蓋去隔壁廁所人們進出如廁的聲音。如果客人好奇問及音樂的由來，米亞可以非常認真地談及音樂創作人的背景、有關評論，甚至她如何接觸到這些音樂、對音樂的感覺等等。這樣的回答雖然有禮而且能跟客人打開話題，但冗長的回應又無可避免地被認為浪費時間，因為從客人步入房間開始，一分一秒都是計算，多說半句都是多餘。

客人有各式各樣的要求。有不脫衣服，也不要放暗燈光的。有人只脫一半，上半光著身，下半留著褲子；或上身穿著衣服，脫下褲子，但留著內褲。形形色色。

她則喜歡全裸。

米亞對於全裸的客人一點都不感到奇怪，她也不會笨到問客人基於甚麼理由選擇全裸。根據米亞的經驗去猜，走進來的人往往不單是尋求肉體上的享受，更多的時候是希望能將精神放鬆，放下平日的重擔，尋找被照顧的感覺，當然，還有治療。在極端的個案之中，衣服也可以成為一個人的擔子。而面對著專業按摩師，脫下所有衣服是對對方完全信任的最好證明，所以米亞也實在喜歡碰到全裸的客人。

米亞從未見過這樣的背。她的體型細小，肩膀窄瘦，由於左肩及頸曾經嚴重扭傷，又因為帶孩子而患上肩周炎，令左邊鎖骨腫脹，左肩胛骨突出，手臂骨也有不正常的移位的情況。肩胛骨緊接著上半身幾乎所有肌肉，而腰背支撐著人體整個軀幹的重量，牽一髮動全身，不知情的人看到這樣的背，必會以為患者因劇烈運動受創，甚至遇上車禍而導致如此嚴重的傷。

她的背有如一塊從冰櫃拿出來的凍肉，冰硬而血液停滯，骨骼間充滿了扭曲在一起如石子般堅硬的冷凍肌肉。米亞十分驚訝地發現，她的背痛問題已持續幾年，一直服用止痛藥及肌肉鬆弛劑，雖然經常再扭傷及有各種程度的痛症，卻從未認真處理。她並非由熟人介紹而來，只是一天全身忽然無法動彈，才不得不四出求診，便隨便找了離家不遠的診所去求救。米亞記得當時她連爬上按摩床躺下這個動作也無法順利做到。那是她人生第一次接受按摩治療，一切陌生而不知就裏。但因為會面只有半小時而交代受傷細節已花了十多分鐘，能做的治療不多，於是米亞另外安排了一天的額外時段再見她。

她不是一個多話的人，米亞只能在每次開始時說一些簡單的問候。幾次下來她開始打破沉默，二人開始加入一些較有內容的對話；感恩節有和家人吃飯嗎？附近新開的餐廳試過沒有之類，她的答案多是簡短而直接，米亞並不介意不多話的客人，甚至更願意花心思說說笑話，談談自己的有趣軼事，引她多說話。

談話之間，米亞便慢慢使出一種魔法，無聲無息地，將那按摩床頂端的頭枕，變成一個看到奇異現象的神奇樹洞，可以令人看到一些不可思議的景象。

第一次的景象令她難以忘記。當時她身處一間餐廳，四周有忙於輕鬆談笑的客人，有踏著滾軸鞋趕緊送上食物及飲料的侍應，對面的他靜靜地坐著，低頭在用手機。她看著餐牌在細心點選食物，卻無法從排得密密麻麻的餐牌上明白那到底是甚麼樣的菜：Freekeh、Mujaddarah、Roghni Naan、Alla Napoletana，謹慎的她很想拿出手提電話翻查網上字典查看字的解釋，卻發現電話已沒電。她覺得這些都應是非常美味的東西吧，不論那是一種食物、甜品、飲料、前菜還是醬汁，一定都令人回味無窮，可是她卻不敢嘗試，或無法拿定主意，一直猶疑不決，多次想召喚侍應前來問個究竟，手半舉起卻又放下。正當她放下已拿得發暖的餐牌，想問問他的意見，眼前看到的卻是滿桌廣東點心，馬拉糕、蝦餃、山竹牛肉、馬蹄糕、芋角、鳳爪，還有她最喜愛的帶子腸粉！她忘形地丟開手上已變成下午茶時段的特價紙，不理儀態地拿起筷子開始猛烈進攻，完全沒理會甚麼膽固醇、高脂肪、多油多鹽的問題，更沒有聽到門外輪候號碼叫到第幾號，一眾茶客苦苦等候而侍應一直在她旁邊問這個可以收走嗎、先幫你埋單等催促人快點離去的問題。一輪掃蕩之後，點心還未變涼，她拿起茶杯喝一口清淡而滾熱的壽眉，然後她看見桌上另有四隻空空的茶杯，四份碗筷，卻空無一人。

「怎麼樣？」米亞突然開口說話，所有異象頓時消失，在按摩床上仍然面朝向下的她，張開雙臂往兩邊向前抓，像要趕緊抓住甚麼。

三十分鐘的約會何其短暫。計時器無情地叫喊，她總算享受了只有一瞬間，還是已是一輩子的，有如現實般真實的夢。她的肚子發出咕嚕咕嚕的聲音，她很清楚知道那跟一般的夢是有分別的，很想開口向米亞說關於看見幻象的事，但又覺得這樣的話似乎幼稚和可笑。

「剛才在肩胛骨位置用的力度，會不會太痛？」米亞完成最後一個動作，有如鋼琴表演最後作出的優美手勢。

她看著被脫下的由內至外的衣服。是時候付錢了。

體育時期

我仍然不解，為何香港學校要利用那樣僵化的上課模式，去毀滅一個孩子對運動的興趣，令人對每星期至少一次的體育課（PE堂），丁點兒好感也沒有。尤其女孩。

中學的生涯夾雜著成長的尷尬，往往混入了各種奇形怪狀的感覺，有時是平和的紫或黃，有時有暴烈的鮮紅或純粹的黑。我不知道男同學對於上體育課的感覺，但要上體育課的那天肯定是不便的，因為學生必須帶著指定的運動服回校上課。我忘了能不能就那樣穿著運動服回校，但我肯定全校一千個學生都沒有人會那樣做，誰也不想成為有別於其他人的一個吧。這是成長偏狹路上的不明文規條。誰說孩子的成長是自由愉快的？尤其青春期的女孩。

那一天，是升上中學後第一次有體育課的一天，天公心情欠佳，一直下著滂沱大雨，而最麻煩的是當天有體育課、音樂課及宗教課，即是說我必須帶同運動服、球鞋、詩歌集及《聖經》回校。背著書包的我必須左右手各拿一袋「行李」才能應付，感覺學校的安排非常不人道。其實音樂堂只唱幾首歌，應由老師派發歌詞或用投影機打出歌詞便是，何須一人一本厚甸甸的詩歌集在手？而且學校不允許將書本留在抽屜或儲物櫃中，不少同學也會懇求住在附近的同學幫忙帶一、兩本分量重的書回家，但當然是非常友好的同學才會肯做那樣的麻煩事。

爸爸見我兩手已滿沒法拿雨傘，便將我手挽著的詩歌集及《聖經》強行塞進我的背包內。背包如多塞了幾塊磚頭那樣怪形怪狀，拉鏈也幾乎無法拉上。我當時認為那是十分「樣衰」的一件事，但難道不拿雨傘就出門嗎？便在爸爸的催促下，帶著濕漉而不安的心情上學去。

本來心情已不好了，上學途中鞋襪裙子也濕了一半，又未適應新學校的環境及朋友，對於第一次上體育課也有點戰戰兢兢，整個早上就那樣在焦慮不安中度過。

到了體育課那節，天已不再下雨，想起小學時總是期待體育課的時光，以為可以好好舒展一下鬱悶，就在大家呆滯地在更衣室中，不知如何處理更衣程序的時候，體育老師嘭的一聲將門打開（我懷疑她是用腳踢的），哨子一響，將在輪候更衣室的、正在更衣室內半裸的我們嚇了一跳。「全部換番校服裙出來！」那是甚麼意思？當然沒有人敢問。然後我們被罰站在球場中央，聽她訓誡我們應如何換衫、動作要多快、我們有多笨多錯等等。那邊的男同學已開始在熱身，搬出各種球類活動。只低著頭的我，看不到他們的反應。

那一刻被剝奪所有反抗權利的我懷疑，原來成長就是錯，而且體育課其實是訓育課，規訓學生是首要，而規訓的內容及程度，則視乎老師的脾性及心情而設計，運動從頭到尾只是掩飾的門面。

訓誡完畢，我們再排隊，再進入更衣室，再重新更換體育服。這次當然乖乖聽從指示，沒有人敢慢條斯理關上更衣室的門換衣服了，大家都被迫快速地集體把裙當眾脫下。半熟的身體、未有預早穿好的 PE 褲、連身或半身的蕾絲底裙，都突然成為公眾的展品。已沒時間、也不敢去想尷尬不尷尬的問題，只知道一分鐘後哨子再響，我們像受驚的動物般魚貫地急步逃出去。得到的回應是：過得去，現在可以上堂！

那是我中學時代第一次上體育課的真實經驗。在我還未趕及在下課後去想喜不喜歡體育課之前，我已開始討厭它。之後的七年，老師換了兩個，但沒有任何發生在體育課的事令我對這門課改觀。即使到今天每次回憶起體育課，仍是有那種被羞辱的不堪回首的感覺。這是否就是《體育時期》中說及的成長建基於恥辱的共同體驗？在體育老師的羞辱之下，同學之間的共同存在感便由是變得更實在，而築起有共鳴的困惑的成長故事？

規訓學生的不止體育課，學生由頭到腳，外內衣褲，髮式、配搭、顏色所有都在控制之內，那對成長充滿不安與恐懼的心情，迫使我們對世界變得更誠惶誠恐，失去表達自己的信心，彷彿就是整個青春期在學校內的壓縮。

北美的孩子沒有校服、排隊、唸經等規則，小學生不用帶課本上課，回家也沒功課，也沒有背默、測驗，但他們長大後不管學業成績是否非凡，大多都變成滿有自信的人。

自由的學習與高壓式的監控，前者還是後者更能培養出正面而快樂的孩子？或者應該問，社會想要培養出怎樣的孩子？

不過，「體育時期」跟體育課並不相同。甚麼是體育時期？即是青春的時代？由孩子的身份踏入成年前的階段？《體育時期》內的女孩其實並不是中學生，而是二十來歲的青年，在外國來說已是十分成熟、能獨立生活，甚至已結婚生孩子的大人了。

也許每個人心中都有屬於自己的體育時期，長短及範圍跟其他人的都不相同。我的體育時期大概是發生在中學畢業，在加拿大留學半年後回港，仍未考進任何一所大學之前的暑假。那熱得忘記了的月份，隨意穿上任何夏裝短裙梳上任何髮型，隨心對新認識的男性朋友產生好感，任何流行曲都可以倒背如流，不讀任何書，日光與夜息影響不了我們流連在街上的時間，說的笑話不一定好笑但心情總是輕盈愉快，看的電影有時爛得可以但電影院的氣味、分享爆穀來來去去的手，戲票不知遺落在誰的褲袋，都令電影分外好看。卡拉OK點歌插播回音在耳內迴蕩，冷氣太猛了穿上誰的外套也可以，也不覺凍檸茶浸出了苦澀。不殘酷，不虛空，但的確沒用。在還未知道大學入學試的結果前，一切成年的感覺並未開始。那條穿得發霉的 PE 褲，還完好的放在房間的抽屜裏，等候發落。

人生分析師

米亞喜歡利用最後兩分鐘去總結一次按摩的意見，問問客人的感想，叫客人打一個分數，認真地檢討自己的做法及治療的成效。可是並非每個客人都喜歡這個被訪問的環節，答的答案又未必真誠，例如按摩後覺得痛楚有沒有減輕這些問題，客人大多都敷衍說好了點、減輕了等，既不誠實又嫌浪費時間，趕時間的客人更會直接跟米亞說不好意思由於時間關係下次再見，便揮揮手走了。

米亞也不介意。一個花了兩年時間去完成共三千小時課程的執業按摩師，理應可以顧及各種客人的感受。而人的感受是多麼的複雜，豈是幾個問題可以輕易觸及得到。

當初決心要成為一個按摩師，是米亞男朋友的決定。米亞的男朋友擅於分析，分析的並不是一般股票上落、樓價起跌、外幣匯率那些短期走勢，他要做的，是長遠的，教人如何投資人生。

最初他會根據身邊好友的背景、性格、財政狀況等分析一番，然後教他們應該投入甚麼行業，花多少時間取得甚麼學歷，應該幾歲結婚、生孩子，何時開始儲蓄、置業，為退休作好打算。他強調依照他所計劃的人生，必定順利而圓滿，省卻很多碰壁的岔路。他自稱是專業的「人生分析師」。他胸有成竹、滿懷理想，他的夢想是將來開一所公司，創立出這樣獨特的職業來。他說，寵物變成「毛孩」之後而出現的動物傳心師、網絡發展而來的打機達人、吹水自拍的網紅、聲稱能發揮大腦多元智能的皮紋分析師，在時移世易下都能成為大熱的行業。最近在他聽到有一種專門陪人散步的「溜人」行業後，便鐵定感覺到「人生分析師」將會是下一個炙手可熱的專業。他甚至想到開學院，成為院長，有朝一天全世界的人都追捧他獨創的那套人生計劃投資理論，分店遍佈全球，成員千萬，成為全球舉足輕重的風雲人物。

米亞也不是沒有懷疑過男朋友的計劃純粹是空想，所談的大計當中有多少是脫離現實，多少一聽便知道是癡人說夢話。但米亞無意去深究，至少這一刻，男朋友的心態積極而正面，就算過去所有租金及二人開支全是由米亞所承擔，男朋友終日在家埋頭苦幹，精心部署他那偉大的理想，也是令人快樂的。

基於這原因，米亞亦願意成為人生分析師的實驗對象，並義無反顧地實行那套為她度身訂造的人生計劃書。

「首先，你大概不適合有孩子，所以我們必須做足安全措施。避孕藥是個合適的選擇。」

米亞對此沒特別意見，她也沒打算在這年紀當媽媽，或者以後要不要當媽媽。雖然她有幾個要好的中學同學都有了孩子，不論孩子有沒有爸爸。至於從事甚麼行業米亞也沒有所謂。米亞出生於多倫多，但卻對成長地沒有半點親切感。她的家人也像很多一般本地家庭那樣，父母離異後又再婚又再生孩子，離離合合也許才是永恆。而開始進入退休年紀的也許會賣掉所有家產，買一輛便宜的旅行車，穿州過省吃到哪玩到哪，不肯定兒女在何方，也不用知道自己在何處。GPS（定位系統）是多餘的設備。子女也大多各自四散有自己的生活及工作；有的在美國南，有的在加拿大北，有的遠在東南亞，有的在偏遠的離島，留在本地，往往成為節日聚首時的集合地點。

米亞中學畢業後修讀過繪畫，考取過保姆、急救及食物安全證書，寫過詩，送過薄餅，曾替屋苑修樹。在咖啡店認識了男朋友後的一年，二人曾毅然走到澳洲一位朋友的家暫住，希望能在那裏找到生活下去的方法。後來去到美國，輾轉回到加拿大，卻在西岸一個不太熟悉的網友建議下租住了一間舊公寓的臨時單位。舊式公寓環境不理想，沒有電梯，但他們明白選擇不多，只好見步行步。

只是最終米亞想成為一個怎樣的人，跟很多二十來歲剛出來社會的人一樣茫無頭緒，正好男朋友分析她成為專業按摩師的各種好處說得頭頭是道，便報名去讀。米亞身材高大，臂力驚人，也是順利完成課程的有利因素。班中有幾個嬌小的亞裔學員不出幾堂便銷聲匿跡了。不知是否巧合。

實習期間米亞曾到老人院及醫院替有各種痛症的老人作按摩，除了受到各方稱讚外，米亞慢慢發現，在按摩的過程中，客人會恍如醒著造夢一樣，看到很多似是而非的幻象。大部分人的感覺是發了一場難以置信的白日夢，或以為不自覺睡著了而作了一個極為真實的夢。雖然這在按摩的放鬆狀態下是十分常見的，本來不足為怪，但慢慢地米亞發現這些並非巧合，她似乎真的擁有一種能喚醒人們心中某種潛意識的法力。

法力何來，米亞無從稽考，但米亞相信這種能力不是甚麼怪力亂神的魔法，而是能令人潛進一個夢寐以求的快樂空間，導人進入一個放鬆的、能尋回根本慾望的無壓力場所。在那裏沒有角色，沒有責任，沒有後果，沒有任何現實的考慮，更加沒有身體上的痛症，能盡情享受一刻自由任性、擺脫責任而不必負上任何後果的純粹快感。這在一般成年人的世界已極為罕有。

米亞的聲譽很快便傳揚開去，生意一宗接一宗，客人名單排得滿滿的。於是米亞繼續聽取男朋友的建議，在短期內節衣縮食，儲下一筆積蓄，草草承接了一所小型按摩院剩餘的租約，由米亞的男朋友負責將地方作簡單的翻新，製作無本廣告等。不知道是選擇的地點人流不佳，停車位欠奉，還是宣傳不足，很快按摩院便告入不敷支，米亞唯有更節儉，店舖關門後去當夜間收銀員賺取收入。

艱難地守了一年半，按摩院無法繼續運作，正式被業主收回。米亞帶同一張按摩床回到家中，男朋友說：「我替你分析到下一步的計劃了。當然，還是先不要有孩子。」而男朋友自己近日患上皮膚病，全身癢痛難當，只能整日在家養病，這是他這個人生分析師始料不及的。

他的下一步計劃不算特別有新意，既然米亞已是一個註冊按摩師了，那便順理成章到按摩院去打工。最常見的做法，是向按摩院租一個床位或房間，按摩師收取客人費用的七至八成，其餘歸按摩店所有。多按多得，分帳也算合理。

米亞選了一家由一個來自中國的針灸師開設的診所。它的服務非常多元化，除了針灸，還有另外兩個按摩師，一個脊醫，一個耳科醫生，一個自然療法醫生。六個房間分別進駐了六個專業人士，所以這到底是一所診所、按摩院、中醫店、聽力診所還是醫務所，總是叫人說不清。來光顧的客人大多是居住於附近的華人，大家對它也有不同的說法，來按摩的就叫它按摩院，來針灸的就叫它中醫館，來看脊醫的有人搞笑地叫它骨場，至於來看自然療法醫生的，則沒特別說法，自然療法本身也並未普遍被人接受及認識，顧客相對也較少。

房門的開合表示了生意的興旺。客人來找米亞，並不需要房間有任何花巧的裝飾。狹小的空間完全沒有窗戶，樓高只有七呎，房間設計簡單，靠牆有一張黑色的小木桌，一個廉價時鐘，一杯清水，一盒無牌子的紙巾。桌旁有一張椅子，椅子旁有一面直身鏡，也就沒有其他了。雖然米亞每次都問客人喜歡哪種音樂，但其實有沒有音樂毫不重要，大部分客人只求潛入似是而非的夢境的一刻。像現在整個人放軟了身子，口中唸唸有詞的她，已是這星期第三次到來，雖然臉朝向下，但米亞知道她再一次看到隱藏在心中那難以觸及的景象。

米亞站在一旁，看著她伏在床上微微顫動的身體，配以不明白的語言。向下垂吊著的雙手緊握著拳頭，似是在用力搖晃著某些東西，然後雙臂作環抱狀，快要緊抱著頭托時，她的頭左右移動了幾下，一隻手彎向背後尋找被單往她赤裸的背上拉，然後雙臂又作環抱狀。

米亞如看著默劇表演，不敢隨便發出任何聲音打擾她。很可能她正在回到過去，遇上珍貴難忘的舊人舊事，樂不思蜀；又可能她到達了未來的世外桃源，在那裏享受著夢寐以求的存在方式，哪怕是隨時消失的、不實在的存在感。

也許最諷刺的是米亞無法跟自己按摩，不能證實魔法的力量，它能使人看見甚麼，感覺到甚麼，米亞無從理解。是更快樂，還是更墮落，米亞也說不準。只知道凡試過魔法的顧客都像著了迷般再回來，雖然沒人提起，米亞也從沒向客人詢問。

地上有她掉落的眼淚。

時鐘顯示四十五分鐘的按摩已到時間了。

「看來四十五分鐘比三十分鐘的治療更有效，更能將你肩胛骨附近的肌肉放鬆呢。」米亞說。

米亞步出房門讓她穿回衣服。米亞在隔壁洗手間如廁，拉廁紙、沖廁、洗手、拉抹手紙、開門的聲音，她都逐一聽到。

她坐直身子，眼淚留在眼眶，卻無比滿足。

我不能夠相信《星際啟示錄》內那個肩負著重要責任的父親在進入黑洞的一刻必死無疑，而往後的故事只是一個固執而無知的鬼魂，在美麗地幻想踏入黑洞之後的一秒竟是自己的書房，而女兒聰敏地破解了密碼，他的任務漂亮地完成，而人類有了新的出路。我不願相信，這只是他死後的靈魂的「莊周夢蝶」。就如當年十分賣座的驚慄片《鬼眼》（*The Sixth Sense*），由 Bruce Willis（布斯韋利士）飾演的心理醫生負責輔導一個聲稱從小便看到各種鬼魂的男孩，電影巧妙地鋪陳心理醫生為此個案費盡心神而冷落了太太，男孩最終能打開心扉面對各種恐怖的怪事，然而當一切似乎解脫的時候，才揭露原來醫生自己根本已在一年前死去，男孩看到他，只因為男孩有陰陽眼。這樣的結局像是給觀眾摑了一巴掌，然後帶著感嘆、悲傷離場。我真的不願相信，感動的故事背後竟只是這樣。

二十年前我在飛機看過一套跟《星際啟示錄》十分相似的科幻電影。在幾萬呎的高空上看關於外太空的故事，印象尤其深刻。那是由小說改編，Jodie Foster（茱迪科士打）主演的 *Contact*（《超時空接觸》）。電影女主角從小在父親影響下對天文學產生了濃厚的興趣，畢業後她成為一個科學家，卻躲在偏僻山谷的天文台一直監聽著有沒有外星傳來的訊號。一天，她收聽到由外太空傳來希特拉在一九三六年柏林奧運會致辭的片段，那是人類第一次向全世界甚至外太空發送的訊號，片段經過二十六年傳到另一智慧星球，又用二十六年將之傳回。除片段外還有六萬頁似是設計圖的資料，顯示出一個類似能坐上一個人的傳送機器。

幾經波折根據設計圖製成了傳送機，女主角成為這項實驗的人選。當一切看似機件故障，女主角幾乎要命喪儀器內之際（事實上她已準備好自殺的藥丸），眨眼間她竟到達了一個她兒時畫過的海灘，而前來跟她說話的看來像人的「人」，正是在她年幼時病逝的父親！尋找並等待了半生，遇上的外星人竟是自己的「爸爸」，失而復得的感覺，既虛幻又珍貴，但同時又有「外星人就是這樣子」那樣的惆悵和矛盾。

「父親」說，他們選擇這個方式是為了方便（也真的很方便處理及拍攝）。一輪對話後女主角失去意識，後來被工作人員叫醒，整個看似非常成功的接近十八小時的接觸外星人行動，原來在全世界的眼中不過是機器故障一則——傳送器被解開三秒後已直接落入安全網上，甚麼也沒有發生。最後她似是無功而回，亦沒有任何證據證明她所口述的一切。幾乎連她也說服了自己：她只是發了一個非常真實而自以為滿載而歸的夢。

當然故事的底牌並不是這樣，那裝置在女主角頭上的錄影機雖然只錄到沙沙作響的灰白靜電，但靜電卻足足有十八小時之長。

靜電成為她的證人，證明她接觸太空旅程並非精神病幻的海市蜃樓。

至於長篇文學旅人猶如太空遠航者的比喻，更看得我如坐針氈。我覺得長篇文學家更像《超時空接觸》內發放密碼的外星人，傳回來的並不是精密無誤的奇異點數據，更是比六萬頁設計圖更複雜的神秘星空。有幸接收到密碼的人必須努力設法解碼，縱使其努力或被各種客觀環境及不同範疇的證據顯示那只會是徒勞無功的虛幻東西，應該盡快停止資源轉做其他更有實際效益的事。但一定有後來者明白並相信，他們曾那樣真確地運用文字所暗藏的藍圖而到達過文學的宇宙，看過那裏的太陽和月亮、亭台樓閣、溫柔與暴烈、人間滋味、心的全部。那裏有比真人更立體的充滿血肉的人物，有比現實更能捉摸的珍貴風景。

不論是夢幻式或是核爆式，都能譜出各種奇異的效果，而不只是幾秒失敗的行動。

即使記錄下來的只有靜電，但當將靜電放大，在沙啞的爆裂聲音背後，聽到的會是大雨灑在屋頂上將鳥兒帶上去的泥沙沖下來的淅淅，是蜂鳥在空氣中拍動極微小的翅膀的顫動，是黑熊在樹幹上將爪磨利把樹皮割掉的撕破，是秋葉被一腳踏碎時發出的微弱的呼叫。這些都一定有人聽到，一定有人見到的。

我相信一定有的。就像那些文學前人一樣，你所說的普魯斯特、曹雪芹，尤其卡夫卡，他們生前想發出或死後才被發掘出來的文學符號，影響著全世界，一代接一代，成就了各種有機的文藝創作，說不定你的密碼已傳到了光年外的智慧星球去！

Contact 強調的是接觸。文學的宇宙之旅其實也一樣，不需要目的地，只要出發點。

尋之啟事

米亞今天下午才上班。她的車已沒有買保險，她也不介意走路上班下班。雖然天氣已經變得非常寒冷而且開始下雪，但小時候習慣了多倫多天氣的米亞只覺小兒科。以往偶爾還有男朋友相伴走一程，當然現在獨自走也不覺得很孤單，而四十五分鐘的路程所看到的風景也不錯，每天她總會看到在咖啡店門外冒著雪或雨也大排長龍毫不退縮的咖啡常客，這景象不論早上還是下午也一樣。然後會經過近年新興的已上市的一元店，裏面的貨品發展到外國的罐頭麵食都有，人流極為旺盛。米亞拿出手提電話拍一下一元店的鼎沸情況短訊男朋友說：有時間你去買些罐頭意粉做晚餐。但因為米亞的手機沒有上網計劃，訊息要到有 Wi-Fi 的地方才能傳送。轉了個彎，便看到一所營業多年的性用品商店，彩色的古舊霓虹光管屈曲出一個會單眼的長腿女性，胸部有凸出處，光管又扭出長髮及臀，但臀部部分燈光壞掉，出現一種嚇人的氣氛。這是少數剩下來未被收購發展地產項目的舊舖，也是僅餘的未被網上商店所取替的實體店。然後米亞會看到那好像永遠在加建的施工工程。這所私立小學擴建多時，工程車出出入入不止一年，看來建築項目越建越宏偉，近來可能因為大雪而停了工。聽說近年區內華人父母對私校追捧有加，為此而成為信徒、做義工、捐款、通宵輪候，付出昂貴的學費不惜一切。一輛限量版名貴四驅車輕而易舉地輾過積雪，在米亞面前快速駛過進入堆滿雪的地盤，一個中年婦人下車，向著擴建中的學校指手畫腳，車上一個男人猛力點頭，後座兩個孩子一個戴著耳筒在打機，一個看著車上的電影。再往前走十分鐘，繞過小小的樹林及公園，便會到達一所曾由香港著名地產商發展的商場。雖然在這裏已有二十多年，但米亞從未曾走進裏面，可能米亞自覺對亞洲的店舖興趣不大，所以這所三層高的商場內有甚麼東西米亞一概不知道，她只知道商場外面又有一間一元店。米亞又拿出手機拍了一張照片短訊男朋友：Up yet?

最近二人的「對話」多靠短訊。雖說住在一起，但不知為何總是未能好好對話，米亞出門工作，他仍在睡房呼呼大睡，不知是否裝睡或裝病。米亞下班回家，男友又已經不在。米亞傳短訊著男友買些吃的回來，他總是過了吃的時間才回覆。

來到天橋下的行人過路處，對面便是工作的地點，米亞跟其他不知是否需要上班的人一起等待過馬路。身旁一條燈柱上有一張尋狗啟事。

本人深愛的松鼠狗於昨日失蹤，有人報說牠曾在巴士站附近出現，如有發現請不要上前嚇怕牠，並馬上致電 XX XXX（任何時間致電也可），重酬。

尋狗啟事下面又有一張尋熊啟事。

本人女兒深愛的啤啤熊於上星期失蹤，懷疑遺留在巴士站候車處，如有發現請馬上致電 XX XXX。女兒茶飯不思，尋獲者可獲重賞。感激不盡。

尋熊啟事下面又有一張尋人啟事。

本人妻子於……

交通燈在雪雨中努力地叫喊，米亞與其他人急忙開步過馬路，當然也要小心翼翼地走，免得滑倒。

走到中間安全島，米亞看到對面街角有一個男人用類似滑雪板的東西拖著一個小孩，他以古時動物拉貨的姿態，彎著腰使勁地向前行，而背上竟然還有一個嬰孩。這個景象在下雪的場景中實在太突出了，米亞不禁懷疑是否有人在拍電影或廣告，快快拿出手提電話拍下一張照片作證據。

正打算在過馬路後細看清楚，卻見一輛巴士駛來，三人隨即消失了。

米亞用力眨動眼睛，伸長脖子左右探頭，忽然一個女人從後趕上，與米亞擦身而過。女人看著遠去的巴士卻沒有停下來的意思，似是誓要追到巴士。米亞看著女人一直跑，就在下一個交通燈位置終於被她趕上，連米亞也替她鬆了一口氣。

米亞的手機響了一下。男朋友回覆：Whatever.

原來這處有 Wi-Fi。

她不是沒有懷疑過為何男朋友那麼致力要當一個人生分析師，卻一直沒有實在的工作，有時他會一整天在電腦前不眠不休，他不似在打機或在聊天室流連，但也不似在替誰分析人生。有時他會長長地嘆一口氣，手托著頭在電腦前雙眼發呆。有時半天不動，卻忽然噗一聲跳起來煲滿滿一壺咖啡全部喝掉，然後在廁所進進出出一個晚上，門開合開合的，廁所拉了又拉，吵得米亞也睡不好。尤其得了皮膚病後，他的脾氣變得差了，那是人之常情，米亞固然能理解，幫不上忙便只好盡量遷就他。皮膚病雖不是甚麼致命頑疾，但終日又癢又痛，加上不知何時病癒的心理壓力，對日常影響亦不小。尤其是當男朋友要求與米亞親熱，看著他紅紅腫腫不斷脫皮的胸及背，她實在提不起任何性趣。有時草草了事，有時藉故不方便之類。當然他的性慾很可能代表了他的病情有好轉，但不過幾天，他又會蜷在床上，罵著髒話，幾天不下床。

在未有皮膚病之前的他是怎樣的呢？米亞的手提電話內有著這兩、三年的舊照，想起二人幾年來生活的種種，其實也沒多大分別。米亞上班，他在家，似是找工作，間或生病，有時不，但到底，他並沒有一個具體而有方向的生活節奏，或者，沒方向的人生便是他的人生？有時米亞會懷疑一天下班回家，男朋友會永遠消失。又或是，他其實早已消失？

更衣室

說到因為「體育時期」意猶未盡而引出「更衣室」這題目，我亦有所感。

我不知道是不是香港每所中學的更衣室都設在地面的洗手間內，這設計除了是方便進出球場之外，更衣室附屬於洗手間內這樣的設計實在是十分差勁。一來學生在更衣後老師便會把更衣室的門上鎖，即是說洗手間也會因此無法使用。當然正常情況下不會有別班的學生走來地面要使用洗手間，因為每層都有洗手間吧，不過正在上體育課的學生有需要的話便得請老師開鎖，相當不便。印象中我情願憋著。

而更衣室連同洗手間的弊處，是它們共同產生的氣味實在令人難以抵受。廁所本來已氣味難當了，加上在三十多度天氣下完成體育課的身體所發出的熱氣、運動衣濕漉漉的鹹味、球鞋（白飯魚）吸盡了每根腳指的汗臭；而更衣室內的儲物櫃並不是每個學生都分配得到，一般只有球隊成員才有資格獲得，於是很多同學都會請求那些擁有尊貴儲物櫃的同學為她們把球鞋存放，免得麻煩拿回家。於是一個個小小的儲物格塞進了五、六、七對有著各種程度異味的球鞋。更甚的是，當時學校對開正在大規模興建到達沙田的公路，施工經常令渠管受到破壞，沖廁水供應受影響，那些日子簡直是噩夢了！那種夾雜了堆積著廢物的馬桶的惡臭及體育堂後累積的各種中人欲嘔的氣味，即使更衣室的門緊閉著，都能湧到外面走廊去。

那更衣室的氣味一直在我腦中揮之不去，這很可能也是我不喜歡體育課的另一原因。

別的學校的洗手間情況是否這樣惡劣？有沒有氣味宜人的廁所？發生沙士（SARS）之後，香港人對各種衛生問題都多了關注，學校的廁所有沒有隨之改善，便不得而知了。但肯定的是，那是我永不願再回去的更衣室。

現在我最常去的更衣室是時裝店及泳池的更衣室。這裏的泳池更衣室跟我以往所認識的又不一樣了。這城市有不少游泳池的更衣室是不分男女，而是男女（universal）共用的，包括儲物櫃及沖身的地方。當然更衣方面可以利用有門的獨立更衣格，就像時裝店的試身室那樣，看來安全而合理。的而且確帶同孩子去游泳的話，能一家大小擠在一起更衣是比較方便。這樣的更衣室便欠缺了你們所說的隱蔽、暴力（又或其實是更暴力？）。至於時裝店的更衣室，在強勁的音樂配襯下，換下那些已發霉的舊衣破褲，赫然換上一身最新的潮流，愛拍照的女生總不忘在更衣室內用手機自拍一番然後放上網與人共享。不需要與人同行，既即時又免費。最後不花分毫地走出時裝店，心裏卻已像披上了皇帝的新衣，恨不得向路人炫耀。

又聽過喜歡運動的朋友說很喜歡運動場的更衣室，因為那裏總是充滿正面能量，即使不愛運動的人甚至是不想運動的人，在運動場的更衣室內都會被其他急於開始去運動或已運動完畢發洩了一身頹悶的人感染到正能量的活力。

另外亦有一種不想去的更衣室，便是各種化驗所的更衣室。那種更衣室跟一般人會去的更衣室是那樣的不同。這兩年所做的各種檢查而進進出出化驗所的更衣室次數也不少。有一次我做的是磁力共振，他們給我一條沒分性別沒分尺碼的短褲更換，上身就是平常那種後面敞開的醫院直身袍。我在這裏屬於身材極小型，褲子足以讓兩個我穿上。當我正在更衣室內咕嚕著不知如何將它綁緊，又嫌它跟袍子不能配合而看來樣子十分笨的時候，隔壁另一位正在更衣的人，開始跟工作人員談起自己的病來。她曾經患癌，痊癒久了，但最近又覺不妥，於是來作檢驗。言談間她充滿正面的氣息，與工作人員有說有笑，最後一句是：「希望只是虛驚一場，你不會再在這更衣室見到我。」

這樣的更衣室，跟氣味、衛生無關，跟開放、暴力無關，而是生死之間的事。

兩個赤裸的女人

二〇一六年十二月二十三日晚上八時

按摩院所有房間的門都關上了，裏面傳出各人與客人的對話。各種治療在互動。針灸師的房間間歇性發出幾聲淒厲的慘叫，骨科醫生的房間發出替病人矯正脊骨的咯咯聲響，自然醫療醫生則傳出與病人喋喋不休的對話，耳科醫生的房間則甚麼聲音也沒有。

米亞查看時間表，當天最後一個客人是她。經過接近半年的治療，她的背患開始稍有改善，她們之間也建立了一種默契。米亞總覺得她有別於一般來按摩的人，她不單是為了鬆弛肌肉而來。米亞也對這個客人特別認真，整天似是心不在焉地等待她的來臨，連之前幾個顧客也帶點草率地完成最基本的按摩，施法欠奉，但客人似乎都滿足而快樂地離去，未有不滿或投訴。而米亞當時並沒預料到，那夜將是與她最長的一次見面，亦是最後一次見面。

晚上八時，她準時到來。一如以往，她在米亞前往洗手作準備時脫下所有衣服，然而這次她並沒有面朝向下，而是作仰臥。她光著的身子以涼薄的被單蓋著，腳上的電熱毯發揮著類似調情的溫度。

米亞輕輕敲門進內，看到她仰臥的姿勢，心中浮起一陣愕然。她一動不動的，沒有解釋甚麼，只等待著米亞問：你喜歡水、空氣、土，還是光。

並不是每個客人都喜歡俯臥的按摩姿勢，因為面朝向下會容易引起鼻塞，臉部被頭枕擠壓半小時以上會開始不舒服，事後又往往令臉頰發紅，而且壓著臉部說話有困難，最大問題是俯臥視線被限制，看不到別人在背後幹甚麼的怪異感覺令人不能全面放鬆。所以有的客人只喜歡仰臥。米亞對此也見怪不怪，只是奇怪為何一貫採用俯臥的她，這次卻一反常態選擇仰臥。

一開始她也有點不自然，雖有薄薄的被單作掩飾，但牆上映出身體線條的剪影，也是第一次裸著身體面對著另一個女性，令她有點不自在。她不時看著那堆仍掛有她體溫及氣味的衣服，潛意識想將衣服奪回來。當然米亞不會站在床邊盯著她的身體，但此刻尷尬的感覺油然而生充斥著整個房間，完完全全傳遞到米亞那裏去。

「要不要用毛巾蓋著你的眼？」米亞知趣地問。

她覺得用毛巾擋著視線感覺更怪異，便說不用了，合上眼便可。閉上眼睛後，米亞在她的臉旁及頸項進行按摩動作，感受到米亞的臉跟她的臉距離有時只有幾吋，是另一種尷尬。她用力地緊閉起雙眼，希望快快進入放鬆狀態。只是越緊閉，卻越不能放鬆。

她呼吸的氣息又跟米亞的不時碰上，有時吸了對方剛呼出的二氧化碳，或同時大力呼吸。她嗅到米亞今早喝過帶有酸味的咖啡，米亞嗅到她吃過的帶辣的湯麵。她也試過先忍著吸氣，在心中數著時間，配合著米亞呼吸的節奏，好讓大家滿有協調地一同呼氣，一同吸氣。

就在呼吸的步伐達成一致後不久，她便沉沉睡去了。

米亞在她的頭上猛力按摩，把她的脖子拉長又拉長，手指在她的髮間用力揉搓，耳背、下巴、鎖骨，泛起紅紅的按痕。她毫無抵抗能力，像一頭快要死去的動物肉隨砧板上，任由米亞剖開她的胸部，拉開她的肚皮，暴露她的下身，她的雙眼迅速轉動，眼皮半張合，反出眼白的部分，深紅的微絲血管在陰暗的燈光下似是末日殭屍。她的雙手平放在床上，卻繃緊僵直，雙腳不時想提起卻似是被重重的東西壓著而動彈不得。米亞轉到床尾捏著她的腳趾逐一細按，力度比之前輕巧得多，似是安撫著她的情緒，但說到底米亞也不知道她心中的底蘊，到底此刻的她到了哪一個世界去，遇到了甚麼，要獨自面對誰。

她忽然開始說話，語無倫次的不知在說甚麼。米亞不知那是夢話還是她已開始清醒過來，便沒有回答她，繼續按摩未完成的部分。米亞將上半身的被單掀起至她胸以下的位置，在暗淡的燈光中仍可看到她肚皮的兩邊以及腰間有很多生產後留下的妊娠紋。她的雙乳很可能因為餵母乳的關係而出現與她年齡不符的下垂，她的上身有如不妥當地被勉強開發的瘠地，背部則如垂在凍肉店內無人問津的過期霉肉，前後加起來變成一本關於她的厚厚的沒人願意閱讀的破舊小說。

突然她霍地起來，被單掉了在地上，覆蓋著米亞的腳。她看到牆上的窄身鏡，直視著赤裸裸的自己，雙乳無力地向下昏昏沉睡，腰間的贅肉呈環狀般層層疊疊，縱然米亞並不擁有模特兒的身材，她還是無地自容地馬上曲起雙腳，雙臂抱膝地遮擋著胸部，但這個動作卻又令她的下體展露開來，在鏡子前裂開一道深谷，透出一陣陰涼的感覺。

米亞馬上替她拾起被單，識趣地說：「雖然房間有暖氣，但保暖對身體很重要，尤其你的肌肉受過傷，時刻保暖，多喝水，都是非常重要的保健。」並見怪不怪地為她將被單重新蓋上。她卻用力地拉著米亞的手，她的手是冰冷的。她說出了一個很奇怪的要求：她很想今晚留在這裏。

她沒再解釋甚麼，便蜷曲著在按摩床上，背對著米亞，像是已得到了默許。細小而僵硬的背令米亞生起同情之心，不敢追問，也不好拒絕。可是米亞只是租用一個房間做生意，從沒有客人要求留宿，這樣的事也要向負責人問准，一時間米亞也不知如何對應。

她一動不動的，似是毫無意識。不知道是她已多天沒睡，還是米亞的法力已更上一層樓，還是有其他意想不到的原因。

米亞從後檢視著她，她猶如躺在手術床上的一隻受傷的動物。除了她那像是受盡了委屈而從此不再正常的背，米亞也像看穿了她的身體，以X光似的眼睛看到她體內的種種問題：鼻竇炎、偏頭痛、間歇耳鳴、眼睛玻璃體退化、手指關節炎，甚至牙齒敏感、體內鐵質鈣質偏低等等都無所遁形。米亞心中生起許多療法的可行性，又想到很多專業人士的名字，開始拿起筆另開一個檔案，為她寫下各種可考慮的治療，按部就班的，或漁翁撒網的；又翻找那本儲集了幾年的名片夾，一個一個名字翻開，寫下各專科的聯絡。不過在這刻最必須而能夠做的，就是讓她在這裏好好休息。受傷的人，無論內在的心理問題或身體外在的實在的傷，沒有甚麼比能夠靜心休息更重要。

其他房間的人已陸續離去，負責接待的同事也關上大門的燈，電話駁到留言，著米亞離去前記緊上鎖便走了。

這是米亞第一次跟客人發生超越純粹按摩的關係，若是無情一點的話理應叫醒她著她離開，又或者主動一點，開門見山問及她的事，希望她能打開心扉說亮話。但看著她呼吸安穩的起伏節奏，米亞又於心不忍。雖然米亞比她年輕，但卻感到對方極需要人保護及幫助。在無從入手的情況下，工作了一整天的米亞只好在接待處的椅子上待著，隨便把玩著接收不良的手機。

牆上無聲的電視播放著二十四小時新聞台，紅色字幕打出「大雪警告仍然生效」。米亞想起了男朋友，不知他是否在家，有沒有吃飯，皮膚有沒有令心情變差了。

直到午夜十二時，玻璃門外有電筒似的燈光射入，接著是連番敲門聲。米亞馬上跳起來去開門，以為是負責人來責問。

門一打開，才發現是米亞的男朋友，他竟然喝醉了，不知為何摸到這裏來。

「你為甚麼仍在這裏？」男朋友邊脫下積了雪的大衣邊憤怒地質問米亞，雖然米亞不知他的怒氣何來。

米亞一時間不知從何說起。「有客人要求留宿所以留下陪她」這樣的說法自己聽來也感到荒謬，另一邊廂又怕男朋友會吵醒在熟睡中需要保護的她。

男朋友開始抓他正在脫皮的臉，及後頸，酒精令他全臉通紅，皮膚更癢，微血管似乎快要爆破。「我還未吃晚餐！」他閉起雙眼邊抓邊投訴：「你聽到我的肚在打鼓嗎？」爽爽爽爽的抓癢聲音響徹了靜寂的診所。

「不如我看看裏面有甚麼暫時止癢的藥膏吧。」米亞也不知道診所有沒有任何關於止痕癢的東西。

打開自然療法醫生的房間，除了電腦外甚麼也沒有。耳科醫生的房間有各種測試耳朵聽力的儀器，但跟止癢無關。脊醫的房間除了一張床，及牆上一幅人體骨骼圖外，亦沒有任何幫助止癢的藥物。最後來到針灸師的房間，裏面有各種各樣的針及拔罐用的玻璃瓶子，還有垃圾桶內病人留下來的未清理的染血棉花。

米亞渾身不自在，也沒細心去找甚麼止癢的東西，便想轉身離開，但聽到身後砰一聲的關門聲，發現男朋友已進來並把門關上，身上已脫去衣服，露出滿佈碎屑的上身，想擁米亞入懷內。

「在按摩院跟在家裏有沒有分別的呢？」說著男朋友已擁著米亞坐上針灸用的床。

「這是治療用的床，是針灸師用來替病人做針灸的！」米亞想掙脫男朋友的臂。

男朋友脫光衣服的速度比平時的快，他的腿亦受皮膚病牽連，腳毛與破開的皮，像生滿苔蘚的老樹。米亞好像從沒留意到。

米亞被壓在針灸床上，她的臉陷入頭托之中，除了地上那熟悉的地板，甚麼也看不見。男朋友的聲音顯示他很快已進入狀態並完事，也沒有安全措施。擦完下體的紙巾，跟垃圾桶內的染血棉花混在一起，房間充滿了酒氣與血腥。

「怪不得別人說新鮮感是很重要的。」男朋友邊說邊穿回所有衣服，包括大衣，忽然將胃裏的東西全吐在垃圾桶內，像是要吐盡他的所有，前所未有。

「現在更餓了，我去買熱狗吃。」門砰的一聲又關了。仍沒穿衣服的米亞，聽到他嘮嘮叨叨、跌跌撞撞地離去。

米亞嗅著凝固在空氣中的氣味，看著一地的皮屑，莫名地，甚麼也感覺不到。甚至那理應惹人倒胃的嘔吐，也很快被中和、淡化，然後適應了，幾乎是以一個從事醫學界的專業人士的專業去理解並接受，甚至是以一個局外人的眼界，去看那從未見過的散落在房間內的自己的衣服。衣服掀開了更深層次的角度。

米亞想起在隔壁的她，不知這時是否仍然熟睡。

兩個赤裸著身體的女人，分別在兩間房間內，曲彎著身體，蓋著陌生的被單，在不適合睡覺的床上，以不同的原因，擁著不同的心情睡著了。

咖啡屋

這一篇我實在很應該藏拙，因為我是不泡咖啡館的。

這不是說我並不喝咖啡或不喜歡咖啡館，二十多年前香港還未流行連鎖咖啡店也鮮有西式新鮮即磨即沖的咖啡，中學時代到過北美旅行，嚐過咖啡館新鮮泡的咖啡後，便被充滿著濃郁而熱烈香氣的咖啡館所吸引，那強烈的咖啡氣味回憶一直珍而重之地存留在我記憶之中。幾年後跟爸媽去北京旅行，在酒店附近看到新落成的星巴克，便欣喜若狂恍如發現歷史新遺址那樣去朝拜。那時候他們在做新張推廣，購滿若干杯拿到若干印花便送甚麼那樣。我拉著爸媽每天去喝，當然總不能不停地喝。五天過去了印花不夠我還厚著臉皮去問店員能不能破例送給我，因為我的旅程要完結了。那個年輕又好像有點俊秀的男店員只聳聳肩笑說：「那你多喝幾杯吧，我也沒辦法啊！」後來我好像拿著那印花卡回去作紀念。不知多久後，香港也有了星巴克，我又已沒那樣著迷了。

當時對星巴克咖啡的感覺，其實只是苦而澀，喝後口中留下一片酸酸的味道久久不散，完全談不上品嚐或享受，吸引我的大概只是咖啡那濃而烈的香氣，以及在我腦中那初嚐咖啡的回憶。也許拿咖啡來作香薰會更適合，可惜的是咖啡的香味也不能持久。

至於我喝咖啡的年資，是從移民到這裏當記者之後開始。那時每天回到公司還不知道當天會發生甚麼事，能不能跳過我的生死關頭。總在腦袋未開、新聞總編未回來之前，躲到茶水間泡一壺咖啡。神經兮兮的我拿著寫著我名字的保暖咖啡杯（我還在用），很希望喝下去的是鎮定劑、忘憂茶，甚至砒霜毒藥甚麼都好，就是不想去面對當天的工作。那時候實在太苦了自己，因為辭掉了觀音寺的「作家」工作後很害怕再選擇辭工，不想家人朋友覺得我太容易放棄了。事實上那距離「容易」二字極遠，只好硬著頭皮將自己拋到各種陌生的困惑場合，在保持大方專業的形象下，讓不同的人和事不停打擊我的存在價值及移民的意義。那是非常非常困難的一段日子，心裏的苦，比黑咖啡更苦。苦不堪言，是真的，真的苦到一個地步，我甚麼都不想說。還好當時有一班談得來的同事，出發前在茶水間說些無聊廢話說說上司是非，沒意義的話語堆砌起來，如在咖啡加上糖和奶，每天給我多一點甜。

自此我便喜歡了喝咖啡，即使離職後，直至現在這十幾年裏，我每天都設法在早上喝一杯咖啡。十年前回香港的時候曾在荃灣南豐中心一間很小的食店內找到即磨即沖的高水準咖啡，製作相當認真，心癢的時候我總會去買一杯。但在香港的街上喝新鮮沖製的咖啡有實在的問題，就是很難邊走邊喝，因為街上人太多，很容易被碰到而燙傷手或嘴，想找個地方坐下來亦不是容易的事。再者公共交通工具上又不許進食，有時只能拿回家才喝，但咖啡的溫度卻不同了。不知現在那咖啡小店還在不在。

這幾年因為懷了孩子及餵母乳，有三、四年沒喝咖啡。戒飲初期不知是心癮還是真的已依賴了咖啡因的刺激作用，總感到有所欠缺，又或根本是荷爾蒙作祟。後來想到可以喝沒咖啡因的咖啡頂替，至少有心靈上的安慰作用。我還買了一部 K-CUP 咖啡機，那效果跟外面即磨即沖的真有過之而無不及。不過壞處是不環保，小小的 K-CUP 一星期下來堆了七個。我會切開 K-CUP，拿咖啡粉用作植物肥料（這裏每個家庭必須將自己的垃圾分類，廚餘桶每星期收集一次，其餘的廢物只會每兩星期收集一次，炎夏的時間真期待倒垃圾的日子快些到來。這可以是另一篇文章的題目！），但其餘的小膠杯還是無可避免地成為垃圾。

當然我知道這次的題目是咖啡館而不是咖啡，這裏咖啡館多不勝數，除了星巴克還有Seattle's Best、Second Cup、Waves、Tim Hortons、Blenz等等，好像咖啡市場永遠不飽和似的，還有不少在社區中的小型咖啡店，印象較深的是在我家附近一家，有兩隻非常非常大的玩具熊待在門口，天氣好的時候便懶洋洋地坐在店前，下雨天便躲到店內，趴在窗前的高椅上看窗外的人。這些非連鎖的咖啡館泡的咖啡又是另一回事，味道好與否見仁見智，但他們泡出來的肯定不是大財團的味道。

只是不論甚麼咖啡館也好，我就是不能坐在裏面，像你們或其他作家那樣瀟灑而專注地進行觀察及創作。那個「我在寫作」的姿態，感覺就像有幾百對眼睛在看著我，那樣的寫的動作會令我背部發麻。當然大概根本沒人在看我，但那個在公眾場合的書寫狀態太高調，我會不時抬頭查看人群的移動，或懷疑手機在響，不能專心亦坐不安穩。所以「在咖啡店寫作」這種於作家來說十分合理而且浪漫化的形象與我無緣。我的作品都在家中的電腦前進行，有時在等孩子放學的時間在車上也可以寫一點，不需要任何音樂，任何飲品，任何擺設，任何氣氛的營造，只是我不能在夜晚寫，由於眼睛不好的關係。如現在孩子正在教會辦的中文學校上課，我在狹窄的密封車廂內，邊修改著文章邊不時查看小息的時間。每個周末，不少爸媽帶孩子來學中文，學了多少又忘掉，或無可奈何中途放棄，爸媽或孩子，都在學習中學習放棄。

而我這個不抽煙、不喝酒、不聽純音樂、不看畫、不定期約朋友聊天也不愛坐咖啡館，只在家中電腦前打字的人，其寫作之浪漫及氣派，可說如劣質咖啡的香氣，多嗅幾下便覺淡而無味。

雪不斷地下。雲層中有微光透出，但沒有窗的房間沒能感受得到，是街外的巴士聲音，吵醒了在診所過了一個晚上的兩個人。

她們穿回衣服，對著鏡子作了一番整理，潛意識是不想別人知道昨夜留宿的原因。她們同一時間將房門打開，視線同一時間在走廊遇上，同一時間說了聲早晨，同時低了低頭，又同時步往洗手間方向。

你先。

不，你先。

禮讓中帶著心虛，也有羞愧。在趁其他人未上班之前，她們都想盡快從後門離開。尤其是她，彷彿做了一些偷雞摸狗的不法勾當，箇中原因難以啟齒，愧於抬起頭來。

後門通往一個室內停車場，停車場充滿了濕漉漉的廢氣，加上聲音迴蕩的壓迫感，重重的漿著她們的呼吸，迫使著她們快步尋找通往大街的出口，急於看看那廣大的天空。

街道已出現上班的人，縱使是平安夜，是下雪天，有些人總是要上班。她們看到不少人走進咖啡店去排隊，雖然現在政府要求在售賣咖啡的地點貼上「咖啡會致癌」的警告，卻如香煙盒貼上「吸煙會引致肺癌」一樣，購買咖啡的人還是有增無減，不少人還專誠為了節日特飲而來。有購買極大杯及極小杯裝的，有自備私家杯以奉行環保的相熟顧客，有人用紙盤捧著五、六杯，不知是要討好上司同事或純粹被指派作跑腿，也有人買刨冰凍飲寒天飲冷水，有人坐下來後一直按手機直到咖啡變涼，有人想蒙混排在前面，各式各樣買咖啡的理由和心態砌出迂迴的人龍，卻好像欠缺了真正品嚐咖啡的人。

米亞想起背包內藏有一張儲了很久的印花卡，便問她：「明天是聖誕節，請你喝杯免費咖啡？」

咖啡店裏人山人海，倒也真像是免費。

她向米亞作了半個微笑，道謝說不用了，她要走了。便向十字路口那邊走去。

在飄雪中離去的她，背影越來越瘦，步伐越來越快，深色的大衣漸漸變成了米白。一輛巴士駛來，卸下各種顏色的乘客，填滿了行人路。嘎的一聲巴士開走，人潮散開，她就這樣消失了。

米亞在想下一次她來按摩時，二人會不會感到分外尷尬。又想到那未能解釋的法力，是否能繼續幫助她。米亞也想起昨晚說要去吃熱狗的男朋友，有沒有真的買到熱狗？熱狗對皮膚病有益還是有害？

低頭看了看咖啡印花卡，原來還未儲夠。

那是米亞最後一次見到她。直到在診所牆上無聲的電視看到她失蹤的消息。看著新聞對她的形容，米亞竟是感到那樣的陌生，如隨便一個剛走進來的新客人。對米亞來說，她的背要比起她的臉更容易辨別。

新聞播出丈夫尋找妻子的獨白。他的嘴巴張張合合，眉頭緊皺。無聲的呼籲，到底有多少人聽得到。

然後，是「兩名華裔男子在雪山步行後失蹤，因為大雪關係，搜索隊已停止搜索行動」的消息。

診所門叮一聲打開，一個中年婦人入內，遞上一張尋人單張。秘書客氣地收下，卻又因電話響起而分了心。待電話講完，已把尋人單張忘記。

米亞拾起掉到打印機下面的單張，紙上的名字與大頭照片跟記憶中的她完全不配合，但米亞認得她的背。米亞認為她背部受傷的根源，是由於日常照顧孩子的工作太勞累，久而久之累積下來所致。而離家失蹤的根源，亦離此不遠。

無獨有偶，米亞男朋友也失蹤了。一星期後的一天，米亞收到由男友傳來的短訊，簡單交代說離島那邊有朋友需要人幫忙，幾天後會回來。一星期後，另一個短訊說他正在東岸的紐芬蘭與拉布拉多省與人洽談一宗生意，是甚麼生意則沒有說清楚。再過兩星期，米亞傳出去的短訊再也得不到回覆。一個月後，男友的臉書狀況變成與另一女子 engaged（訂婚），地點在拉斯維加斯。

米亞換了家的門鎖。幸而再沒有人為她分析人生的米亞，在未踏入三十歲前已理出自己人生的方向。她打算南下，或者北上，只要有一技之長，便有能安身的地方。

天空正有一群雁在頭上作V狀飛過。牠們在空中表演合作無間，互相依靠，互相信任，又或者說得太美了，只是牠們不得不如此，說甚麼堅守責任、夙夜匪懈，甚麼代表和平、團結、聖潔，完全無中生有，是強加在自然界上的偏見、妄想與迷信，是人類想像力的美化或醜化的多餘效果。

想像力太豐富了，一切其實由 DNA 控制。

天啊！你們將自己說成是一台二手破車，在崖邊陡峭的路上匍匐前進，縱使所有可以發出警告訊號的燈全都著了，汽油也差不多用光，還是不理會隨時拋錨的機率而繼續畫下心中要橫越的沙漠闊度，那是怎麼樣的一種末日式的繼續為創作而自毀的行為！

從事文學創作的人，真可以像受了放射性污染而變成的綠巨人（The Hulk），被抑壓的情緒在爆發時會變身成為失去自控能力的生人勿近的怪獸。又像《變形人魔》（*The Fly*）裏迷戀自己滲入了昆蟲基因的科學家，不單對自己的變形感到著迷，更想將懷有自己孩子的女朋友「溶入其中」，製造出「完美的一家人」。創作人暗暗戀上這種莫名其妙的怪胎感，欣賞自我意識隨時失落失控的狀態，還感應到它可以為世界帶來另一種的奇幻的未來。這樣的慢性自戀不能自拔的病，雖不罕見，但也實在太值得一寫。

在去年之前的一生人之中，我除了傷風感冒那些小病，就是十八歲那年有過俗稱甲狀腺過高症（正確名稱是甲狀腺機能亢進），很多人以為是因為吃魚不夠，其實完全無關。實際誘因到現在我也不太清楚，只記得我的脖子如將大魚卡在喉嚨慢慢品嚐的鷺。有醫生曾說可以動手術把部分組織切掉，但當我看到手術後遺的疤痕照片，我是絕對不會考慮的了。之後吃了兩年藥。長期吃藥對我來說不是一種可以習以為常的動作，不時自覺是個病人令我情緒極不佳。大學時代又復發了一次，看了另一個醫生，吃藥時間較短。

到了二〇〇七年，我懷疑自己有過一段時間的抑鬱症。情況嚴重到在公司聽到一個跟我不相熟的同事說著結婚的細節我也要跑到洗手間去狂哭（但我已經結婚六年了人家結婚跟我有甚麼關係？）。本來想去看醫生，但因為不想被標籤為精神病人及再長期吃藥，便一直拖延。後來回到香港進修，窩在老家兩年，抑鬱症狀便慢慢消失了。這大有可能解釋了我的文學素質為何總是平平無奇、不能進入狀態了。

之後回來加拿大，日子過得平白，生了兩個孩子，直到去年五月，突然一天腰間抽搐，整個人就如被箭射下來的鳥那樣躺在地上。那是一種肌肉痙攣的劇痛，初時大約會持續二十分鐘，一天大約出現兩、三次，痛苦的程度難以形容。強忍了幾天之後，一夜抽搐感加劇，痛得我面容扭曲，感覺比生孩子還要痛苦，而且持續了個多小時還不減退。女兒叫爸爸：「你幫幫媽媽吧！」那個苦無對策的他其實已多次叫我到急症室去，那一刻再倔強的我也捱不住了，但還是待孩子熟睡後，才自己叫的士到醫院。

來接我的是個印度司機，我上車時他在把玩一個新買的還未開封的 iPhone。他利用純熟的技術在路上左拋右擺，我忍著眼淚坐在後座。車程大約二十分鐘，我透過以為快要死亡的氣息，跟電話中的他說：如果我死了，你即管找另一個，但最好不要娶回家，至少在孩子還小的時候不要。他一直說：得啦得啦得啦。不知有沒有當我認真的。

現在回想，誰知道呢，說不定其他人會比我做得更好更稱職。

到達醫院的時候已是半夜時分，輪候的人不算太多，但也夠我等上了兩個多小時。我感覺是快要痛死了，只怕再耐心待下去，我生前的最後掙扎便顯得毫無用處了，於是便厚著臉皮爬過去捉住醫生的手臂查問何時才到我。好歹我也主動去爭取過，而不是默默在輪候處的椅子上無人理會而最終靈魂飄走了也沒人知道。

一輪機械式的答問後，便是驗血、掃描，又是一輪等待檢驗的結果。可是待到天亮也找不出任何頭緒，急症室醫生只給了我三四顆嗎啡帶回家止痛，並建議我自己找家庭醫生繼續跟進（很可能還有一絲懷疑我只是裝病詐痛）。

第二天吃了嗎啡的我馬上找家庭醫生多開嗎啡藥，再到專科診所做超聲波，結果顯示我有一個直徑十五厘米大的子宮纖維瘤，就是因為太大了，血液供應不足而導致纖維瘤作出自我了斷的行為（degeneration）而引發劇痛。想不到我每天在捱著，體內一個纖維瘤反而捱不住而自殺去了，可憐受牽連的卻是我。然而為甚麼昨晚在急症室沒能診斷出來也是個問號。

我身為「一家之主」，家中沒了我主持大局，馬上陷入了極度混亂的狀態。丈夫請了假待在家中，但也不見得他能應付兩個年幼的孩子，更莫說照顧我。他的臉色比我的更蒼白。幸而世上只有媽媽好，我媽媽得知我的慘況便馬上從香港飛來幫忙。自從媽媽來到之後，我便慢慢回復正常了。真是世上只有媽媽好！

但所謂正常，只是沒有再痛，醫生說那個進行了自我毀滅的纖維瘤在自殺後體積理應會縮小，然而它沒有。它就維持著一個棒球的大小，在我的子宮外游移著。那帶蒂的狀態猶如緊繫著太空人漂浮於太空的安全繩，又像嬰兒臍帶般輸送著營養。我可以肯定，它還暗暗在生長。

切除它會否更好？醫生並不建議只切掉纖維瘤本身，一來剪掉蒂狀物傷口容易大量出血，二來亦有再次生長的機會，那便徒勞無功。他再三強調說：「如果你不打算再生孩子，就整個子宮割除吧。不再生育的子宮是沒用的東西，切掉便一了百了免除後患。你要留下來幹嗎？」好像想保存我的子宮是我有問題那樣。我就是一直不明白為何男人會想當婦產科醫生，而往往也頗成功。

這樣的病也沒藥可吃。其實加拿大醫生很少開藥，一般傷風感冒，即使孩子發燒到四十度，都只是自行進食市面能買到的普通退燒止痛藥，主要是多喝水，多休息，讓身體自行對抗，醫生並不會給甚麼收鼻水、止咳的藥。流感如是，手足口病如是，肚瀉也如是。他們認為將發病的訊號抑制是本末倒置。這跟在香港看醫生的經驗非常不同，以前在香港每次感冒吃的藥是一大袋，彷彿越多藥便能越快痊癒。我還一直以為感冒是要吃感冒藥才會好，原來一切都只是紓緩，甚至可能是心理上的強心針，醫好你的是自己的抗體。當然，如受了細菌感染或發炎又作別論。

這樣拖拖拉拉的也過了兩年了。平常的日子雖不算特別感覺到它的存在，但有時可能是心理作用，總覺得有點痛，或常想上廁所。

這樣的病大概不適合在文學圈子聚會中拿出來比拼或一較高下。要是我說出：「我有個比子宮大幾倍的纖維瘤，帶蒂的」，相信全場只會無言以對。雖然我也沒有文學圈的朋友。

第5章

翻山越嶺之後

閃靈小徑

二〇一七年一月二十四日午夜

他被轟轟轟、叭叭叭的聲音吵醒。

窗外透出微弱的街燈，大概仍是午夜時分，街上竟有一輛不怕雪虐風饕的泥黃色挖土機，生猛地勇往直前，跟山上一片沉睡的寂靜與大雪的泛白格格不入。挖土機旁邊站著一個年輕指揮員，打著手勢，示意挖土機的去向，及指導路上間有的零星交通。

山上積雪實在嚴重，雙程行車線早變成單程，救護車及消防車已無從通達，政府派來重型挖土機，企圖以巨爪將雪挖走。

尋人群組已在臉書成立，由一班有心人，包括地區議員、華人慈善組織、中文學校上下、街頭巷尾的鄰居，還有她在香港的親朋好友組成及管理，很快得到了很多 Like 及分享。略有影響力的地區議員，利用人事網絡四周打聽。中文學校教師及義工負責最原始的在街上向路人及司機查問的工作。街坊們更有幫忙買日用品、做飯、劏雪、接送孩子，方便失去太太的他能安睡一會、好好地吃一頓飯，或到警局跟進消息。至於香港方面，遠水不能救近火，只好作鍵盤上的隊友，寫一些鼓勵的字句及文章，貼上加油撐下去的笑臉及圖案，由於時差關係，香港的互動留言在這邊無眠的夜深最能為大家的行動打氣，感覺尋人行動沒有一刻停止，全球即使捕風捉影，也發揮了一種支撐下去的作用。

有趣的是華人媒體亦迅速加入。他們對臉書上的資料亦步亦趨，不論是感同身受還是不懷好意，同樣渴望事件會有進一步的發展。其中一個由警方提供的突破性線索出現於兩天前：一個市中心的天眼錄得她在失蹤後不久，曾經駕著汽車在市中心某油站入油。華人媒體爭相趕往採訪，當然他們只能拍得一個如常運作的油站，及訪問到幾個對她毫無印象的油站員工。

警方又說她到過油站的第二天，反方向走回頭路，在距離約廿五公里的便利店，錄得她曾進內買了一隻香蕉，及一包凍奶。同樣地，便利店也馬上塞滿了採訪隊的人，店主大方地接受訪問，說出了一堆不知孰真孰假的描述，但毋庸置疑的是當天便利店的收入有所增加，因為所有入內採訪的人都順道在那裏買了一隻香蕉，及一包凍奶。

把香蕉和凍奶拿回新聞部後，除了拍攝用作新聞配圖，也就成了廢物，沒人想吃掉這兩樣很可能是失蹤者生前最後吃的兩樣食物，但也沒有人敢隨便丟掉。它們被擺放在某個角落，然後出現在會議室桌上，又走到校對房那邊，再移動到報架的旁邊去。香蕉已變黑，奶已變壞。最後由不知情者不知怎樣處理掉。這樣的結果最好不過。

媒體又不知從哪裏打聽得她曾患病的消息，走到她的家庭醫生及醫院打聽，下場當然是被醫院打發走，而家庭醫生的秘書亦守口如瓶，一切資料密不透風，甚至她的牙醫及按摩師也不放過。她並不是甚麼大明星，只是一個平凡的隨街可見的普通媽媽，相貌平凡而不起眼，如此花時間花人力物力追查絕對是小題大做，但將一切鋪排成追尋離奇失蹤者的懸案也未嘗不可，讀者就是愛看這些，而畢竟在這城市的華人新聞可造性非常小，幾家華人傳媒往往狹路相逢，早已沒有大家的容身之地。一直在看誰背後的財力先耗光，誰先氣數已盡。不是你先死就是我先亡。大家都心中有數。

為何要到便利店買香蕉和奶？開一小時多的車程到市中心去，第二天又折返，但最終也沒有回家，是甚麼原因？她是不是在玩捉迷藏？或是在懲罰他？是因為不知何時他令她生氣了，一走了之是想他體驗一個人在家帶孩子的滋味？

挖土機司機以純熟的抓挖技術，將人們辛苦砌好的雪堆瞬間擊倒，四散開來。重新整撥後，大堆大堆移到附近的哥爾夫球場去。撥開來的除了雪，還有垃圾桶、斷了的雪剷、幾棵小樹苗、籃球、滑板、小孩腳踏車和一些冷帽及手襪。妻子曾經形容下雪是天上有人在搖動著篩箕將雪輕輕搖下，但他覺得天空上面有的是更巨大的力量，不能想像只是有人在上面搖篩箕那麼簡單。

挖土機轟隆隆往前剷，叭叭叭往後退，獨力在雪中跳著探戈。他被這種特別的午夜節奏吸引著，情不自禁地從睡房走出大廳，待在大窗前以更近的距離去看挖土機與雪的比武。到底雪的力量強大，還是挖土機的力量強大？他看著兩種力量在眼前角力。這是童話故事的終極倫理議題：人最終總是敗在大自然之下嗎？人定勝天這說法又如何？他想到不知身在何處的妻子，頓然又墮入了哀傷與沮喪之中。

一隻香蕉，一包凍奶代表了甚麼？

他對於這些線索既開心，又迷茫。他認識的妻子從不吃香蕉，平日買香蕉都是給孩子吃的。她也不喜歡喝奶，更不會喝凍奶。

他用手機查看一下群組的最新留言，有更多人加入了，更多人在說東說西，甚至有人將無關的香港新聞討論都連上去，甚麼大媽引起公憤，在商場公然餵母乳你見過未，碎屍案審判細節原來另有案情，議員開會邊開著色情網站邊打瞌睡，下星期日是世界末日了。這些事情他弄不懂，也引不起他一絲注意或感覺。世界如是運行，他的時間卻彷佛停頓。

抬頭再看，挖土機不見了，只有薄弱的叭叭聲響在不遠處鳴叫著。他貼在僵冷的窗前以無法觸及的角度去看挖土機的去向，卻徒然地只看到對面窗戶反射過來的非常隱約的車頭燈光。它似乎在轉彎，或倒頭？

一種不能言明的強烈衝動直湧而上，他赫然披上羽絨大衣穿上雪鞋開門奔跑出去，似是誓要追尋甚麼，隨著聲音的方向邊跑邊看。挖土機似乎走到斜坡下面的小街，他也像著了迷地跟著走，眼看到斜斜的小街就在面前，卻忽然想起在家中熟睡的孩子。

怎可以留下他們獨自在家呢？

他對於妻子的行為感到不能理解，更加難以將警察的發現配在妻子身上。但無可否認的是他對妻子失蹤的擔憂及恐懼，在油站和便利店天眼所錄得的證據出現之後出現了變化。埋怨及憤怒開始在他心底裏冒出。身兼兩職的難處令他只能厚著臉皮向公司說明苦衷，上司及同事都賦予同情並表示可破例容許他在這段期間在家工作，反正電腦程式員只要有一部電腦在手便能隨時隨地完成任務，雖然面露不悅的同事也的確有幾個。而這兩、三個星期他也習慣了跟兩個孩子同睡時忽睡忽醒的那種似是隨時會崩潰的精神狀態。每朝早上起來他都頭痛欲裂，並懷疑自己到底有沒有真正入睡。他也埋怨天，為何在這個時候下雪下成這個樣子，像是要蓋去一切痕跡，令尋人行動加倍困難。

斜坡盡頭的旁邊除了有幾所較新的房子外，原來還有一條通往樹林的小徑。搬到山上五年，他當然知道附近有樹林，卻不知道通往樹林的小徑就這麼近。

小徑的深處隱約透出山路的迂迴輪廓，看似是既窄且深，一直延伸至不可及的神秘地方。正想轉頭回家，卻瞥見小徑深處，有幢幢閃影，像有人提著古老的油燈在晃動。挖土機的聲音頓時消失了，一把尖銳的女人叫聲忽地劃破長空，他四處張望，看不到人影，也沒有其他聲音，唯是樹林的閃光，仍在半明滅地眨動著。一陣恐懼從他的胃湧上喉嚨，頂著他的呼吸。他目不轉睛，直覺卻要向那點光跑去，說不定有人遇害，說不定有意外發生，說不定他的妻子就在那裏！

說不定他的妻子就在那裏？這個想法令他吃驚，難以解釋的失落及衝動充斥著他每個毛孔。過去幾星期他一直活在未知與等待之中，即使坐在家中都有隨時掉落無底深谷的恐懼感，每一步都提心吊膽，每一下呼吸都無比沉重。此刻的他很想看清楚前面不確定的事，不想再呆站著。他不顧一切，如踏著油門但未放開煞車掣的車即將要狂飆。滿街積雪阻礙了他的前進，令他跑姿奇異，吃力地跨步向前邁步。

他一邊奔往樹林一邊喃喃自語：「別怕別怕別怕……」不知說給誰聽。

病已不好說，還要意猶未盡說續病，真是不吉利！不過能將病寫出來也是紓解的一種方法，最怕鬱積在心，沒門可訴。續病就續病吧！

數個月前一天，在超級市場買東西後，便打算跟孩子去公園消磨他們剩餘的精力。就在返回車上的時候，突然頸肩猛烈地抽搐了一下，上半身竟像石像那樣不能動彈，連脖子都無法左右轉向，除了是痛楚難當之外，心裏還感到十分恐慌。那十分鐘的感覺真有如整個世紀那樣長，孩子不明白我為何一動不動，猛叫我也沒有反應，便放聲大哭，而當下我已失去任何安撫他們的能力。我是連安撫自己都幾乎無法做到了。

十分鐘後我才能慢慢移動，但一切照顧孩子的動作都無法如常。直到晚上，還是無法如常洗頭、穿衣，甚至不能躺下，而一旦躺下便不容易再起來。吃了幾種強力的止痛藥，卻如糖果般一點止痛效用都沒有。

那幾天我非常難過，早上起來比較能忍受，到了下午開始越來越不對勁，黃昏後所有機能已告全面罷工了。我急急去照X光、找針灸師、物理治療師、專業按摩師，幾乎花了兩、三個月時間才見好轉。他們都異口同聲地說，那應該是長久以來太勞累，姿勢一直出錯而積累下來的惡果。所謂積勞成疾，我真是以「身」說法了。

其實不用他們分析我也不會不知道吧。母親這份工作真不划算，一星期工作七天每天二十四小時全天候戒備，心力交瘁神經衰弱肌肉受損忍著大小便忘記吃喝梳洗還沒有薪酬，最慘是孩子病了連帶自己也病倒，沒人照顧自己之餘還得額外照顧他們。孩子不懂媽媽的勞苦，作為母親也切忌要求回報，免得他們長大了又嫌你嘮叨麻煩，恨不得早點獨立搬離老家。

帶孩子需要的力量，比想像及預期的巨大得多。每個母親都需要將自己的底線一直往下拉，而偏偏那是無底深潭，永不見底。

經過多次針灸，再加上物理治療師超聲波及紅外線治療減輕痛楚，又遇到一個非常專業及細心的按摩師的深層拯救，現在生活大致回復正常。但畢竟沒有完全康復，左手高舉時仍會痛楚無力，如針刺般提示著我：我要好好愛惜自己的身體。

在尋找各種舒緩辦法的期間，碰上一種說是非常神奇的工具，這在北美大概流行已久，而最近香港也好像有多一點的報導，英文是 Foam Roller，在香港則稱作「運動滾筒」（另有一奇怪的譯名「泡沫軸」）。

那其實只是一條圓筒形的發泡膠，輕輕按下它的表層，會有一點軟度，但再用力壓下去卻非常堅硬。就這麼簡單，沒有任何機關，也不需用電，原理是使用者利用自己身體的重量，來回壓著滾筒產生按摩效果，從而達到放鬆肌肉及減輕痛症的效果。

我是背肩受傷，使用的方法是躺下來，將滾筒放在背部中間（橫放或直放也可），臀部提起，雙手握在腦後，將滾筒前後（或左右）移動。這個動作一點都不簡單，才使用十分鐘，翌日即可見我背部如斑馬般填滿紅色的條紋。那是肌肉實在太繃緊而壓爆了的微絲血管。

那十分鐘裏，我的身體及頭皆保持面向天花板的狀態，起初不以為然，後來我不得不將那一直沒有留意的天花看了又看，它是那樣的熟悉而陌生，令我越看越覺吸引，甚至每個角落都細看一下。它每天就在我們的頭上，保護著或監視著我們，或純粹待在上面，卻從沒人多加留意。而它是多麼的重要，好令一所稱為家的房子不受外在環境影響而安逸地存活。如你曾經看過窗戶失修屋頂破裂的房子在短時間內頓然變成一所像荒廢已久的破屋，便會明白我所說的是甚麼一回事了。

這亦令我記起小時候曾經很喜歡躺在地上凝望著天花板，欣賞著房子倒轉的各種景象。我會幻想我站在那「地面」上，本來的吊燈像是佇立在地上的矮小植物，牠有八條枝幹，有七朵又圓又白大小統一的花，其中一朵可能是爸爸一時買不到白色燈泡而找來黃色的代替，變成白中一點黃。凸出來的假天花變成了一級階梯，或長長的矮座位，裏面藏著四支光管，如人坐在上面，便會將腳掌照得通透。還有細小的自有不同方向的射燈，像是一朵朵小小喇叭花從地上冒出來，一不小心便會將牠們踏個粉碎。本來高達天花的窗，現在都變成在腳邊了，不用爬高便可看到在樓下剛下班回家的爸爸。白色的天花因上層滲水而水漬斑斑，油漆破裂而翻開，種種黃黃白白，似是秋天落葉紛至沓來。農曆新年前爸爸都會架一張長梯爬到高處，將破出來的油漆剷走，但剷走後仍然會有葉子枯萎後殘留下來的層層痕跡，我想用掃帚幫忙清理，但躺在地上的我卻無計可施。

有時我會看著吊在天花的風扇時而快速時而緩慢地轉動。慢轉的時候它像個站在地上快要塌下來卻又堅持不倒的陀螺，快轉的時候就像公園裏被頑童狂速轉動的氹氹轉那樣拒人於千里，站在遠處的我只可遠觀，無從接近。它發出的嗡嗡聲響，至今仍在我耳內。它撥出來的暖風，仍能在我臉上感覺到。

所以我對老家的印象有一半其實是天花的倒影。

在來回使用運動滾筒日子有功後，微絲血管的爆裂情況越來越少，懷孕以後再沒聽過的骨骼鬆開的咯咯聲竟神奇地重現，代表我的肌肉終於肯放鬆開來了。

可是今天抱著孩子從樓上下來的時候，一不留神跌倒在樓梯還下滑了幾級。孩子看著躺在梯間痛苦地慘叫的我，也跟著躺下來，咯咯咯咯的笑個不停。

都說寫續病不吉利吧。

便秘

沒有了媽媽已三星期，妻子留下的母乳早已喝光，兒子不得不轉飲沖劑奶粉。只是他不知道將母親那天然生產的不可多得的珍貴營養食物換走，對於習慣喝母乳的孩子來說，竟是個非常巨大的轉變。這也難怪，孩子的人生暫時只吃過一種食物，所以改變是完全百分之一百。

他不知道市面上的奶粉種類竟多如繁星。Premium、Pro-Advance、Sensitive、Expert Care、Good Start、Go & Grow、Gentlease、Ready To Feed、Lactose Free、Reduce Colic、Dual Probiotic，這些滿載關懷及益效的看似專業名詞的推銷字眼看得他心亂如麻，就連簡單的兒子屬於Newborn（新生嬰兒）、Infant（嬰兒）還是Toddler（幼童）也搞不清楚。結果隨便買了一種最貴的，及一種減價的。都是奶粉吧，將最貴及最便宜的混著吃，應該便是中庸之道。可是兒子一時不能適應，又或是他沖調的濃度不妥當，兒子出現嚴重的便秘。毫無經驗的他面對著無法排便的哭鬧孩子，心如刀割，方寸大失，通宵上網查看其他媽媽的意見及秘方，嘗試混以鮮奶、豆奶、西莓汁、椰青等藥石亂投。

便秘雖然不是甚麼大病，相對整個人生來說應是小事一樁，但一星期下來每天看著兒子受苦，心裏也很難受。最後在醫生指示下吃了通便的糖漿，兒子在一輪努力下終於排出幾顆如碎石的大便，看到兒子流著血的肛門，他才深深明白到一個簡單的以為每天都有的排泄動作原來並不是必然。而吃了通便糖漿也不代表一勞永逸，便秘問題還是持續出現，時有時沒有，有時吃了糖漿也不是即時生效，也要配合孩子的身體運作。有時隔天才產生作用，叫人著急。也有吃過量了而變成肚瀉，難以適從。

真想不到現在每天望穿秋水，只是祈求看到兒子的糞便。多少也好。

「你小時候有便秘嗎？」他突然想起，女兒小時候會否也有同樣問題。

女兒搖搖頭說：「有啊。媽媽說有的。」

到底是有還是沒有？

「現在還有嗎？」

女兒點點頭說：「沒有了。多吃蔬菜和水果嘛，爸爸你不知道嗎？」

他被女兒弄糊塗了。

忽然間他也覺得肚子不舒服，可是兒子卻不肯被放在網床上，不知是屁股痛還是甚麼，哭鬧的程度比平常更厲害。他無計可施又硬不下心腸，便迫於無奈抱著兒子上廁所。

抱著另一個人一起如廁的經驗，是他從未想像過的。

此時女兒在外面一直拍門。「爸爸你去了哪裏？弟弟呢？你們去哪裏？」拍門變成用腳踢，連踢帶喊的，那種連門框也在震動的逼迫感，在馬桶上的他無從躲避。無可奈何下，他如廁的行動被迫腰斬。

哭鬧間兒子鋒利的指甲抓花了他的臉及額，留下兩道血痕。他迫不得已地將未懂坐穩的兒子放在地上，倚傍著他的腿而坐，好讓他可以洗手，及檢視一下臉上的傷痕。

兒子的指甲何時變得這樣鋒利？女兒的腳更使勁地踢。

「你為甚麼留下我一個人呢？為甚麼？」看到開門後的爸爸，女兒猛哭成淚人。孩子的眼淚比窗外的雪下得更快更多。

此刻要向女兒慢慢說明上廁所要關門是屬於私隱亦是他一向的習慣已是多餘，只好擁抱著她，期望她盡快平靜下來。

「媽媽上廁所從不關門的。」女兒態度冷靜下來，咕嚕著。

兒子的指甲如針刺著他的頸。尖銳的刺痛令他更感到現實的殘酷。他找來一把指甲鉗想替兒子修剪，卻被女兒喝止。

「不是這個啊！這是大人用的。」他看著那比兒子手指要巨大幾倍的指甲鉗，猶如大型起重機要拔起一棵幼苗。他不禁失笑了。可是他並不知道嬰兒指甲鉗放在哪，便又想起了妻子，以及這幾星期以來他在家中多次尋找不獲的各種日用品。最後嬰兒指甲鉗由細心的女兒找到，順利解決了一個難題。

電視在播放舊電影 *Catch Me If You Can*（《捉智雙雄》）。故事中的傳奇人物 Frank Abagnale 在其真實人生中曾一人分演八角，包括飛機師、法文教師、律師，甚至醫生，與其說他一直在逃避之前演繹過的角色，不如說是樂此不疲，沉醉在自己虛構的各種謊言及不可觸及的別人的人生中樂而忘返。

這是妻子十分鍾愛的電影，總是百看不厭。故事跟她離家出走有沒有相類似的地方？妻子在外面，家以外的世界，是否也有另一個或多個可能的人生？男人在外有情婦及私生子的故事是見怪不怪，很多更是兩邊家庭都不知道對方的存在，男人以精神分裂的狀態企圖享受強行增生的另類人生，有時受牽涉的甚至有三、四個苦主，但一個男人能長年累月睡在幾多個需要你的愛的女人身旁？結果總是爛攤子。這些新聞常有見報。只是這樣的假設跟妻子連繫上實在是將妻子陷於不義，而他亦沒有任何蛛絲馬跡足以懷疑妻子的忠誠。反之，有眼的人都可見妻子對家庭窮盡了心力，根本就是分身不暇，一天四十八小時也不夠用，她還可以在外面有甚麼其他身份，可以有甚麼別的人生？

簡直是越想越離譜了！他站在廚房，將一罐奶粉敲在桌上大聲喝令自己。

忽然聽到敲門的聲音，他馬上趕去開門。一個報說來自香港的中年女子樣子莽撞地出現在門前，自我介紹了一番，說跟妻子是舊朋友云云。

「有甚麼需要幫忙的話請不要客氣，我就住在附近的酒店。」

他禮貌地回應並道謝，失望感禁不住湧上，沒心情留意她的話。關上門後他繼續尋找兒子的奶嘴。不到五分鐘，敲門聲再次響起。

一個自稱是某華人組織的社工，熱情地說也算是認識他的太太，說了很多正面的鼓勵的話，並表示樂意幫忙看管孩子。

他呆呆地接過名片表示感謝，心中想起自己已有好幾天沒能大解，是沒時間、沒心情，還是吃的纖維水果不足，水分不夠，或是所有這些的總和。他其實也不知道這段日子自己吃了甚麼，喝了甚麼。

往後的半小時，他努力遏止自己再胡思亂想，努力地在家中四處尋找那一直不知放在哪裏的東西，但心中卻如龍捲風在登陸；可愛的孩子、令人安慰的畢業相、喜愛的歌曲、新播放的電視劇、熟透的水果、剛浮起的飯香，通通都被擾亂及破壞，成為一堆失去鎮靜作用的垃圾。

他已經忘記，自己正在尋找甚麼。

星座

一般情況下在報紙雜誌看到星座運程，我也會跳過，或是根本看不到它們的存在。這可能跟我以往在網站工作時有份「杜撰」星座運程有關。這樣說來似乎充滿欺騙成分，但也不能完全算是隨便虛構，因為我們會找來不同的資料來源，美其名是「搜集、修改並整理」，事實上就是來個「雜碎一品鍋」。所以除非所有來源都是純粹亂作，否則組合出來的必然還是有一定的根據。而網上資料不能盡信是常識吧。

這種掛羊頭賣狗肉的編輯伎倆不值一提，但一想起那些細心閱讀的讀者，尤其年輕的少女若對之深信不疑甚至作出某些決定，我便不由得低首汗顏。我只希望由始至終也沒有人曾落入那樣不盡不實的幾句胡扯當中。

只是，這樣並不代表我不相信星座，其實我相信一切可以以理據說服我的說法，天文學對宇宙的各種推測、聲稱到過死後世界的個人體驗、民間偏方食療治癒奇難雜症，即使是在臉書微信流傳的名人分享的文章，我也覺得不妨一看。當然很多時跟人分享，會馬上被駁斥當中的失實或荒謬，那也只會令我對自己太易信人的性格而感到一陣可笑。但到了第二天我還是故態復萌，不嫌有詐。真的，我覺得看看也無妨啊。

除了所謂的有根有據，我亦可以不需要理據地相信能使我感覺心裏平靜及安然的任何信仰。我出生後便領洗成為天主教徒，在天主教小學度過了六年比其他同學更富宗教內容的小學生涯，又領了聖體、堅振。中學是基督教，七年來每天的集會、周會、宗教堂及音樂堂都是有關基督教的分享及讚頌，我亦曾參加過學校的團契，宗教科會考甚至得過B等。說到佛教，我家上一代長輩都信奉，新年到外婆或爺爺的家總是會拜神又燒香。旅行去到各種廟宇，對於入廟上香或雙手合個十這些動作我也不會太抗拒。在大學亦修過比較宗教科，以佛教、基督教及天主教為題目寫過論文，做過導修報告，得過教授不錯的評語。我相信宗教是導人向善，希望人與人之間能有和平與愛並不是排除異己。任何人來向我傳道，我都不會擺出一副你放棄吧我是不會信你的那樣的姿態。除非那宗教或傳教的人看來有問題。

據說，希臘神話中的正義女神阿斯特莉亞看到人類作惡多端，也不忍離開世界回到天上，繼續教人為善，可是人類冥頑不靈還開始殺戮，最後阿斯特莉亞也放棄了人類，天空便出現了高掛著代表和平與公正的天秤座。

我對一般事物及宗教的想法是否印證了天秤座都擁有一顆開放的心？所以我連對宗教都抱有包容的態度？還是只證明了我太沒有方向或太隨便？

我弟弟也是天秤座，但我和他的性格似乎有著一段很遠的距離。

根據星座解釋，天秤座對小事很糊塗但大事很執著。董啟章（瘦）說「我對星座的認識近乎零。由此可知，我對星座的興趣也十分有限。」我十分驚訝他好像完全忘記他曾在寫作早期，以十二星座寫了十二篇故事，取名〈天宮圖〉。〈天宮圖〉於二〇一四年又收入《名字的玫瑰》重印過。還記得當年我們一班同學在班上戲弄他說：「老師，為甚麼最近你在寫春宮圖啊！」我們都笑翻了，沒人聽他解釋那是天宮圖不是春宮圖，他自己也合不上嘴地笑了幾分鐘。

我還以為他會重談〈天宮圖〉，作為對寫的引子或部分內容。「我懂甚麼，能說甚麼呢？……便在谷歌搜尋器上鍵入『雙子座』」然後引出互聯網上對他的星座的分析。這會否是他刻意避開，還是中年記憶嚴重衰退的證明？這很可能便是他在《名字的玫瑰》序中提到「我對好些篇章居然毫無印象——完全記不起在甚麼時間和情況下寫、內容是甚麼和在哪裏發表過」的失憶事件之一。

對於他那十二篇天宮圖我也沒有具體印象，但說是一九九五至一九九六年刊登的作品，我又依稀記起些東西，便往書櫃的深處翻找，不找猶可，一找之下竟給我尋回當年他那門課的整個檔案夾，當中有我畫滿塗鴉的講義、有考試卷、有一篇作為功課的小小說，然後還有一份影印自某雜誌的〈天宮圖〉！我像發掘到史前文物那樣既驚且喜；驚是驚訝那二十年前的古跡還在，我開始懷疑自己正走往收藏狂那路向。而喜的是我同時在那塵封的書櫃深處找到一份自己曾發表過的作品，那同樣是來自某雜誌的影印本。我讀著讀著，竟也跟他一樣，對故事發展毫無頭緒，甚至連題目也好像從未見過一樣。當中有一句是這樣的：「那是部 Motorola L2000。那一刻小三覺得自己那部 CDMA 網絡的牛魔王簡直是無地自容！」寫的是二十多年前剛流行的手提電話型號嗎？我真記不起自己曾寫過那樣的東西！後來竟還出版成書。

這證明了我並不是小事糊塗大事謹慎的人，也許又可以解說為，那則笑話比起那刊印成書的作品更能令人留下印象。

其實我不單是天秤座，我還是十月十日出生的天秤座。而我認識一個雙子男，二十年來每逢十月便問我：是不是快到你的生日？幾號？九號？十一號？

請問星座大師，雙子座的人是不是都容易有健忘症？

雪天使

樹林內極為靜寂，雪吸去所有人類製造出來的噪音，只吸不去他猛力的呼吸聲。常青的松樹像舉起大傘般擋去了部分的雪，令林內的積雪看來比街上的少。他蹲下身將雪靴的鞋帶拉緊，剛才的閃光忽然就在他的頭頂出現！他一時未能適應沒有街燈的漆黑環境，只看到兩點燈光像點狀又像條狀般在上空盤旋著，不知道是甚麼。

突然兩點燈光連同一聲慘叫向他撲過去，他本能地用手抱著頭，霍霍的聲音在他耳邊擦過，他拔足便跑，手向上亂撥，直至感到沒有任何東西追著他，才在一棵粗壯的大樹後停下來。喘著氣，一邊四處張望那奇怪之物，一邊觀察自己身處的環境。除了樹之外，還是雪。

往前走了幾步，發現面前是一個結了冰的池塘。他不知道冰面的虛實，不敢胡亂測試冰的厚度，卻看到一隻死去的小鳥被冰封在幾吋之下。他伸手去摸那隔著冰硬厚度的生物，除了刺痛的刺凍感覺，甚麼也觸不到。他用拳頭敲打著，只換來拳頭發紅發痛。甚至用鞋猛力踩踏，冰面仍是絕情地絲毫不動。

他想起三年前在自己懷中去世的狗。狗死後，他發誓不會再養大狗，因為在狗倒下的一刻，他也無法好好地扶著牠，即使牠停止呼吸了，想將牠帶到獸醫去，也因為牠的體重而難以將牠抱起，強行大力拉扯又怕會弄痛牠，更加不想把牠在石子路上拖行，亦不能叫當時懷孕的妻子幫忙，唯有打擾鄰居希望他們幫上一把，按鈴良久卻無人應門。最後在不得已的情況下，他拿出妻子移民來時用的一個極大的尼龍行李箱將狗放進去，拉鏈不敢拉盡，像非法處理屍體般拖到車旁邊，卻無法將牠抬到車上。在他快要崩潰之際，幸有幾個打球晚了回家的男孩，幾人合力才成功將狗抬上車。其中一個男孩問：牠怎麼了？滿眼仍是淚水的他只回答說：他病了。

狗被火化，骨灰由一個大玻璃瓶裝著送回來，負責火化的公司名叫 Until We Meet Again。令人想哭又想笑。骨灰從此端放在壁爐上，妻子認為那是最溫暖的地方。狗仍在生之時有沒有得到足夠的溫暖，毋庸置疑，只是每天看著在壁爐上失去實在意義的狗的剩餘物，總是感到悲傷。

他看著死因未明的鳥屍，無以名狀的巨大悲哀感從心底冒起，他半伏在冰面上，不能自控地歇斯底里嚎啕大哭起來。這時霍霍的聲音又在他頭上出現，淚流滿臉的他決心要抬頭看清楚到底是何方神聖！

一隻像紳士似的貓頭鷹站在樹枝上，雙眼如水晶般閃爍，牠以女聲長哮了一聲，不知意思為何，卻令整個天空充滿詭異。但詭異只是人的想法，是人自己心中有鬼，眼前的只是貓頭鷹而已，世上並沒有生來詭異的貓頭鷹。牠可能只是要嚇唬他，測試一下這個精神萎靡的生物闖進來牠的地盤幹甚麼，或以為他是獵物，又或只是喉嚨發癢，所以大叫了幾下。

誰知道動物的真正想法？他為女兒讀故事書時便常想到這個問題。狐狸是貪吃的，兔是傲慢的，豬是笨的，但野豬是勢利的。明明貓在日常生活中與世無爭，老鼠則怎樣也不算對人類有裨益，但卡通及電影卻常將貓變成奸角，老鼠卻變得純真而靈活，常為逃避貓的魔爪而掙扎求存，而人們對此不合理的設計卻好像一直視而不見，或是樂於如此，又或者不公義的情況發生在別人身上便覺是笑話一則，不必認真也不須理會。有時他一面讀一面搖頭，有時甚至禁止女兒看那些充滿歪理的卡通了。不過即使排除了那些不盡不實的故事，在現實生活中還是處處碰到關於動物被強行形象化的事，而且往往意義南轅北轍。有一次女兒班上有個來自日本的同學帶了一隻黑色的貓回校供大家觀賞，卻有來自中國的同學不敢走近，說爸媽都說黑貓是不祥的！烏鴉在斯里蘭卡是聖鳥，在這城市卻因為其翻找垃圾的習性而被人唾棄；有人又將鹿美化，說牠們有靈氣，但住在山上的人都知道不要接近鹿，而且牠們往往會成為人們花園的採花賊。貓頭鷹有說是代表勇猛及智慧，中國人卻認為是不吉利，南美人更比喻為幽靈。一種動物在不同地方有不同的象徵，不知理據何來，卻又能根深柢固，即使難以理解，很多時也不得不接受。

茫然若失地站起來，心裏再一次確定那只是一隻野生的貓頭鷹而別無其他。牠不是女鬼化身，也不是哈利波特的寵物，牠只是一隻貓頭鷹而已。但牠卻似乎對他的去形象化思想審查毫不動容，不客氣地再一次向他飛撲過去，還在他頭上猛力拍翼徘徊不走。他無計可施，只能往有路的方向跑，但雪時淺時深，他也無法跑快，只能艱難地彈跳著，像有鬼怪藏在地下將他的腳拉扯，非常狼狽，也無暇察覺到貓頭鷹已沒有對他狂追不放，就在他回頭查看時，腳被絆倒，整個人向前跌落七、八呎下的地方。幸好下面地勢剛好較平坦，而有雪作為軟墊，他絲毫沒有受損，只是受了驚。

他大字形地躺在雪地上，背部貼著地面反而更有安全感。他聽著自己急速的心跳與呼吸，看著自己呼出的熱氣在空氣中凝聚又散開，凝聚又散開，像微弱的永遠無人看到的 SOS 求救訊號。

看著灰灰的天，樹頂與樹頂之間透出不同形狀的天空剪影，片片白雪從容不迫左搖右擺地墜落到他的臉上。這個下雪的夜晚，沒有月光，也沒有星。

他曾經與妻子在漆黑的後園搭起露營用的帳篷觀星，他對於妻子總是不明白星星到底是甚麼感到十分不解。妻子始終無法記住恆星、行星、小行星、衛星的分別，而每次看到天上星星的時候總是一而再，再而三問及星星的由來，他亦需要不厭其煩一而再解釋星星這個美麗現象其實是何物。而就在他專注地說得分外詳細時，妻子總是分了心神去讚嘆宇宙的奧妙，又對它的極度虛無及深不可測而生出恐懼的感覺，有一次甚至到了極為不安的地步而需要中斷觀星行動回到室內。收拾帳篷時他不禁懷疑，星星到底是甚麼根本不重要，其實是妻子不想在後園露營而已。

他撥動一下手臂，測試一下自己的活動能力，又撥動一下雙腿，然後手腳一起移動，四肢無礙，動作有點滑稽，像是女兒喜歡在雪地上做的雪天使。「天使是上帝的使者。」女兒在教會的中文學校認識到天使，在聖誕表演上，女兒亦扮演過天使，因而對天使有點著迷。只是《聖經》內的天使跟後來世人理解及所製造的天使相去甚遠，天使成為聖誕節的必有裝飾品，或是卡通的可愛角色，電視劇中常見有天使和魔鬼在對話，網上的美女天使更注入了不少色情的元素。那些天使跟《聖經》內的天使，跟孩子卡卡笑著做的雪天使，竟然都是天使。

而如果雪天使能跟上帝的使者有半點關係的話，他祈求這個由他即場製造的、躺在他身下卑微得無人看見的天使，能夠在此刻幫助他。任何幫忙也好。

生肖——我們這些可愛的兔

我們家中有兩隻兔，一是我，一是我女兒，佔了家中人口二分之一。如果流年運程的好與壞真的準確，那對我家的影響是百分之五十，實在非同小可。

以往在香港，最喜愛在年三十晚待在家中電視機前追看堪輿學家預測各生肖的流年運程，各種趨吉避凶的招數。我總會幫忙留意家中各人的生肖，跟家人報告一番。然後很快我便會把它忘掉，於我來說多是為了氣氛而看，或是已變成踏入新年的儀式的一部分。

雖說加拿大華人多，也有不少華人的食店和商場，各式各樣的服務都有華語服務，農曆新年也會有慶祝活動，甚至本地主流的超級市場也會藉著這商機推出一些「新年貨品」，像蠔油、白菜、阿華田、維他奶等等，例牌加幾個紅燈籠便是所有有關華人事情的標記。（如《變形金剛4》一場拍攝在香港住宅大廈外的追逐場面，竟大紅燈籠處處高掛，連冷氣機外也突兀地吊了幾盞。）

這裏沒有香港農曆年節目直播，幸好還有網上分分秒秒更新的下載，好讓我還能及時感受到香港的過年氣氛。我是大小通吃的，不論年三十晚的倒數，大年初一的送X迎X賀新春，初二的維港煙花匯演、花車巡遊，我都不會錯過。這些香港人也未必會看足、也未必十分在乎的節慶，都會在新年那幾天成為我家中的特備電視節目。反正帶孩子的生活根本很難追看劇集，這種一幫人熱熱鬧鬧的伴隨著假爆竹的效果，可任由它一直播放成為背景音樂，彌補一下這邊沒甚節日氣氛的缺失。

今年，我看到竟有亞洲電視的新年節目，便好奇看看。節目一開始主持人及嘉賓都齊聲說句「恭祝各位猴年快樂！」然後看著看著，總感到格格不入，嘉賓都是面熟的人，但卻總覺得他們的衣著打扮哪裏出錯了。再看真一點，原來那是十二年前的猴年節目！我十分欣賞節目負責人的心思細密，但也真是時候去舊迎新了。

至於為何以這十二種動物作生肖，坊間由來有眾多說法，當中最受爭論的，是貓這種有用而受人歡迎的寵物為何不被列入其中。最常聽到的版本，是玉皇大帝命天下的動物某天前去報到，最先到達的十二種動物便能成為人類每年的生肖代表。貓非常懶睡，拜托老鼠要叫牠起床一同前往。可是老鼠沒有這樣做。最後貓姍姍來遲，被拒於門外。從此貓便成為老鼠的宿敵。當中亦有說到聰明的老鼠沒法過河，求牛大哥背牠過去，到達目的地後老鼠便搶先報到，故成為第一位生肖，而最蠢的豬也在最後一刻趕到。

這些故事不論枝節如何，都充滿人加在動物身上的刻板形象。這城市有很多野兔出沒，都得到市民加以照顧，有擺放「小心野兔」的路牌，還有有心人放置一些小屋、蘿蔔，給野兔一點溫飽。可是人們又肆意將兔子的溫馴跟性聯繫上，利用強加在兔子身上的純潔形象再加以扭曲，成為男人性幻想的對象。美國一九五三年出版的成人雜誌 *Playboy*（《花花公子》）便以「兔」為標誌，雜誌創刊人 Hugh Hefner 說「因為兔子在美國是性的象徵，害羞、可愛、性感，牠們嗅一嗅你便會走開，然後又回來，令你更想把玩牠。女孩便是像兔子那樣快樂、有趣……並非神秘莫測、深藏不露的憂傷型。」兔女郎形象從此成為其雜誌的標記。直到二〇一六年 *Playboy* 不再以裸體女性作為書的賣點，因為互聯網上的「女郎」如恆河沙數，他們一手為兔子創造的害羞活潑而性感的面具已不再是他們獨有的產品。

近來亦有一齣頗受歡迎的美國動畫，當中的大壞蛋角色正是一隻身材矮小的毛茸茸的白兔，他壞事做盡性格暴戾，刼獄、報仇，配音員也刻意令他說話流氓化，一反兔子平日在人們心中的可愛形象。當然故事交代了兔子變得暴戾成性與人為敵，全因曾被人拋棄。而結局中兔子得到了一個小女孩的擁抱，便馬上融化變回雙眼精靈十分乖巧的家寵。毫無驚喜或突破。

我想鮮有屬兔的女性會覺得自己特別清純可愛，或根據命理書所說，屬兔的人多是文靜、溫柔、親切、聰敏而伶俐這般討好。但也有說出生時分也是關鍵，出生於早上、下午和晚上的兔子的性格都不盡然相同。又說兔跟雞相沖，我和弟弟從幼年到現在都磨合不來倒是真的。而兔跟豬特別合得來，我姐姐屬豬，而那個我認識了二十四年，同樣屬豬的丈夫是否與我性格配合，非常滿意大家，則仍有待研究。

至於兔與羊，據說會是很好的朋友，兔會欣賞羊的藝術家氣質，而羊亦覺得兔的怪念頭很有趣。

真的嗎？

女兒對動物非常感興趣。事實上世上動物的品種也真夠多，單是魚類已知的也有二萬八千種。其他常見寵物如貓、狗、鳥等，也有幾十至幾百種。年紀小小的她經常提出關於動物的問題，令爸爸甚是難為；雖然大部分時候他也能在網上找到充當答案的資料。

「那麼人有多少種？」女兒指著自己的胸口說。

人有多少種？他實在不能隨便答出一個擲地有聲的答案。人的種類從古到今一直沒有普世的定案，對於人如何分成甚麼種類，不同時代不同背景不同階級的人都有不同的說法。他不敢隨便回答。人類對自己的品種也未能分清楚，卻又滿有權威地對其他生物分科分類。

「爸爸，你養過動物嗎？」他當然想起共同生活了十幾年、在女兒出生前去世的狗，但此刻的他不願提起，免得心情加倍沉重，便說沒有。

「你可以說一個關於動物的故事嗎？」他早有預感女兒有下一步行動。雖然心中沒有想起任何故事，但他知道女兒一旦要求說故事，便不能隨便轉移她的視線，她會使用所有方法直到對方投降為止，堅定不移，屢戰屢勝。他也就不花時間作無謂的反抗。

「唔……呀……從前啦……有個男孩，有一天，他的媽媽帶了兩隻小雞回家，小雞便成了男孩的朋友，他的小雞一隻名叫阿遊，一隻叫阿嘈。第一天把小雞留在家中上學去後，男孩十分擔心，怕小雞在家會悶，所以一直沒專心上課，放學後被老師訓話，遲了回家，回家後發現，小雞沒有投訴悶，只在吱吱叫。第二天，男孩比較放心，放學回家後卻發現小雞從箱子裏跳了出來，弄得四處都是大便。」

「即是poo poo？」女兒側著頭問。

「嗯，是poo poo。然後第三天，男孩將小雞帶著上學去，可是最終他卻沒有回校，他帶著小雞四處去散步，他心想：那麼牠們便不會在家裏大便。但你知道不上學是不對的，那天他被媽媽責罰。」

「怎樣罰？」女兒眼神狐疑地問。

「唔，罰他……不准吃飯。」

「哈哈哈哈，那不是罰啊，不用吃飯我最開心！」女孩逗得他也笑了。

「然後呢？」女兒繼續追問。

「然後……有一天他放學，左看右看，他覺得小雞變大了。於是他叫牠們大雞。」

「然後呢？」女兒又追問。

「然後，一天放學，他發現大雞們都不見了。」他感到自己氣數已盡，在作垂死的掙扎。

「去了哪？」女兒顯得緊張起來。

「於是男孩問媽媽，他的媽媽說，去了雞佬那裏……」他含糊其詞地說。

「雞佬？甚麼是雞佬？」女兒的眼瞪大了一倍，她的世界也增大了一倍。

「……雞佬是專門養雞的。」

「哦！即好像海豚館養海豚的那些人。」女兒雙眼回復正常的形狀。

「……類似吧。」他已無力再作任何解釋，亦非常慶幸女兒能為他及時解窘。

「但雞懂表演甚麼？有沒有人付錢入場看雞表演？」女兒記起去年跟爸媽一起到海豚館看表演的事，他的神經又馬上綳緊。

「雞……應該不懂表演，牠們只會咯咯地叫……」他為自己所編的爛故事感到很後悔，如果由妻子說，相信會動聽得多；即使不非常動聽，也肯定不至於不合邏輯至此，無以為繼到不能收場。但現在雞既然已到雞佬那裏去了，也騎虎難下，只好力挽狂瀾繼續杜撰。

「為甚麼沒有人付錢看雞表演？雞會叫，也會吃，我們去動物園也是為了看獅子表演大叫，看河馬表演吃草啊。」女兒就之前的問題苦苦糾纏。糾纏絕對是她的強項，但她所說的卻不無道理。

他實在不知為甚麼有人會付錢看某些動物吃東西，看動物大叫。他就像是被老師突擊問書的學生，站在全班同學面前，被老師的問題為難得啞口無言，老師嚴肅地多番追問「為甚麼會這樣」，他也不懂回答半句，只呆若木雞，不能作出任何反應，更莫要試圖去解釋他的無力感。

女兒沒趣地走開了。坐在地上看她近期最喜歡的書 *Papa, Please Get the Moon for Me*。書中那個疼愛女兒的爸爸勇敢地為女兒爬到天空上將月兒拿下來，可是月兒太大了，爸爸搬不動。寬容的月兒便說：好吧，每夜我將會變瘦一點。爸爸將變得很瘦的彎月拿回家給女兒後，女兒快樂地把玩著，但月亮就那樣一直變小，直到一天消失了。後來月亮重回天空，每個晚上逐漸變大，直至圓滿，照著熟睡的女孩。

同樣是爸爸，但他跟故事書的爸爸是那樣的不同，他沒辦法在孩子面前說出得體合理的答案，更無法令她明白，為何他說不出來。他就像月兒那樣一直變小、變小。

「爸爸，你看到嗎？有鹿！」女兒從廚房跑來興高采烈地說。

他伸長脖子往後園看，只看到像甜筒雪糕似的白皚皚的柏樹。

「有三隻，一隻有角，兩隻沒有！」女兒雙手放在頭上，比擬著鹿的形態。

他多看一次，毫無發現。

「你看不見嗎？剛才還在的！」女兒雙手叉腰，以非常肯定的語氣說。

他未至於覺得女兒在亂說，鹿子在幾秒間離開了後園也不是沒可能的事，便敷衍地說對啊對啊剛才好像看到但現在走了，企圖快刀斬亂麻了結話題。

「你根本就沒看見。」女兒似乎拆穿了他的伎倆，瞬間離開了他的視線範圍，但不到一分鐘又折返。「我看到 Steller's Jay！」

他不是動物專家，但老實說，他真的不認為下雪下到這個地步仍會有暗冠藍鴉出來覓食或交配，但他不想再一次掃女兒的興，尤其在這個時候，能因為看到任何動物而開心是多麼幸福的一件事。於是他說：「那 Steller's Jay 在做甚麼呢？」

「在地面挖洞啊，不知在找甚麼，還是要收藏甚麼呢？就像狗那樣會在地上挖洞將骨頭埋好。」那是她從卡通片中得知的。現實中城市的狗已鮮有在地上挖洞的機會，亦很可能已失去這種本能。

「那麼只有一隻，還是幾隻呢？」他學著妻子訓練孩子說故事的能力。

「幾隻？一隻來挖洞，然後走了，另一隻從另一邊飛來，又去挖洞。然後又走。跟住另一隻又來，挖挖挖，又走。但可能是同一隻。」女兒又飛又跳又蹲下作挖洞狀，逗得他開懷地笑。

「我不是說笑的！你甚麼都看不到嗎？牠們一直都住在我們的後園，很久了。為甚麼你總是看不到？」

女兒這樣說，他的笑容止住了。

「弟弟哭啊。」女兒說。但他聽不到任何聲音，作了個懷疑的表情。

「弟弟在哭呀，你聽不到嗎？」女兒生氣了。是孩子的聽覺和視覺都比成年人敏銳得多，還是成年人選擇性地看，逃避不去聽不想聽的事。

然後，樓上傳來嚎啕大哭。

他再一次在女兒面前表現成一個毫無洞察力的人。面對著一個還未進小學的孩子，一個飯吃不好衣服鞋襪也要人幫忙穿的女兒，他是如此地反應遲鈍，無能為力。他的力量是多麼的卑微，就像女兒隨便把玩的樂高小人，呆滯沒新意而欠缺動感，甚至大力捏住便會頭身散開，跟所謂偉大爸爸的形象落差太大了。

女兒輕輕哼著剛學會的一首歌，*Somewhere Over the Rainbow*。

「爸爸，一起唱吧。」

他很慶幸女兒沒有要求他去摘星星月亮太陽。

「Rainbow 上面有甚麼？」

難題又來了。

「Rainbow 上面有 bluebirds fly 嘛！」

Birds fly over that rainbow.

Why, oh, why can't I?

回憶我的婚禮

讀到你們憶述的婚禮，真令我大笑起來！看來在結婚這回事上，男人的心態跟女人的不盡相同，前者似是打敗了無數狂蜂浪蝶，千方百計左拼右湊上拉下補窮盡了一生的積蓄拼盡了前所未有的力氣，幾經辛酸終於在婚禮上在眾多親友面前大叫：「你們看！我終於抱得美人歸了！」你們說做新娘子的，將自己的一生押在這個既沒有財產也沒有固定工作（依你們形容）樣貌也不算分外俊朗的以勝利姿態插下國旗的人身上，怎不捏一把冷汗？

對於香港的婚禮我毫不陌生，對於台灣的習俗唯一知道的是有父母拜別這回事。我在這裏有一個男友人要把他的台灣女朋友娶過來，而因為她在這邊沒有人，我便充當了她的伴娘。雖然沒有見到她拜別父母的一幕，但她的台灣化妝師在替新娘化妝的時候一直在細說台灣的婚禮細節，當中說到拜別父母，一直全情投入替新娘裝扮的她竟然說到眼淚都流出來了。是太感情豐富還是她感懷自己的經歷我不得而知，但我因此意會到拜別父母對於離開老家的台灣女子來說是一件何等傷感及難以釋懷的事。

我結婚時的條件跟你們的差不多。我二十六歲，新郎差不多三十，同樣沒錢沒房子，有一台車，在外國是非常普遍的事，也有正常工作，但當時他好像還有一些銀行債務之類的。他的媽媽曾警告我：「你知道他沒錢吧！」這個，我是知道的。婚後我們住在他父母家的樓下（地庫），兩房一廳有獨立廚房洗手間也有窗，對於一無所有的年輕新婚夫婦來說，算是不錯。

我的婚禮在加拿大舉行，我在結婚一個星期前才和家人由香港過去，所以關於婚禮具體的時間、地點、婚禮拍攝、錄像、化妝、證婚人、邀請柬等，都是新郎隔著長途電話問我意見的。當時通訊還沒有現在方便，沒有在秒間可傳達的照片或短片，只有斷斷續續接收不良的長途電話，加上時差，有時他打來時我正在睡夢中或在街上，婚禮的細節於我來說概念非常模糊。

婚禮的地點在一個仿照一九二〇年代社區面貌而建的博物館的小型社區木製教堂內舉行。說是博物館，卻並非一幢建築物，場地也不在室內。那是一條有不同舊店的仿古街道，有郵局、藥店、打鐵店，有保存下來的古老大屋、看不出用途的家庭用品，還有一卡舊火車，以及我行禮的小型教堂。像模擬古跡的名勝，又似現在香港一些懷舊的拍照場館，對香港人來說，也算是個特別的婚禮地點。而我亦十分慶幸之後所參加的友人的婚禮，沒有一個在這地點舉行。這所賦予了歷史意義的小教堂便成為屬於我的唯一婚禮的記憶。

那教堂容得下八十個人，來觀禮的沒有八十個嘉賓。我記得裏面只有聖壇前的一幅彩繪玻璃窗透著朦朧而不實在的光，兩旁並沒有窗。當時站在大門前準備進場的新娘一定是背部透著門外的光而臉容暗黑。攝影師由新郎的哥哥充當。在燈光不足、技術欠專業的情況下，我的婚禮照片半光不黑，臉上暗影重重，照不出新娘是喜是憂。有些照片沒有拍到腳，有些閃光燈向了上，變成天花板是光的，新人的臉是啡黃的。而數碼相機仍是低質年代，這也許是早婚的一項憾事？

來參加我婚禮的人，除了與我一起飛來的爸媽姊弟之外，還有一個我在這邊的中學同學，及一個由多倫多專程開車來的男同學（奇怪我跟他並不熟啊），其餘的新郎的親友、舊同學及同事，我都不認識。我特別要求一個會說廣東話的證婚人，但他帶來的那個紅色文件夾，卻成為照片中十分突兀的一個長方。

晚上婚宴筵開十席，酒樓是城中高級的中式酒樓，洗手間尤其清潔雅致。那個別人介紹的化妝師將我的臉化得極濃，像過度用力的孩子彩畫，我即使不滿意，也無從拆解這副像貼滿糨糊的臉，而時間及環境亦不饒人，只可跟著不知誰寫的流程表繼續捱下去。

晚宴當中香港人必然會有的播放男女主角相識相戀的時光影片我們都沒有，好像準備了一堆情歌作背景音樂卻不怎知的聽不到。新郎提及感謝新娘為他放棄了香港的一切的致謝辭倒是有的，還有一架放在某角落「無人駕駛」的錄影機。之後到了我生平最痛恨的玩新人環節，我早說明不會參與，最後他的友人安排了兩、三個很低程度的遊戲，包括考考對方的喜好（我全都答錯了），以及蒙著眼睛在席間「千里尋夫」（還嫌我們不夠千里遠嗎？）。宴後我們在大門送嘉賓離開，一位不知該如何稱呼的親戚上前來擁抱我說：Welcome to the family!（歡迎加入這個家庭！）我才猛然醒覺，我的身份從此變得雙重。

不，不單止雙重，是三重（過埠新娘）、四重（新移民），以及日後繼續分裂成的五（回到香港兩年後又再回來的回流人士）、六（記者）、七（在職媽媽）、八重（全職媽媽）。

這樣一晃，十五年過去。那個打敗了無數狂蜂浪蝶左拼右貼窮盡積蓄拼盡氣力幾經辛酸在婚禮上說過感人致謝辭的男人還在，只是他還是否記得曾是那麼的慶幸自己「抱得美人歸」？還是我在他眼中已非美人一個？我也沒有答案。

他站起來看著地上的雪天使。對於向被自己這個軟弱無助的人製造出來的天使尋求幫忙，覺得十分可笑。用腳踢踩幾下，便輕易地把它消滅。

搖了搖頭，拍去身上的雪，看看四周，他完全認不出方向。雖然遠看還是看到住所的微小燈光，還隱約聽到從山下傳來河道上運貨船鳴笛的聲音，未算是一步跌入了荒蕪的深山野嶺，但是卻又無法輕易地找到一條筆直的捷徑返回大街去，只能逐步沿著可走的路，摸著樹的身軀見步行步。

他摸到樹身有一些動物的抓痕，大概是黑熊留下的玩意。

近年山上樹林被大肆開墾，原本十分僻靜的林蔭地區這幾年都變得人工化起來。砍木掘泥將崎嶇移為平地後，工程車每天運來一大堆材料，一堆堆材料然後變成幾乎一模一樣的住宅，還有公園、學校、哥爾夫球場、人工湖、商店、銀行及隨之而建的大型架空電纜網絡。原本住在這裏的野生動物大部分被迫遷到更遠更高的山上去，而部分留下來的大多習慣了在住宅區覓食。人們想盡辦法去防備、自衛、驅趕，忘記歸根究底都是人類硬闖入了動物的範圍所致。只是黑熊在冬天會冬眠，他在樹林內理應沒有碰上黑熊的危險。但土狼不冬眠。他就在不遠處，看到一隻身形瘦長的土狼。

土狼在人們心中常跟兇殘嗜血的恐怖形象連繫，其實土狼也只是一種肉食動物，跟所有犬科類及貓科類相同，並非殺人不見血。而被城市化的土狼跟黑熊一樣，對於區內人類的生活習慣瞭如指掌，懂得尋找牠們所需，同時避開不必要的麻煩。牠們敏鋭的嗅覺及驚人的記憶力，甚至能知道哪人住在哪所房子。剛搬到山上對野生動物不熟悉，他曾經跟妻子將新鮮的排骨放在街角，等待野生動物來進食。

那時候還未有孩子的他們躲在街角的郵筒後，盯著那堆鮮紅色的排骨，像獵人等待上鈎者一樣。他們的目的當然不是捕獵，只是純粹好奇及貪玩。秋夜的涼風令她開始縮著身子，他們擁在一起，親吻了幾下，他用風衣包裹著她，兩個身影重疊，偶爾向新居那邊看過去，談及搬家的煩瑣，住進新區的種種不習慣，以及將來有了孩子後的房間擺設，還有附近學校的好壞，他們要學甚麼，鋼琴中文跆拳道，以準備日後的路。

就在談到要不要孩子學珠心算及溜冰的話題時，傳來的咯咯咯聲打斷了他們。一隻體型比德國牧羊犬還瘦小的土狼，在津津有味地吃著排骨。他們像在野生動物園的觀賞區看得入神，忘形地談笑，驚動了正在吃大餐的土狼。忽然土狼丟下口中的食物，彈跳著向他們走近，他們才醒覺自己並不真的在動物園的安全網外，始才懂得害怕，但又不敢拔足狂跑，便慢慢向後退，土狼卻一路緊緊跟隨，跳躍般的步伐看似隨時要展開攻擊，他們唯有急急走另一條路，從另一方向折返，希望能擺脫牠。繞路後土狼果然沒再緊隨了，他們鬆了一口氣，邊走回家邊笑說下次應該躲在車內窺看才對呢。卻就在離家不遠處，看到土狼站在他們的家門前，高舉鼻子在搜索，似乎是在核對他們的氣味。

土狼已知道他們家的所在。

這時的確是進退不得，他們身上也沒帶電話，也不知可以找誰幫忙。

幸好幾分鐘後，土狼好像沒趣地走了。他們趕緊馬上跑回家，捏一把冷汗，倚在門後喘著氣，在窗前再三肯定土狼沒有回來。之後二人在沙發上親熱良久。兩個月後，她發現自己懷孕了。

他心中有種直覺，現在眼前的這隻土狼便是當年跟著他和妻子回家的那隻，妻子當時還將牠命名「排骨」。每次說起「排骨」，妻子都有如談及一個相識的朋友，或是一隻曾飼養的寵物，說是排骨促使他們成為父母，擁有一個可愛的女兒，變出一個有真正家庭味道的三人組合。他記得妻子說，那是排骨送的結婚周年禮物。

此刻土狼看著他，淺藍色的眼睛像暗淡的星星在發光，不知心中有甚麼意念在流過。大家一動不動，只有呼吸，他不敢向前或後退。向前，怕對方以為要作進攻，萬一有幼狼在後面，便很容易觸動牠的保護神經。後退，又怕引起消極的恐懼意識而令對方發動追捕或驅趕。只好暫時敵不動我不動等待時機。像西部牛仔的決戰，隨便一根指頭的顫動，戰鬥都可能一觸即發。

土狼開始向上移至更高位置，他也跟著慢慢移動，走著走著，大家也分別走上了高處。土狼走高一點，他也走高一點。大家心中也明白立於高地的實際及心理上的優勢。但是人不及動物靈活，再往上走的話，他便要手腳並用。他別無選擇，不想處於劣勢，唯有開始往樹上爬。因為土狼不爬樹，看形勢似乎是他暫時領先一籌。只是小時候愛攀樹的他也絕對不是爬樹高手，近年就連簡單的運動也沒有，爬樹之舉絕對凸顯了他四肢欠缺靈活，戰鬥指數屬於相當低的級別，是自暴其短的不智做法。搖晃的樹枝有雪落下，掉在他的頭上臉上，更顯笨拙。但他不管了，此刻只可以拼命地向上爬了。

處於低處的狼舉頭看著他，鼻子嗡嗡，突然轉身走了，不知是敗退而走還是只是心感無聊，又或是牠的孩子在叫喚牠，又或者根本沒甚麼原因。誰知道動物在想甚麼。

動物有沒有情緒？動物會不快樂嗎？不是一刻的不安或憤怒，而是每天籠罩著自己，像現在的他那樣，不管睡與醒，吃還是不吃，單純坐著還是自虐地工作，都被巨大的情緒侵蝕著，滲透了五臟六腑皮膚指甲，並非嘔吐或大叫或不停流淚可以將之排出體外的瀕死感覺。

他在一條較粗的樹枝上坐下來冷靜一下，看著兩條在半空搖晃著的無力的雙腿，馬上被冷凍發僵的屁股，開始擔心如何安全下去的問題。

山坡上的這個高度，令他看到遠處山上幾所房子的情況。有一戶人家於這時分仍然燈火通明，人在屋內移動的舉動隱約可辨。他們似乎在開派對，舉杯暢飲，也許帶著醉意地左擁右抱，應該有人拿出平板電腦在拍片，後面巨大的電視在播著打鬥片，有一群年輕的孩子在著迷地看，或坐在地上打機。無聲的熱鬧，看來像默劇。他在樹上看著氣氛在遠遠燃燒，跟外面冰冷的世界成反比，又跟他的心情毫不相干。他似是與世隔絕，變成了一頭無家可歸的野獸。

不，他連像野獸般在樹林生活的資格也沒有。

他想起家中熟睡的孩子，彷彿馬上聽到呱呱的喊聲，他雙手抱著頭，鼓起勇氣跳下去。雪再次接收了他的重量。

他站起來，像身受重傷的士兵，努力尋找回家的路。

回憶我孩子出生的那一天

回憶孩子出生的一天對於變成母親的那個人來說，跟作為父親的意義看來差太遠了。

你們憶述孩子出生那一天，都用上懵懂、渾噩、遲鈍、脫離現實，甚至焦慮這些詞語。可知道由懷疑有孕直到證實懷孕以後的一連串擔心胎兒不保的不安、各項檢查的緊張繁瑣以及各種身體變化的衝擊，整個人增加了三、四十甚至五、六十磅重的負責孩子由胚胎孕育到不可預期的生產的痛苦種種那個雌性人類所感受到的，真的完全不是你們所說的那一回事。

漫長的九個月先別說，就只濃縮說孩子出生的一天吧。

那天，很清楚記得早上起來已有一點別於平日的不適，我還傻到如常地帶著那條一百二十磅的大狗到後面樹林散步。回來後趟在沙發休息，直到晚飯後，作動感覺越來越明顯，才意會到也許就是這天了。因為是第一個孩子，醫生及很多有經驗的人都說，不要一開始作動就馬上跑去醫院，因為這裏的醫院都是公立制，資源分配有規矩有指引，一般都叫孕婦作自然生產，並沒有要求剖腹生產更沒有擇日子的權利，也不是你嚷著肚子痛就給你床位等待你生產那樣，檢查過後把你叫回家等到劇痛到不行再回來是常事。所以我便忍著痛，蜷曲在床上計算陣痛多久才出現一次、每次維持多久那樣的廢話，身旁的他及那條大狗則在呼呼大睡。我一邊在腦中不停跟自己作無聲的心理戰，一邊抱著似是快要從肚子爆裂出來的孩子上廁所、洗澡。我現在真的相信，妊娠紋其實是肚子爆裂的後遺。

那時我還未有智能手機，我拿著一部手提電腦在廁所用 MSN 向家人朋友發出生產前的「最後留言」。捱到凌晨兩點，水還沒有破，但我已經痛得快不行了，便叫醒那個應該也同樣懵懂、渾噩、遲鈍的人，開車去醫院。

那是婦產科醫院，從我家開車去，半夜飆車最快也要四十五分鐘。在車上我由猶如一條快要斷氣的魷魚，每幾分鐘便顫動著身體。負責開車的他拿出手提電話替我數著陣痛的時間，我心想數甚麼還有意義麼？到達醫院後，登記、等候護士作評估、等床位、等醫生等等等後，我幾乎已沒有再張開眼睛，只是一直在心中默數一至六十，以數字的單位替我捱過每一次越來越密集的宮縮，忍受著那似是快要爆開的肛門的脹痛。撐到了凌晨四點，麻醉師終於來為我打那不少媽媽推薦的「無痛針」Epidural（又稱脊柱硬膜內麻醉、尾龍骨硬膜外麻醉）。一支長長的針插入尾龍骨節之間，那是我整個晚上唯一一聲慘烈的哮叫。半小時後，我得到前所未有的解脫——我再感覺不到我的下半身了。

儀器明明顯示我的宮縮越來越嚴重，但我卻如釋千斤重般躺在床上，幾乎毫無感覺地享受著下半身無痛的狀態，還開始輕鬆地說一點笑話，前後差別如在地獄與天堂。

再過一小時我便破水了，表示孩子已可隨時出世，同行的丈夫已經在地上的軟墊睡了。等醫生再進來看我，便說：「你可以開始生孩子了。」然後普通科醫生、婦科醫生、兒科醫生，還有一個實習醫學生，四個醫生、三個護士一下子全衝進來，那一刻放鬆下來的神經又重新繃緊起來，整個人顫抖著。在五個男人三個女人的凝視及大聲助喊下，我開始無力地生產。但在麻醉藥的影響下，我連摸自己的腿都像摸著別人的腿。

經過半小時胡亂發力，我聽到孩子的叫聲了。醫生為她清理了口內的胎液，將濕漉漉的她放在我的胸前，那一刻，天亮了，我看到窗外天邊有第一線的淺薄藍光。經過了九個月的烘焙，叮的一聲，成品面世了，叫我怎不流下眼淚呢！

然後醫生檢查孩子，護士說出各種窩心的話，用毛巾小心地將她包裹好，這時輪到她的爸爸溫柔地抱著她，他的感覺如何，我沒有氣力問。

之後我坐上輪椅被推上房，那是我人生第一次坐輪椅。經過走廊時，看到一些應該是來等候其他孩子出生的人，他們看到我和懷內的孩子都連連報上微笑，更有說出恭喜及讚美的話。那時真的感到我抱著的是全世界最珍貴最獨一無二的獎品啊！當然，那種喜上心頭的感覺很快便被產道撕裂的椎心之痛、餵母乳所帶來的沮喪以及從那天起各種疲累到看不到盡頭的失落感取締。而我又怎知道那算不算母愛。

只願她日後，也會成為另一個人心中的全世界最珍貴的人。

黑熊

回家的路，比他想像中複雜。

妻子誕下女兒留院三日後，被告知可以離開。雖然女兒有黃疸的問題，但醫生說回家後情況嚴重的話，可到附近育嬰中心向醫生詢問，或可致電二十四小時熱線，註冊護士會解答有關問題。換句話說：問題不大，一切順其自然。

在醫院積存了幾天不知晝夜的鬱悶，知道能離開當然喜上心頭，亦有一種孩子能健健康康回家了的開心感覺。只是女兒出生才三天，仍未適應新世界的運作，尤其坐到車上的嬰兒座椅時，更是哭個不停。像初生烏鴉的呀呀叫聲，不斷擾亂他的駕駛，停車不是，將她抱出來也不行。妻子也因為不知所措，加上產後幾天幾乎不眠不休的疲累及傷口的痛楚，也無助地哭起來。

他們在回家的車程上經歷了成為父母後的第一次沮喪，本來能離開醫院的愉快心情一下子在開車後一百八十度扭曲。這種衝擊既始料不及，亦惹人討厭。開心的感覺那麼快便告一段落嗎？只是她想不到的是，從今以後，哭個不停而令人更疲累更失望的情況只會越來越多，而貼近無助的底線亦越來越近。

心情煩擾之下他走錯方向，在公路兜轉了幾圈，走了很冤枉的路，車程變得非常漫長，令車上的哭聲聽來更慘烈，嘴唇都在發抖。

可能是肚子餓吧，可能暈車？是不是太累？可能想要抱抱？他一邊尋找著回家的方向一邊胡亂找些答案安慰妻子。妻子沒有說話，倒後鏡中的她只是繼續流淚。他也不知道那些亂說的可能性有沒有半點安撫的作用。可能有，但妻子沒有回應。可能沒有，又或是她根本聽不到。

孩子白天只管睡，日夜顛倒。一個月後，他撤離夜班照顧孩子的陣線，回到安穩的工作桌去，在辦公室跟女同事分享照顧新生兒的技術，接收不同部門送來的禮物，及同事們的各種祝賀。繼續留在陣營孤軍作戰的妻子，則別無選擇地全天候留守，生死未卜。只是半夜他常被妻子與孩子吵醒。兩個月後，他搬到書房去睡。

他不看書。書房的書並不屬於他，大部分是妻子移民時帶來的，他也從沒研究過那些是甚麼書，反正是他不認識的文字。即使有他認識的文字，他都不會看。這並不是說他是個沒文化的人，只是說他是個不看書的人而已，正如有人不愛運動，有人從不跳舞。他搬到書房去睡，也只是說明他需要睡覺，一個早上五時起床上班的人需要的合理睡眠。下班後的他也沒有出去和朋友喝酒聊天，周末也盡是家庭日，所以搬到書房去睡也不代表他是個很差的丈夫和爸爸，而只是證明了勞累可以，但不能長久。

疲累的他仍在樹林內團團轉，明明大街應該就在前面的方向，卻走來走去也走不出樹林。以為越走越近了，卻又在轉了個彎後變成往下走。總是不對勁。唯一的新發現，是他看到了一幅行山徑的路線圖。路線圖被雪遮蓋了大半，他用衣袖將雪撥開，卻發現路牌已日久失修，顏色褪去了不少，街道名稱及方向指示都模糊不清，而「你在此處」的箭嘴旁邊更有一個如指頭大小的橢圓的呈白色的部分，是人們年月以來在路線圖前用力指著地圖的「你在此處」而造成的一個歲月傷痕。

他想到女兒最愛玩的迷宮玩意。小小的本子藏著了一頁頁的不同種類的迷宮，有時是小狗找骨頭，有時是豬媽媽找小豬，有時是為巴士找輪胎。女兒總愛為他們配上對白：好吧，你迷路了，我帶你去找吧。她用執筆還未靈活的小手在打著圈，順利的時候女兒可以安靜地做完一整本迷宮冊。她會開心地說：所有迷宮都被我解開了！所有人都回家了！沒人再迷路了！但有時遇上迂迴曲折的路，三岔、死胡同、此路不通、路又窄又亂，她便會大發脾氣，甚至哭起來。妻子會安慰女兒說：只是迷路吧，行不通便走第二條路！

於是他放棄了路線圖，又往回走。所有迷宮都總會有出口吧。他安撫著自己的紊亂情緒。

雪忽然加劇，他的眼鏡都沾滿了雪，鏡片盡是水氣，需要不停清理。他越走越亂，想起那兩個在雪山失蹤的人，竟產生感同身受之感。其實這幾條行山徑不難走，只是天氣關係，加上亂了心神，才使他一直在繞圈。而最不可思議的，是在天快亮的時候，竟被他看到正在冬眠的黑熊。

他不是第一次看到黑熊。區內黑熊都愛在每星期倒廚餘的日子挨家挨戶享受自助大餐。有一次他將一個爛熟的蜜瓜丟進上了鎖的垃圾桶內，熟透的瓜香傳遍整個山頭，一頭巨大的黑熊在屋前一直將垃圾桶拉來扯去，像那些放一塊狗餅在球內讓狗努力翻出以消耗體力及解悶的玩具。咚咚隆隆翻箱倒篋，吵得附近幾家人也無法入睡。糾纏不清之下黑熊用牙咬著垃圾桶蓋，終於被牠掀出一個破綻，牠高舉垃圾桶，蜜瓜咚的一聲掉在牠的頭上。咬了一口，才發現蜜瓜已經變味了，便丟下蜜瓜，意興闌珊頭也不回地離去。站在窗前觀看的他將整件事用攝影機拍下來，打算第二天給早睡的妻子看。但原來背景太暗，除了僅看到一團黑黑的東西在移動外，其餘細節也看不到。亦由於隔著玻璃窗拍攝，音效亦欠奉。

之後幾晚黑熊都有到訪，相信是同一隻熊，回到同一地方找吃。動物不需要任何記事簿或路線圖，都記得所有人的門牌號碼。所以每當春天天氣回暖，他都會將廚餘放到冰箱以避免野生動物來找吃，並盼望著一星期一次的倒垃圾日的來臨。

熊能夠由深秋天睡到春天，不吃不喝不拉，將一切日常之事都屏除在外。但母熊有一件事還是要在冬眠的時候幹的，就是生熊寶寶。

能夠一邊睡覺一邊生孩子，相信是天下雌性人類夢寐以求的事。生下的熊寶寶更會自行爬到熊媽媽的身上吃母乳，熊媽媽還是只管睡覺，直到春天來臨，才從洞穴出來活動。聽來簡單而方便。

他碰上的這個熊洞是天然的，但卻不完全自然。一棵被風吹倒的連根拔起的松樹倒下來後，橫卡在一堆矮叢上形成了一條小橋的形狀。夏天時孩子來這裏玩耍，拾來一些破木及粗樹枝，將橋下的後面部分封起來，形成一個半密封的空間，再在上面掛上蔓藤，圍上舊的毛巾，造成簾子的效果。黑熊的體積只是北極熊的一半，要找藏身處過冬不算太難，這個由孩子留下來的半天然洞穴正好是冬眠及生孩子的理想地點。

他和妻子也曾經躺在後園的陽台上，笑說將來有機會的話，要在樹林找個地方建造一個天然的居所，最好是那種卡通片常見的樹屋，在樹上欣賞日出日落的自然作息，感受野生動物的純真生活。她問：是不是像電影 *Passengers*（《太空潛行者》）裏面最後男女主角在太空船內建了一所房子那樣？他哈哈大笑說：那是最不自然的房子啊，只能觀賞船艙內的科幻設計及電腦人工智能！妻子抗議：在所有其他人都冬眠上百年，無計可施材料有限的條件下，相戀的男女合力建成一所終老的居所，當中的過程是最自然最感人的。他不為所動，說妻子看不懂電影帶出人類違反自然而終必咎由自取的主題。她聳了聳肩，返回屋內去洗被單，再也沒有回到後園去。他不知道她是否生氣了，但又不覺自己有錯，心中不是味兒，也不想去深究或和好，待著待著就獨自在後園睡到明早。那是婚後第一次二人沒有一起同床睡覺。

雪將洞穴的大部分遮蓋起來，從外面並不輕易發現熊的所在。而洞穴後面的雪經過多日以來積累及融化結成了塊狀，在更多新雪壓下來後，促使一部分倒塌開來，正好露出一個能窺看裏面的部分。他對黑熊的冬眠充滿好奇，對於小生命正在來臨感到非常不可思議，不能自拔地在洞前駐足細看。黑熊也沒想到，在冬眠的時候會遇到一個在樹林內迷路的人，並發現了牠的藏身處，以及正要來到這世界的熊寶寶！

牠一邊努力生產，似在半醒半睡之間，但牠知道門外有人。

他感覺完全迷失，卻不知道出路就在幾公里外。

熊寶寶一個一個地脫離了熊媽媽的身體，迅即成為了會走動會叫會找吃的獨立的個體。這些人類需要六個月至一年才慢慢學會的基本求生動作，牠們一生下來已能掌握。熊寶寶發出了咿咿呀呀的叫聲，擁著媽媽取暖，吃飽了，蜷縮著身體，急速的呼吸，沉沉的安睡，一切純淨得沒甚麼能媲美。

這一刻以後，黑熊變成了母熊。那個令她懷孕的雄性，跟她一點瓜葛也沒有。她跟孩子才是世界的唯一。至少暫時是，這一年是。明年的事，再作別論。

這令他想起兩個孩子出生的事。老實說，大女兒的確享受到較多的爸媽的愛，但那完全是時間上的分配以及體力的實際問題。兒子出生後，明顯有應接不暇的感覺，妻子更是分身乏術，吃而無味睡而不安，能擠出來的帶著愛的笑容比以往少了。孩子初生時他向妻子說過一些窩心的溫柔的甜美話，後來都失去效用，她變得脾氣暴躁，有時更顛倒是非，橫蠻地說他的不是。他不是不理解她的難處，但理解歸理解，他始終認為不是他的錯，二人的關係開始出現變化。不知何時開始她不再談及她的想法，孩子的事很多時也獨自處理算了，沒有他參與意見的份。有時他感到自己像個局外人，母親與孩子三位一體，行動一致。一次下班回家，直到晚上十時多三人才回家，他以質問的語氣問他們到哪裏去，她淡淡的頭也不抬地說：是你自己忘了女兒同學的生日會。

對於幾歲小孩的生日派對會否在晚上十時才完結，他一直存疑，但亦已無從查找真相。他看著鎖上門換衣服的妻子，想像不到這個曾經擁在懷內不分你我的人，竟是同一人。

忽然間母熊的眼睛睜開了。牠有一隻眼睛看似是瞎的，半合著的眼未知視力是否受損，定睛的看著他。他整個人的背部僵直如鐵，也不知該不該動，如果動身又會引來甚麼後果。他知道母熊對熊寶寶有極強的保護意識，對來侵者充滿敵意。此刻的他很想自己是一條枯木，很希望母熊會笨到錯過他。

黑熊將頭抬起，瞄了瞄自己剛生下來的三隻熊寶寶，一隻顏色深黑，一隻較淺，一隻兩種顏色各半，似乎也心感滿意。牠向洞外嗅了嗅，移動一下躺著的姿勢，便再沉沉睡去。也許是因為生產太累，又也許牠覺得洞前這個氣急敗壞兼消化不良的生物根本不值一防。

他久久才敢鬆出一口憋了很久的氣，有一種死裏逃生的感覺，腋下和腳底盡是汗。他也不敢再逗留。

天空出現微弱的淡藍，雪忽然變成細細碎碎的冰雨。多少天了，忙於剷雪的人有了一點點喘息的空間。

離開黑熊後，連日來鬱存在他心中的哀傷及惶惶不可終日的情緒慢慢沉澱而他不自知。他只感到自己恍如獲得重生的機會，先是極其幸運地遇上冬眠的黑熊，更看到剛來到世界的熊寶寶，竟又沒有因此而受到熊的襲擊，又或是因為他的出現而打擾了生產中的黑熊，令牠受到騷擾而對寶寶造成傷害。他驚嘆原始的力量是那樣神奇，動物的生命力是那樣的強，求生的意志根本是與生俱來，不需任何額外的安排或輔導。

黑熊像是重新提醒了他生而為人的生存必要，生命需要注入令其延續下去的元素，是甚麼元素他無法說得清楚，只是他開始健步如飛，起勁地一路往山上走，腳上的雪靴彷彿裝上了加速裝置，可以防雪防冰甚至防彈！他沒有任何攀山工具，卻越攀越興奮，用眼睛定下的近距離目標一個又一個輕易越過了。他一面走，一面覺得體內能量源源不絕，他不再擔心野生動物會隨便去攻擊他，試探他的底蘊。他的底蘊就在臉上，他是一個為了尋找出路而極力求存的人。他越走越高，越走越快，覺得身體比飄雪還要輕，雙腳幾乎要離地了，覺得可以躍過樹頂，跳上雲端，那是一種前所未有的自他體內爆發出來的難以控制的力量。那是尋找回家的路的力量，還是尋找失蹤妻子的力量，還是尋回自己的力量，跟野生動物角力的力量，一個人帶孩子的力量，還有，很可能要獨自面對以後的人生的力量。他已不知道自己攀得有多高，就在樹林間的一個空隙處，伸頭張目去尋找自己的家。山下一塊塊暗啞細小的屋頂看不出屬誰。

巴士已經醒來，城市亦已開動，家家戶戶飄出咖啡及烤麵包的香氣，跟他也沒有關係了。原來一直看來高聳的山在放大以後卻不見得是那樣的陡峭，就像地球是圓的，站在地上的人卻毫不察覺那樣。他甚至站在危險的山林的邊緣，仰著臉迎接要照在他臉上的早晨的光度。即使太陽被雲層所隔而不是真的直接照著他的臉，或光被樹的身體擋去，也不要緊了，他覺得此刻的他，真可以摘星星月亮。

終於來到一個山丘的盡處，他深呼吸了一口氣，放眼看去，映在他眼中的，是無窮無盡一模一樣的樹，及另一個一模一樣的山丘，以及另外很多很多個連綿的數之不盡的山丘，及許多許多的樹。

回憶我孩子出生的那一天（續）

因為不止有一個孩子，而我不打算有第三個孩子了，如果不將第二個孩子出生的那天記下來，將來孩子長大了，假如他們懂得看中文，又假如有一天發現這些文章，而他們又有興趣知道自己來到這世界的情況，只記錄一個好像有欠公平。那就只好來一個續篇吧。

生產前一個月，我們一家搬到丈夫爸媽的家住，一來可以幫忙照顧兩歲的女兒，二來好讓她熟悉祖父母的家，我到醫院生產的幾天便可以比較安心。

人人都說第二個孩子的生產特別快，趕到醫院來不及任何止痛便要生是常有，我常擔心會不會一天在街上就地產子，在家中或公眾地方如的士甚至機場候機室作產房的新聞的確屢見不鮮。雖都是大團圓結局，但那種尷尬及混亂真教人不敢羨慕。

拜托一切安然，我並沒有成為新聞人物。

因為女兒是預產期當天出生，所以我也認為兒子會順理成章在預產期那天來臨。當天我真的感覺不妥，我決心不會再像上次那樣笨了，稍微作動便馬上到醫院去。當然到了醫院門口我又猶豫著，引來丈夫一些不屑的話，好像我是來騙吃騙喝騙甚麼的。但到了那個關頭已不管誰給我說話聽了，深呼吸一口氣便硬著頭皮闖進去。

結果醫院讓我留下準備生產，我便安心等候兒子「快速」地來臨。然而他卻不知要在裏面看完一整輯韓劇還是長篇小說，在我打了無痛針後的六小時他還未肯「低下頭來」。九小時過去，醫生護士都轉了班，地上的丈夫醒了又再睡，還是未有進展。十二小時過去，一直用短訊聯絡著的香港家人由早上等到夜晚都呵欠連連說想去睡了。

半天之內只能喝幾口蘋果汁的我早將飢餓的感覺吞噬，而意志對於一個臨盆在即的人來說是何等重要，但監測儀器傳來孩子飄忽不定的心跳，已有經驗的我不禁開始動搖，心情變得繃緊。平日蒸蛋或焗蛋糕太久也會擔心烘燶或乾水吧，有說孩子「焗」太久也有害處？

窗外有似曾相識的微薄藍光，走廊外嬰兒降生的哭聲此起彼落，開始聽得有點麻木。

然後醫生說，看你這樣子（好像是我的錯），可能要做剖腹手術把孩子拿出來，我們準備推你到手術室吧。當時的心情真是掉到谷底了，就像我已經排了隊十幾小時，現在才來告訴我排錯了那樣沮喪而憤怒。

突然聽到門嘭的一聲，一個穿著T恤短褲腳踼沙灘拖鞋的肥胖男人走了進來，所有人看到他都靜了，甚至停止手上的工作。我心想：打劫嗎？來搞事的嗎？還是誰太肚餓叫了薄餅速遞？卻見他戴上手套，來探我子宮的開度！然後他說：「全開了！還等甚麼？不用手術！」一眾人都不再說話，只默不作聲聽從他的指揮。戰場上只有他一人發號施令，其餘蝦兵蟹將包括我，只有服從的份，在旁的丈夫更是連照片都不敢拍。我閉上眼睛，麻醉後的無力感由於貪婪地使用麻醉劑而比上次更嚴重，我被他罵了兩句，還威脅說要馬上推我進手術室去。

之後一切變得混亂而快速，產道被強硬地拉開，孩子緊緊從夾縫緩緩而過，在孩子的頭探進這世界的一刻，才發現原來肚臍帶在他的頸纏了兩個圈！這才是孩子遲遲不出來的真正原因。其他人都似乎被嚇了一跳，肥胖男人卻從容不迫，像拆開一袋生果那樣將剪斷的臍帶解拆開來，還邊向眾人解釋這樣的情況該如何處理等等。事後我才知道這名經常被人以貌取人的男人原來是婦科醫院的高級醫生，權威聲名遠播，經他接生的人都對他讚不絕口。

孩子響亮地呱呱大叫，粉紅標致，醫生為他打了個分數，比女兒的還要高。

我抱著樣子成熟的兒子，細看他的頸有沒有留下被纏的痕跡。有說胎兒在媽媽腹中已會造夢，胎兒的世界是那樣的混沌而一無所有，眼前就只有那條浮沉不定的肚臍帶。他到底夢見過甚麼？

產後的產房變得異常平靜，儀器被拔掉，地上、身上滿是血，四處毛巾床單四散，最後留下那個說我要動手術的低級醫生（相對來說）一聲不響地替我縫針，氣氛有點怪異，跟剛才人聲鼎沸、有喊有笑的場面成了很大的對比。像是我主持的派對完了，眾人一哄而散，或轉移到隔壁的派對去。

一般順產都會留院一至兩天，但因為兒子有嚴重的新生兒黃疸問題，我也因為血壓太低，在上洗手間時暈倒了，所以被要求繼續留院。除了是傷口比第一次生產更痛之外，我亦非常想念女兒，不知她被爺爺奶奶照顧是否習慣。

轉眼女兒已快上小學，和弟弟是半分鐘的好友，半分鐘的敵人；半分鐘的演員，半分鐘的導演。家中的吵鬧聲哭啼聲嘻哈聲終日不斷，令人無所適從。一直以為十分喜愛孩子的我，對自己亦經常作出質疑，就像是言之鑿鑿說喜愛寵物、會好好照顧牠們永不放棄的人那樣，在現實中始料不及地發現了很大的落差；又像曾經海誓山盟說會永遠照顧女孩的男子，在得償所願後才驚覺女人竟是那麼麻煩而難以預測難以討好以致裝聾扮啞或想直接逃離現場便算。

已無法逃離現場了。雖然並不是處心積慮想生個孩子來玩玩或身負傳宗接代的重任，但對於製造了兩個人，兩個之於我一生糾纏不清的人，我還是未能理清當中千絲萬縷的感情瓜葛。

又是時候要去餵飯了。

彩虹的顏色

關於彩虹的爭論，在晚飯後竟然到了白熱化的地步。

事件的源頭始於妻子友人送贈的一套中文兒童故事書。故事書共有八輯，由紅、橙、黃、綠、青、藍、紫及彩虹八種顏色以代表圖書的深淺程度。紅色為最初階，每頁只有簡單幾個字；彩虹的內容則最深，並非初學中文的孩子能容易讀懂。

女兒十分鍾愛這套書，起初一直拿著紅色系列跟著附送的 CD 重複讀著，直到滾瓜爛熟，便進而讀橙輯，每輯逐本的朗讀，樂此不疲。他們對於女兒對中文有這樣濃厚的興趣也感到十分驚訝及欣慰。直到一天，女兒讀到青色系列的時候問道：「紅色是 red，橙是 orange，黃是 yellow，綠是 green，那青色是甚麼？」

青色英文是甚麼，他心中也沒有即時的答案。會不會是 light green？aqua green？或 turquoise？嚴謹的妻子正在做晚飯，她不想隨便亂塞一個答案，免得錯誤的訊息留在孩子的腦內，便著他到網上搜尋「彩虹的顏色」。以為在網絡上，可以在幾秒間為女兒輕易地找出一個便利的正確答案。

根據網上所說，彩虹的顏色是紅、橙、黃、綠、藍、靛、紫，並非紅、橙、黃、綠、青、藍、紫！再三翻看其他網站，才知道彩虹現在普遍的定義，當中根本沒有「青」色，只有藍與紫中間的「靛」。Indigo。

他將這番發現告訴忙著炒菜的妻子，長久以來在香港接受教育並生活的她，習以為常使用的是紅、橙、黃、綠、青、藍、紫的版本，對於他的發現感到不能置信，甚至嗤之以鼻，笑他有沒有帶老花眼鏡，看的是甚麼胡扯的網站。

「牛頓的七原色是胡說八道？牛頓在一六六六年已將彩虹定義，七原色由他名命。牛頓的意見，你沒意見了吧？」他被老花眼鏡及胡扯兩個詞語弄得神經繃緊，不由得地將語氣加重。但妻子堅持從小到大，在她的認知當中只是青、藍、紫而不是藍、靛、紫，而兩種說法明顯有差距，單看女兒的彩虹畫便清楚知道大眾認定的彩虹顏色是哪七種吧。說著說著，廳中的氣溫不斷提升，連菜都炒焦了兩條。

「光有幾種顏色你認識嗎？彩虹出現時你有沒有抬頭去數過？看到六種、七種還是八種顏色？牛頓的說法你覺得不可信的話，我也無話可說。」彷彿他跟牛頓是好朋友。

事實上她只想知道青色的英文是甚麼，更在乎的是對孩子給予一個正確答案。牛頓在一六六六年發表了甚麼說法，他的說法有多權威，影響後世多大，她此刻並不關心。

「你朋友送來的這套書根本是錯的，出版社對彩虹的顏色也沒有深究，還用來作書的主題，將錯的東西教給小朋友，應該關門大吉才對！」

女兒又拿著彩虹書走來，問這問那，她一手把書搶去，說吃飯了要把書收起。女兒哭鬧著誓要將書拿回，說要邊看邊吃，她不允許，卻鬥不過哭哭啼啼的女兒，二人爭持不下，她忽然大力拍檯將書擲到牆角，跑到樓上躲在房間，久久不出來。

廳中一陣靜止，女兒看著地上的書沒作聲，廳中只有他咀嚼著沒放鹽的焦菜的聲音。

他覺得妻子絕對是小題大做，反應過敏，越來越不可理喻，想跟她認真地理論一番，但又忙著哄女兒吃飯，聽到樓上有開水的聲音，便打消上樓的念頭。然而他瞥見女兒正在看的一頁，頁上的插圖剛好有一條彩虹，顏色正好是紅、橙、黃、綠、藍、靛、紫！原來插畫師跟出版社對彩虹顏色的看法也不一致，是證據確鑿！他將女兒的書搶走，也不理女兒的反對，拿著書衝上去想叫妻子睜大眼睛看，卻在浴室的門前聽到妻子在低聲說話。

伴和著花灑水聲，他分不清她在自言自語，還是在跟別人說。一陣莫名的憤怒從心中冒起，所有累積的不滿馬上要全部爆發。

他提起家裏的電話，只有嗚嗚的鳴叫。對啊，她怎會笨到用家中電話。到處尋找她的手提電話，當然是尋遍不獲吧，她一定是帶進浴室在跟誰通話，說他的壞話，指責他的橫蠻，向人訴苦她在這邊的生活有多慘！

女兒拉著他的衣袖，說已經乖乖吃了飯，可否玩一下媽媽手機內的砌圖遊戲。他發現她的手提電話就在廚房的微波爐旁邊。機面還被濺上一點茄汁。

站在山上的他想起那頓最終沒能吃完的晚飯，肚子咕嚕咕嚕的發響。他想起這幾星期他也沒有吃早餐。每天早上都是在被兒子吵醒的狀態下起床，腳一放落地上便急急的為孩子忙這忙那，抱孩子、換尿布、單手沖調奶粉，同樣被吵醒的女兒也會心情煩躁而鬧彆扭，兩個孩子糾纏著他，經常一片混亂。也有試過一直忙到下午，把午飯完全忘掉。更慘痛的經驗是上星期兩個孩子一起病倒，高燒幾天不退，不吃不喝非常哭鬧，幾乎脫水要到醫院接受注射。明明就是感冒而已，但看著發燒而半夜發冷、神情呆滯的孩子，他的心如被人強行撕開，那種椎心之痛令他難以置信。捱過像是幾百年的幾天，終於退燒後，又出現了持續的久咳，每個晚上斷斷續續在睡中不停咳至醒來，令本來已睡不好的他推向精神崩潰的懸崖。更慘的是，他自己也病倒了。他靠著各種藥物去鎮壓著不同的病徵。他真想像不到這種日子，能怎樣過下去。

但日子的確還是要繼續下去。現在他站得比雲更高，他知道孩子這個時間差不多要醒來了，女兒仍無法照顧自己，更不用說照顧弟弟。沒了媽媽爸爸，人類的孩子成為最不能自理的生物。他是時候要回去了。

下山的路起初困難，後來熟悉了步伐，又利用雪的優勢，連跌帶滾的順勢下山。最後他在沒有任何路線圖的指示下竟然順利地到達了樹林的出口。拖著又餓又累的身體走在白色的馬路上，腳印變成一行一行沉重的路軌。

他驚訝回家的路原來是這麼簡單，那度過了一個晚上的充滿神秘詭異的樹林世界竟只是一街之隔。

忽然，他看到有幾輛閃著燈的警車停泊在他家門前而窗前有人影，是妻子在向他揮手？他腦內一片空白地衝過所有警車以發抖的雙腿奔進大門。妻子站在他面前，以二十年前初認識他的樣貌呈現。纖瘦的腰和背部的骨骼自然而不造作，尖尖的下巴跟豐滿的臉蛋，笑的時候形成一個別致的心形。頭髮是當年流行及背的長度，瀏海是平齊的款式，擋去她額部太扁平的缺憾。她總覺得自己不夠美，在別人眼中不夠好，想用各種辦法去將自己變得完美。但用甚麼方法？她始終找不到。

他看見妻子，不由自主地發狂大罵，雙眼如火山爆發，整個臉孔緊縮到快要崩塌，手更執著她的肩膀猛力搖晃，像一頭失常的野獸。

你知道這個家沒有了你變成怎麼樣嗎？孩子很想念你你知道嗎？你為甚麼這樣說走就走？這是你的家，你還要到哪裏去？你很自私！很無聊！很殘忍！

他緊緊地拉著妻子跪在地上慘烈地哭叫著，一切從內裏不能自控地全部傾瀉，那種震撼，連山上冬眠的動物都能感受到。

突然他們的大狗從廚房蹣跚地走來，因為年老，臉上已有不少白鬚，走路一拐一拐，口鼻散發出一種霉臭的氣味。他一如以往般伸手摸著大狗柔軟的耳和臉，脖子和背，牠還是那樣熱情地搖著粗獷的尾，用嘴巴去親近他。忽然，牠的牙齒脫落，呼吸變得困難，倒臥在他的身旁。他將狗抱起，撫摸著牠只剩下偶爾起伏的身體。他叫喚著牠，簡短並扼要地說了最後的離別的話。牠呼出了長長的最後一口氣，消失了。只有一縷氣味停留在鼻間，他懷中甚麼也沒有。

你回來了嗎？你去了哪裏？是不是去了麥當勞買開心樂園餐？

跟他一起跪在地上的，是剛起床的女兒。手掰開，頭側著，像被人冷落已久的洋娃娃。手上拿著媽媽的手提電話，保護殼早已破裂，滿佈指印油漬，沾有不同的醬汁。

樓上傳來兒子的哭聲。他本能地往哭聲跑去。兒子竟懂得轉身，像爬蟲類一樣四肢張開抓撥著，卻無法前行。他馬上替孩子換尿布、沖奶粉，著女兒吃早餐，為她刷牙、梳頭，更衣上學。是的，假期早已過去，她要如常上學了。

窗外一輛警車也沒有。一切殘酷地回到基本的日常。

自己的第一本書

這個題目很好玩，好玩在於出題的指的是「自己寫的第一本書」，看題目的人卻以為談的是「自己看的第一本書」。由於我先讀了你們的對寫，所以我便失去了誤解題目的機會，及誤寫的資格了。

而我要談的自己的第一本書，跟你們的又不同。那既不是第一本我認真讀的書，當然也不是我出版的書，而是自己在家中製作的一本小書。

那本書早在我小五的時候就出現了，書名我已經幾乎完全忘記，只留下四個字的模糊印象，此時此刻也無法進一步印證，但卻清楚記得書皮是粉紅色的，是家中隨手拿來的一張顏色紙（應該還有粉藍，但我選了粉紅，顏色跟十年前我出版過的半本《情感不良》幾乎一樣），內頁用的是學校用的那種微黃的英文單行紙。

跟現實中製書的過程相反，我是先做書的封面的。書名的四個字，我用了勞作課剩下來的彩色牛油紙剪成四個小方格，然後用膠水貼在粉紅色書皮上。由於牛油紙黏上膠水會出現皺摺，當時真感到皺皺的方格令我的書頓時失色不少。為此我失落了好一陣子，但也無阻我開始寫作的打算。

書的內容其實是我將正在閱讀的故事依樣畫葫蘆那樣搬字過紙，將人物名稱及相關背景改成符合我的期望。我非常認真地「創作」下去，最後珍而重之地用顏色筆在封面寫上自己的名子。

我將完成品拿給正在廚房弄菜的媽媽看，還詳細地介紹了一番。媽媽露出一副相當驚訝的表情，好像還說了句「真的難以置信！難道你將來是作家？」她叮囑我好好保存那本屬於自己的第一本書。當時我還天真地想，要有一本自己的書是很艱難的事嗎？不是有紙有筆就可以了嗎？

如果我真有聽媽媽的話將那本書保存下來就好了。其實說不定是媽媽丟了呢！她最喜歡將我們的舊東西不問原由地當垃圾清理掉而事後扮作無辜。

至於我第一本正式出版的書，出版過程有一點點波折，但不如駱以軍（肥）的經歷那麼迂迴，影像不緊湊亦沒有顏色氣味。也許文學是個寬容的行業，至少文學不講求作者樣貌吸引，亦不求學歷認可，沒有工會那只有舊人上位的頹壞制度，也不需等待好的角色及劇本，也沒有時間的限制（除非寫專欄），也不需要像做生意那樣先有大量資金甚至借貸來做投資。只需一枝筆，一張紙，或一部電腦。一切都掌握在動手創作的那個自己的手裏，所有資料存於腦中，誰也不能奪去或剝削掉，就只求有一個願意在你拉肚子時等上兩小時的伯樂。

我遇上的伯樂在我剛進大學時在一門「寫作科」的課上神奇地出現了。第一眼看到他的印象到現在還記得，一個長髮及肩的男老師半坐在教師桌子上，似是毫不在意地靜待學生進來並坐好，但很可能當時他的心情比學生更為不安及緊張。那時剛好是他的第一本書《紀念冊》出版的時候，下課前他好像還不好意思地向我們介紹他的新作，幸好同學也十分踴躍，而那的確是一本適合中學生以至大學生的輕巧讀本。第二年他出版了《安卓珍尼》，還有很多其他他不斷埋首寫的書，我也有一直追看，直到現在這本《肥瘦對寫》，以及後來的其他。其實於讀者來說，哪本才算是他的第一本書真的不重要。

而我相信他已忘記，我們共同出版的我的第一本書的經驗。畢竟已是十七、八年前的事，出版過程是那麼倉促而簡單，出來後也沒有甚麼迴響，就似沒有經過強烈陣痛便魯莽生下來的嬰兒，出世後沒有甚麼慶祝的儀式，也沒有甚麼人要來湊熱鬧，平淡得就如那本兒時自家製作的小書，最後於何時失落於何處也沒有頭緒。

如果我再在這裏嘮嘮叨叨地憶述下去，那些出版時遇到的阻礙、時間上的不協調及我竟在我的第一本書內大言不慚地稱「那應該是我最後的一本書了」那樣的話，我怕在我腦中那珍貴的僅餘的記憶會變得更加準確無誤（我快要去查看我們當時的電郵內容了），而無能推翻那「最後一本書」的輕率的話，而繼續寫出第二本或是其他以後的書。

「寫作是一個人的事，花一年半載寫出來的書沒有人看，是你自己活該。」是非常合情合理的，一切與人無尤，不應怪誰。而好些曾經對寫作充滿熱情的作者，那樣的年輕，卻已不在了。而你們又是焦慮又是抑鬱失眠，我卻竟然在你們不知道的情況下，躲在一個山上，眼睛乾得眨眼有聲，肩傷背痛幾近殘廢，手指因筋膜炎而不能伸直，還在孩子將我左拉右扯的條件下，傻得像等奇洛李維斯回信。我會不會可憐到連賣弄自己，但其實對方根本就不會看中文那樣好笑？

更甚的情況是，這些文章的讀者甚至不會有我媽媽，或任何人。

第6章

最後的話

last words

一直到彩虹

三天後，雪完完全全停了，城市慢慢地步向原有的規律。兩名華裔男子去年年底在雪山失蹤的事開始被淡忘，傳媒沒再跟進，自願搜索隊亦已解散，等待春天、夏天及未來，自然地解答一切。

然後下了一場大雨，出現了久未露面的太陽，天空降下了美麗的雨後彩虹，成為市民歡送那場難忘的連綿大雪的象徵。

彩虹背後，天空滿佈各種的藍，層層疊疊，沒有清楚定義的界線。人們用盡方法去形容、讚美、複製、尋找隱喻。澄藍、灰藍、紫藍、青藍、湖水藍。藍是憂鬱，藍是和平。藍代表自由和真理，藍色廁所是男性，藍被挪用成代表保守派，又有貧苦的黑人奴隸演化而來的 Blues（藍調）音樂。藍是輕，藍是純淨，也有勞動的藍領。矛盾而各行其是。

不停轉換叫聲的暗冠藍鴉在樹上模仿其他雀鳥的鳴叫，時而化身松鼠、貓、雞甚至機械運作的聲音，像是恥笑人類語言是那麼的有限，溝通是多麼的困難。

他的耳邊迴蕩著妻子的聲音。

天空中藍光的波長最短，容易被折射、四散，被視而不見，如細碎的抱怨及隱藏在心底的不滿。紅光的波長最長，在黃昏大氣層較厚，太陽接近地平線時，會折射出人們常看到的夕陽紅光，似是憂鬱的人發出最後通牒，看那每個充滿末日式的哀傷日落，誰知道還有沒有明天的夕陽。但是，不是只有不滿及哀傷的，陽光由不同顏色的光波組合而成，正如人們的話，每一個用字，每一種語氣、節奏，說的時機、長短、次數，都是組合。藍與紅之間包含了無數其他顏色的混合及糾葛，組合與組合之間難以分辨，無以形容。

你說，這段寫得多差！很造作，應刪去。妻子朗讀後將稿猛力丟在桌上。

他無從回應。

你說，我寫這些有用嗎？

他看著她。

小說是寫給人讀的，但如果沒人讀，那還是小說嗎？

他自知沒資格給意見，也沒想過這種因果問題。

有沒有一種從來無人閱讀的書存在於世上，但又很有價值？

他望向遠處，想像著。

你知道大江健三郎年少時寫過一首詩，「雨滴當中，有另一個世界」。

他想像如果一切可以重來。

我覺得這一刻，我必須相信，雨滴當中，真的有另一個世界，而那個世界，有我堅信存在的一些重要的意義。只是這一刻啊，下一刻可能已經不相信了。

他和兩個孩子站在屋前，看著掛在天邊的雨後彩虹。女兒說她看到兩條，一前一後，像兩條笑彎了的眼。但他只看到一條，呈圈狀，似是妻子愛吃的冬甩。

我很想到那個世界看看。

彩虹不知怎的消失了，女兒非常失望，哭著問彩虹跑到哪裏去？為甚麼彩虹要走？

我會回來的。

爸爸你叫她回來好嗎？

他明明看到彩虹仍在，但見女兒那兩行晶亮的眼淚，無法叫人不心痛，苦苦思索說：「我可以打開灑水器，彩虹便會出來！」他馬上跑去將花園旁的水喉扭開，無奈水管已因寒冬而遭冰封，一動不動。那一刻他感覺自己的力量卑微到，簡直沒有任何生物或死物可相比。

無人看見，但明明存在，而且很重要的。

這時女兒從車房雜物堆中找來一幅舊畫作，畫紙上填滿了她喜愛的七彩顏色，將他從悲傷中喚過來。

「你畫了甚麼？」他低頭苦笑著，明知故問。

「你看不出來？」女兒作了一個無奈狀。

「是彩虹，我看到。」他拿著圖畫自信地回答女兒。

「不是！你這樣都看不出來嗎？我在畫紅色、橙色、黃色、綠色、紫色、白色。我在畫顏色，不是畫彩虹啊。」女兒又叉著腰了。

她的顏色。她的彩虹。她相信的世界。

「爸爸，我想你再讀一遍大兔子小兔子的故事。」

「已經讀過很多遍了啊！」他的嘴也學著女兒彎下來。

「還是要讀！中文版英文版也要。讀完中文讀英文，之後再讀中文，再讀英文，聽老師說還有法文呢！我問過中文班的老師，這本書叫《猜猜我有多愛你》。」

當你很愛、很愛一個人的時候，也許，你會想把這種感覺描述出來。

可是，就像小兔子和大兔子發現的那樣：

愛，實在不是一件容易衡量的東西。

愛，怎麼猜？這封底文字，他沒有讀懂。

女兒不管那麼多了，大聲地把書中認得的文字逐句逐句努力地朗讀出來。最後一頁大兔子低下頭來親親小兔子，輕聲地說：我愛你一直到月亮那裏，再從月亮上，回到這裏來。

天空本無色。光譜是連續的，沒終結，也沒起點。牛頓證明多加一個菱鏡，彩虹光便會還原成透明的白光。七彩與透明，實互為表裏，兩者為一。誰的眼睛看到甚麼顏色也沒人能隨便推翻。有與無，不必爭辯，也沒有分歧。

你認為彩虹有一千種顏色，我便笑一笑，點點頭，好好聽你說看到一千種顏色的感受。包括好的，和不好的，妙不可言的感受。甚至你認為那根本不是彩虹。

每一滴水都藏著一道彩虹。

他臉上的彩虹，多得如春天櫻花盛放。

自己的最後一本書

終於來到終點。

這一篇想動筆已久，但我還是盡可能將這個題目排至最後，以配合「最後」的意思。眼見時間不多了（誰定了限期？），不想一拖再拖，以免失去了這個想寫的機會而節外生枝。但還是忍住了。

今天是萬聖節翌日，窗外還留下一大堆昨晚孩子盡情玩樂的氣氛，煙花爆竹的殘餘物仍未清理，花盡心思與鄰居一較高下的造型南瓜燈仍在梯級前咧嘴迎人，各家各戶的鬼怪裝飾有的半死不活，有的卻堅守己任努力作最後表演。

這是一年之中孩子最愛的節日，他們為了挨家挨戶拿取糖果而跑得渾身是汗，也認識了一些新鄰居新朋友，不覺累也不覺餓，即使在沒有公眾假期、大雨寒風的條件下，仍會吸引得滿街小孩在晚上出動。其實小孩的世界根本不怕風雨，害怕風雨的感覺都是大人加諸在他們身上的。

兩個孩子一早起來還在欣賞昨晚獲得的戰利品，滿桌滿地的糖果七彩繽紛，夠他們忙上一陣子，便把握機會坐在電腦前寫下這一篇。對寫的最後一篇。

動筆創作對寫的衝動，出現於中秋節翌日，即收到《肥瘦對寫》後的第三天，兩個孩子都患了難搞的重感冒，又是一輪令人疲憊不堪的戰鬥。斷斷續續讀著一篇一篇的對寫，支撐著我被磨蝕了的意志。忽發奇想，也許可以藉著你們的對寫題目，讓我也來寫一下。這幾年因為照顧兩個初生孩子，完全停止了閱讀及寫作，最近有一種忍無可忍的想抽離自己的感覺，感到必須由上到下內至外重新調整，簡直想將自己拆開來重新組合。其中一個想組合出的模樣，就是那曾經還會寫作的自己，而練習之於寫作極為重要。我打算以回應對寫作為重新執筆的練習。

當然這樣的構想十分無賴及無禮，誰要跟你對寫啊？你是誰？寫來幹麼？要給誰看？有先見之明的人不會想不到。尤其是駱以軍先生，我與他根本從未認識，甚至《肥瘦對寫》才是我第一次拜讀他的作品。故在開始了寫第一篇〈陪孩子上學途中〉後，中間出現過無數次要停止的念頭，有時覺得力不從心，有時感到體力不支，而帶孩子的環境亦實在難以寫作，那些「為甚麼要寫」的問題也不時來襲。那是愚公移山，將鐵柱磨成針，又不想說成有志者事竟成那樣悲壯。有時真的無法自圓其說時，會感到因寫作而冷落了孩子及少理家務而內疚，甚至會感到心裏面的魔鬼在背後冷笑。

但幾個月下來一篇一篇的寫，那些糾結的問題便慢慢變得沒那麼沉重，後期甚至有著模糊的答案。

相信你們一定同意，如果當年你們為了某些實際的東西而寫，如金錢、名利的回報，相信也成就不了現在文學的你。我無意高攀我這些東西就是文學，也知道水準跟你們的有著極遠的距離，如在地上觀星，最多也只能以天文望遠鏡偷偷親近，遙遙想像我的可有可無在你們字裏行間的誤闖；同時也懷疑應否切入你們的友情作為不識趣的搭訕者，厚著臉皮沒得誰同意便強行加入所謂的「對寫」。但回過頭來又跟自己解釋，宇宙之大，有何不可？有何不能？即使與古人對話，也不會被人認為是瘋子的行為吧。

如果有一天我勇氣足夠了，你們又有機會、有興趣、有時間、有耐性看到了這一篇，我相信你們並不會說出惡意的話，很可能還會友善地回應或鼓勵一下。而我也無法估計這些文字是屬於甚麼，是植物的種子，是喬木、灌木，是蔬菜、瓜類、雜草、真菌、已凋萎的野花，會不會開花結果，有沒有食用價值，能不能製成香料，是否純屬觀賞，是吃蟲蟻的捕蠅草，或其實是藻類、苔蘚，有沒有充分的陽光和適當的水分，泥土的豐厚，蚯蚓蟲鳥等大發慈悲幫忙翻土、散播，所有所有我都沒有把握。也許根本甚麼都不是，只是樹葉分泌出來落在行人路和車頂的液汁，多餘而令人煩擾、納悶。一切都是未知之數，不敢言之過早，也不敢隨意框限了它的命運。以後就是現在，下一分鐘的我就是現在的我的延續；現在即是以後，每一個打出來的字，都已變成過去。

這些文章因為是模仿並對照著你們的書的框架來寫，故在心中很容易便當成一本書的規模來進行，而且連題目、書名都有了，相當方便！可是這的而且確不是一本書，在電腦上它們是一堆符碼，打印出來以後也只是一頁頁的紙和字，一不留神將手鬆開或往地上一撒，便會骨骼四散，無可辨認。

這是真實得不能否認的。每天孩子都來打擾我的書寫，如現在，一個拉著我的左手，我便用右手打字吧。另一個要坐到我的腿上，我便把右手穿過孩子的腋窩或越過他的肩，困難地敲打著。但原來拉著我左手的那個又爬到我受傷的背，鉗著我的頸，掃亂我的頭髮，我還是掙扎著繼續我要打的字。他們更會在旁邊開演唱會，一個彈琴，一個彈結他，啦啦啦啦哈哈哈哈，還要乘機合力襲擊我的鍵盤，各種怪獸符號插入字與字當中。在他們眼中，他們拍打出來的是符號，是幅美麗的圖畫，跟我打的符號沒有分別。有時候他們會將我打印好的紙綑成一個球來踢，因為他們的認知那就是紙，上面寫了甚麼並不重要。有時候紙會被他們安靜地剪碎，有時會逐行逐行剪開，有時逐個逐個字剪開，拼貼出他們喜歡的圖案；有時砌了個爸爸，有時砌出了一家人。不同的文字成為我們一家的手腳頭身眼耳口鼻。他們純真的創造力，比起我花盡心思耗盡力氣所創作的文字世界也許要超越得多，簡單得而美麗得多。那不懂中文的丈夫對於我的行為也不能理解，一天他終於禁不住問：「你在趕稿嗎？最近寫成這個樣子，寫來幹甚麼？」

寫來幹甚麼，我無法回答他，我就那樣無可奈何地看著他，不想不置可否地搖搖頭，又不能隨便說些令人感覺良好的話。絕不能說我是為了他人而寫、為了世界而寫，這是很偉大的責任及能耐。事實上寫作說到底乃出於個人慾望，書寫的人有想寫的東西，有寫的興趣，最重要更是有寫的條件，才會動手去寫。何況又沒有實在的回報，如果不想寫，也沒人可勉強。怎說也只是一個花時間花精神的自私的滿足自己的行為而已。

而無法回答的實在太多，我只能窮盡所有的能力，不思前顧後地寫出這一切，當作是我最後一本書的重量，這在我心中自行編輯、印刷、出版，甚至被閱讀的書，大概就是那本寫完以後，心甘情願可以去死的一本書。也唯有這樣對待自己的寫作，因為這樣的動力和機緣極可能是可一不可再，不知道日後還有沒有時間、勇氣、體力和精神，以此狂妄而迷失的姿態，去排除萬難地表達那始終不安於分的以寫作來感覺自己仍然存在的意欲。

在此必須交代有兩篇文章無法完成。那便是〈生活中真的曾遭遇的「薛丁格的貓」〉，以及〈小說作為入魔之境〉。我讀了又讀，讀不出有所感。可能因為我對貓毛過敏，以及未能參透如何憑小說入魔。就不想為題造文，為寫而寫，或班門弄斧，刻意證明自己甚麼也手到拿來。

為了這個小小的缺失，我曾一度感到這不是「完美」的對寫。可是由開始寫的第一句直到最後一句，有哪部分是完美的？這個心結在我最近讀到村上春樹的散文之後解開，他表示對自己過去的所有作品並沒有一本感到滿意。世上豈有永遠完美的作品？此刻圓滿已十分足夠了。

完成這些對寫於我，除了是自我檢視之外，更是發現；發現了那一度遺忘了自己的自己。

感謝你們的《肥瘦對寫》，我由衷感激。希望你們身體健康，寫作和生活都愉快。

這是我想說的最後的話了。

再回到這裏來

這是我媽媽留下的二十四篇文章。有沒有更多沒被找出來，暫時還未知道。

二十年前媽媽離家了，再也沒有回來。警員意外發現了一篇媽媽寫的文章，而往後的幾個月，除了一直追尋媽媽的消息，等待她回來，爸爸在家中找到其餘的二十三篇文章。當時只有幾歲的我，並不明白文章的內容，而自小便從香港移民來的爸爸只懂說和聽中文，他也不知媽媽寫了甚麼，跟她突然離家又有沒有關係。

當時爸爸請中文學校的校長幫忙，希望可以找出媽媽離家的原因。但在讀畢了所有文章後，中文學校校長因急事而回到香港後便失去聯絡。根據爸爸所說，幾年後在街上碰見校長，當時她的健康情況不太理想，問起關於媽媽文章的事，她便說已經完全忘記了，只說那些文章似是寫給某人的回信，又似是對話，或討論，但卻不清楚對方是誰。此後爸爸便沒有再將文章給其他人看。

爸爸一直把文章放在電腦房的抽屜。以前我趁爸爸不在家的時候會拿出來翻看，雖然一點也看不明白，但拿著那些紙張在手，總感到媽媽的存在。我亦因為這樣而決心努力學中文。這些年來我的中文程度已到達初中的水平，我看懂了文章的大部分內容，文中並沒有上款，也沒有下款。文章當中出現了兩個「你」，他們都是「父親」的身份，但我不知道媽媽和「你們」之間的關係。是不是有一個「肥」，和一個「瘦」，不知跟「你們」是否同一人。當中也有提及一個名叫駱以軍的人，我查出他是台灣的一位作者。幾年前我鼓起勇氣，寫一封信寄給台灣的出版社，希望可以聯絡到駱先生，查問關於我媽媽的事。幾經辛苦終於等到回覆，駱先生客氣地說，他完全不認識我媽媽，對於媽媽所寫的文章亦毫不知情，他為幫不上忙而感到抱歉。他在信中提點我說，文章中的「我」不一定等於執筆者自己，「我」可以是另有其人，更可以是無中生有，不能百分百把「我」當成是「你媽媽本人」。這種說法，為我打開了另一種閱讀這些文章的可能。於是我又回了一張感謝卡，不知最後何時會寄到駱先生那裏。

文章中提到媽媽曾經出版過小說，我努力在坊間及網上尋找多年也是落空（那半本《情感不良》更是資料欠奉）。我在家中的舊物中翻找，也沒有書的蹤影。我問過爸爸，他說很可能就在家中的書櫃，或樓下儲物室，但他也不肯定媽媽寫的小說是哪一本，那是早在她認識爸爸及未移民之前的事。我曾經提議翻看媽媽留下的電腦，也許小說的檔案仍在。但爸爸說要處理那麼殘舊的電腦非常費時間，即使真的能將檔案起死回生，他也不懂那些文字的意義。這就像一宗無法解開的懸案，在家中一直擱著。

在家中一直擱著的，還有已經年老的爸爸。他幾乎完全不運動，看上去已像一個行動不便的老人。他終日在沙發上追看中文電視劇，對於那個我不認識的城市，不熟悉的說話方式，聽不明白的語氣，猜不透的文化及倫理邏輯，我雖感興趣，卻一點也不理解，尤其關於古代的，更是陌生。但爸爸總是看了一齣又一齣，從年頭看到年尾。特別是農曆新年的節目他一定不會錯過。那些明星歌星，已上了年紀的，他是看得那樣津津有味，彷彿沉醉在一個他懷念的世界。

媽媽和爸爸都在香港出生，不同的是媽媽在大學畢業後才離開香港，而爸爸六歲已移民了，對於他在香港曾住過的地方，曾經學習的語言，曾經非常親近的香港親戚，都一筆勾銷。但奇怪的是，他似乎對於那個毫無印象的出生地充滿想像，有一種特別情感。這很可能是受了他的父母，即是我從未見過的爺爺嫲嫲的影響，又或是因為媽媽的關係。我不知道媽媽對於香港的感情在移民來之後有沒有變淡。

老實說我已經忘記媽媽的臉，但牆上留有她的畢業照片，那是多麼年輕的媽媽，大概跟我現在年紀相若。我也忘記關於她曾經對我的一切，我只能在腦中無限假設媽媽的所有，她對我，對弟弟，以及爸爸；她未移民之前的人生，她的文字。因為不曾知道，便能無盡地假設並擁有。

不知在甚麼時候，爸爸似乎已經放棄尋找媽媽，多少年了，他已不再提起她。是否再提已沒有意思？還是不忍心再提。我不知道，但只要媽媽的手提電腦還在，我還是會不惜一切去尋根究柢。去年我已經大學畢業了，現在正在修讀藝術治療課程，希望利用不同藝術所提供的方法去幫助人。不知道這跟媽媽喜歡文字有沒有關係。從媽媽的文章，我感到她對自己進行了一連串的治療，以及修復。可是治療有真正完成嗎？修復之後的媽媽是否更快樂？而她又到哪裏去了？

完成藝術治療課程後，我打算到香港（爸爸可能不會同意），尤其媽媽的成長地——荃灣，尋找她的親朋好友，以及所有可能認識她的人，包括文中提到那個寄一本名為《肥瘦對寫》的書給媽媽的人。在媽媽失蹤後一年，那人又寄來另一本書，顯示那人很可能並不知道媽媽已經失蹤了。書的內頁除了寫下當時的日期，還寫上：給J。署名是：老師。

那本書一直存放到現在，書名叫《世界上最快樂的人》，封面一個穿著和尚服的人燦爛地笑著。我向認識中文的朋友問及書的內容，但他們不是太忙而沒時間看書，便是對這樣的書（封面）沒有半點興趣。

世界上真可能會有最快樂的人嗎？又有沒有全世界最不快樂的人？甚麼是最快樂？那書是要教人如何成為最快樂嗎？任何人都能夠成為最快樂的人嗎？一個不止一次越洋寄書給媽媽的人，一定是她的好朋友，說不定這個「老師」能說出很多關於媽媽的事？不過稱作老師的人，年紀可能已不輕，說不定當時已是一位老人，現在即使仍健在，也未必還記得二十年前寄書的原因，以及三十年前，甚至四十年前所認識的媽媽是怎樣的。而且那次之後，他已經沒有再寄任何書了。

我還能找到這個送書人嗎？但我總不能抹殺任何可能性吧。我對這個送書人充滿了好奇及感謝，因為以我理解，全因為《肥瘦對寫》，才使媽媽提起動力寫出了二十多篇文章。如果文中第一身的「我」真的是媽媽本人，那的確是記下了很多重要的往事。如〈陪孩子上學途中〉、〈那一刻我對自己感到陌生〉，而最令我感動的，當然是〈回憶我孩子出生的那一天〉及續篇，幸運地記載了我和弟弟出生時的詳細情況。多少個晚上，我讀了又讀，感受媽媽生產時的痛苦，以及孩子出生時帶給她的一刻安慰。她在文中寫道：「而我又怎知道那算不算母愛。」真是很傻。

又如另一篇〈關於時光旅行〉，當中說到「寫長篇文學的人就好像太空的遠航者」，而媽媽則說「其實你更像發放密碼的外星人」。他們談的是怎麼樣的旅程，時光隧道想穿往哪裏？而〈關於原諒這件事〉，當中發生了甚麼事，她想得到誰的原諒？我都很想知道。裏面的故事一定大有文章，可是我還未夠功力了解字裏行間的，我相信藏有的密碼。

我跟沒有學中文的弟弟提起續篇及其餘文章裏關於他的一些事，他卻顯得興趣不大。他的興趣在於研究天空，看很多關於天文及星座的書，所有有關太空的電影他全部都會看，連舊的也不放過。一齣二十年前名叫 *Passengers* 的電影他尤其喜愛。電影最特別的地方是只有四個演員出現，一開始的半小時只有剛醒來的男主角一個人在太空船內無聊地獨自生活，後來被男主角刻意弄醒的女主角加入了故事，才開始有對白，機長出現了但很快便死去，剩下的就只有一個會發生故障的機械人，演員間的交流很少。但其實太空船內有五千多個乘客及船員，他們全部處於冬眠狀態，原定計劃於一百二十年後飛到另一個適合人類居住的星球，可是男主角在出發後三十年便因為機件故障被叫醒，一個人生活在無人的空間。電影要突出的是人類不能獨處的孤獨感？為甚麼弟弟覺得電影如此吸引？他曾經說過如真有那樣的機會，他也會選擇冬眠飛到別的星球，過不一樣的人生。我問他，你捨得我和爸爸和這個家嗎？當時他沒回答。我一直耿耿於懷

（這個「耿」字我總是記不起怎寫），後來再問他，他卻否認，好像甚麼都忘記了。

弟弟就是這樣，對所有事抱極度懷疑的態度，又經常對自己說過的事忘記，所有節日、生日也不要奢望他會記住。當然，他也不會記得媽媽的任何事情，所以我才覺得那些文章是如此珍貴。我曾經想過將那些文章出版成書，可是如何出版一本書？成本多少？在哪裏出版？假如真的出版了，又有沒有人看？最後會不會成為廢紙一堆？更重要的是，這是否媽媽的意願？這些我都沒有把握。何況現在已很少人看書了。

我只好專心研究那個對我來說有著魔法的古舊電腦，到底它會是寶藏一樣，打開了以後會令我更認識媽媽，以及我們珍貴的過去，還是那是潘朵拉的盒子，會釋放出無法挽回的不幸，我還未有勇氣揭開。

但不管如何，我還是會繼續努力學好中文，雖然不容易學，但我很喜歡這種語言。直到一天，我能義無反顧地，打開那極可能影響我一生的，媽媽的遺物。

這夜，我再次拿起那套從小陪伴著我的彩虹書冊。書早已發黃，封面的顏色亦淡褪不少，紅非紅，橙非橙，青與綠，藍與紫，已分不清層次，成為不知該如何形容的顏色。我知道終有一天這套書會變成全白，但每次看到這套書，我也覺得這就是媽媽留給我的最後的禮物，並意味著她希望我好好學中文。

我是妙音。今天是二〇三七年一月十一日，是我二十五歲的生日。我的媽媽在二十年前失蹤了，至今下落不明。認識從前或現在的她的人，知道她身在何處的人，明白她的人，曾經和她有聯繫的人，如果有任何關於她的消息，請著她保重身體，每天都健康快樂。不論她要不要回家，不論她離開的原因為何，不論她的名字變成了別的，或其他。我們永遠愛你。一直到彩虹那裏，再從彩虹上，回到這裏來。

一直到彩虹

the end of the rainbow

黃敏華

責任編輯
趙寅
書籍設計／插畫
姚國豪
排版
陳先英

出版
P. PLUS LIMITED
香港北角英皇道四九九號北角工業大廈二十樓
20/F., North Point Industrial Building,
499 King's Road, North Point, Hong Kong

香港發行
香港聯合書刊物流有限公司
香港新界荃灣德士古道二二〇至二四八號十六樓

印刷
美雅印刷製本有限公司
香港九龍觀塘榮業街六號四樓A室
版次
二〇二一年七月香港第一版第一次印刷
規格
大三十二開（138mm × 195 mm）三六八面
國際書號
ISBN 978-962-04-4839-3